草食系なサキュバスだけど、えっちなレッスンしてくれますか？
JN178846
午後12時の男
ILL. 小林ちさと

草食系
サキュバス
@喫茶
シャロン
大原凛《おおはらりん》
浩一たちの通う学校の理事長の孫娘。
えっちなことへの興味が薄い。
綿谷美亜《わたやみあ》
浩一の幼馴染み。
えっちなことへの恐怖心がある。
cafe

永宮冴香《ながみやさえか》
凜の専属メイド。
冷静で勤勉な性格だが、
実はある嗜好がある。
cafe
片瀬真由美《かたせまゆみ》
草食系サキュバスの教育係兼喫茶「シャロン」の店長。
こう見えて27歳。

Mission
草食系
サキュバスたちを
「調教」
せよ！

「……優しくしてね？」

「こーいち。こーいちも、
きもちよく、なろ?」

「……変態」

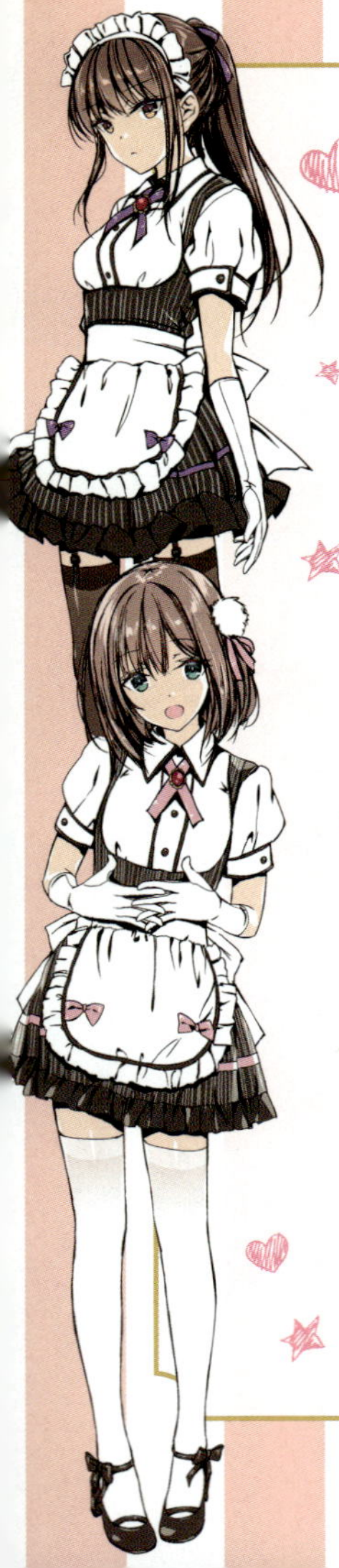

contents

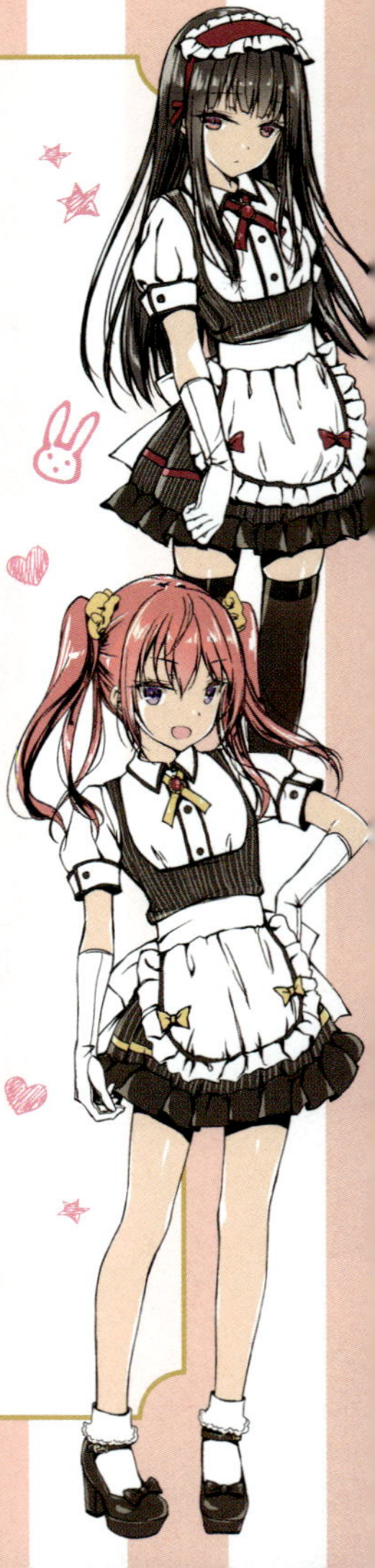

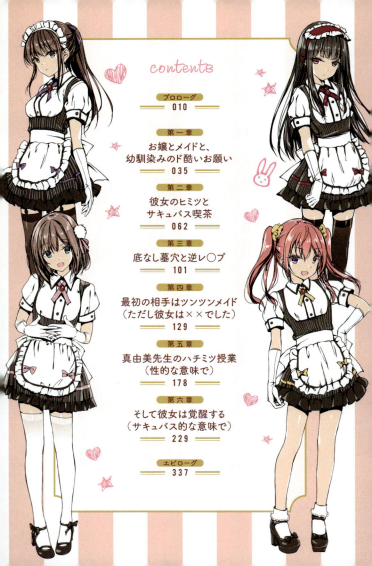

ダッシュエックス文庫

草食系なサキュバスだけど、
えっちなレッスンしてくれますか?

午後12時の男

プロローグ

仲良きことは美しきかな、とは言うけれど。

彼女との関係に、特に不満はないのだけれど。

距離感の近すぎる幼馴染《おさななじ》みというものも、ちょっといろいろ考えものなのではないかと、ここ最近、久坂浩一《くさかこういち》はそう思うことが増えている。

精神的にはほとんど家族。何をするにもいつも一緒の2人組。

これが同性ならまだ良いが、異性の幼馴染みとなると話がちょっとややこしい。

自分たちには全然そんなつもりがなくても、「え、お前らまだ付き合ってないの？」とか「もう結婚しちゃえよ」とか、そんな風にからかわれたりすることもしょっちゅうだし、また普通の男子と女子の関係ならば本来もっと慎《つつし》むべきことを無意識で平気でやらかしてしまって、「あれ、ひょっとして今やったこと、マズかったんじゃ……？」と後になって思い至り、気まずくなったことも一度や二度ではなかったりする。

何せ実際、同じ缶のジュースを飲んだり、食事の際に「半分ずつ交換っこ」をするのが、割と世間的にはハードルの高い行為であると知ったのも、ごく最近のことだったりするわけで。

客観的に、自分たちは結構危うい関係なんじゃないかと、浩一はそう思ってしまうのだ。

例えば、そう——今朝のこの状況なんかも、その典型例と言っていいだろう。

「……えーと」

何だか妙に暑苦しくて。

腕に何だか、ふにょりと柔らかいものが押し当てられているような感覚があって。

浩一がそんな違和感にふと目を覚ますと、同じベッドの、同じ布団《ふとん》の中で、1人の女の子が彼の腕に抱きついて、すやすやと寝息を立てていた。

それも胸を浩一の腕に押しつけて、足を下半身にがっちり絡《から》みつかせた状態で。

他でもない。彼女が浩一の幼馴染み、綿谷美亜《わたやみあ》である。

ちなみに言うと、幼馴染みのひいき目無しに、美亜はかわいい。めちゃくちゃかわいい。

やや色の薄いセミロングの髪。

人なつっこい顔立ちに長い睫毛《まつげ》、柔らかそうな唇。

平均より若干《じゃっかん》背は低く、体つきも細めで胸も腰も肉付きはあまりないのだが、むしろそんな体型は、活発な彼女の、小動物的な可愛らしさを際立《きわだ》たせている。

飾らない性格であることもあって、学校での人気も結構あるらしい。そういえばクラスメイトに告白されたとか、そんな話を何度か聞かされたこともあった。

文句なしの美少女なのだ。

そんな美少女に、めっちゃがっちり抱き付かれ、同じベッドで朝を迎えているのである。

当然浩一には、昨晩、彼女と未成年にあるまじき行為をした記憶は全くない。

というか、そもそも彼女とはそういうことをするような関係では一切ない。

いつもの時間に布団に入って、いつも通りに目を覚ましてみれば、完全無欠に不意打ちでいきなりこの状況だったのだ。

ごくごく一般的な価値観で言えば、こんなシチュエーション、混乱して当然なのだが――

「……またかよ」

しかしようやくはっきり目が覚めた浩一は、ただただ、ため息をつくばかりであった。

月に一度のペースで全く同じことを体験していれば、流石《さすが》に慣れようというものだ。

なので一見意味不明なこの構図も、どういう状況かを完全に心得てしまっている。

種を明かせば話は単純。お節介焼きというか構いたがりな美亜が、朝起きて、そのまま浩一も起こそうと部屋に侵入して。しかし元々寝坊助な美亜は、そこで眠気に負けてしまって浩一の布団の中にダイビング――とまあ、おおかたそんなところだろう。

ぎゅっと身体全体で抱きつかれ、胸やら太股《ふともも》やら柔らかいところがものすごい密着状態になっているが、どぎまぎするより前にまず情けなさを感じてしまう浩一だった。

もう自分たちも思春期なのだし。もうちょっとこう……慎みとかないものか。

というより何より、起こすならきちんと起こして欲しい。

時計を見ればまだ7時。幸い、登校には余裕を持って間に合う時間だが、運良く浩一が起きなかったら大惨事になっていたところである。

「おーい、美亜。起きろー」

「……う、んんぅ……？」

肩を摑んで揺さぶり、自分を起こしに来ていたはずの幼馴染みを、逆に起こしにかかる。

どうやら、二度寝ということで眠りは浅かったらしく、美亜は案外素直に瞳を開き、のそのそと緩慢《かんまん》な動作ではあるものの、一応ちゃんと身体を起こしてくれた。

「んー……ふぁ」

で、完全に自分のベッドで目を覚ますようなノリで、のんびりあくびしながら伸びをして。

腕を伸ばし、ぐぐぐぐ、と背中をそらした後に、一つ大きく深呼吸。

猫みたいな感じで瞼《まぶた》を擦《こす》りつつ、ぼんやりふらふら左右を見回して——ようやくそこで、美亜は浩一の存在に気がついたようだった。

「あー……　浩ちゃんだぁ」

彼女が見せてくるのは、ほにゃん、と緩《ゆる》みまくった寝ぼけた笑顔。

実に幸せそうである。

「……あれぇ？　なんで浩ちゃんがここにいるのぉ？」

「美亜が俺の布団に潜《もぐ》り込んできたからでしょーが」

「あはは。そっかぁ……あれ、そうだったたっけ……？」

「完ッ壁に寝ぼけてんな……まあいいや、おはよ」

「はぁい……おあよーございますぅ……」

朝の挨拶《あいさつ》もぼんやりまったり、めちゃくちゃ間延びしまくっている。

お辞儀をして俯《うつむ》いたら、そのまま、また寝息が聞こえてきそうな寝ぼけっぷりである。

ちゃんと起きている時は、どちらかというとハキハキと物を言う明るい女の子なのだが、彼女はとにかくめちゃくちゃ眠気に弱い。朝一番と夜遅くは特に酷《ひど》く、ご覧の有様で精神年齢が10歳単位で幼くなる。

例えば今日も、寝ぼけて蕩《とろ》けた笑顔のまま、甘え癖《ぐせ》を発動させて、浩一の腕に頭を押しつけ、猫のようにぐりぐりしてくる始末である。

「こらこら、何してんの」

「んー……だってこうするのきもちいいー……ふぁぅ……あー……寝ちゃいそー……」

「寝るな寝るな、てか、俺を起こしに来たんでしょが」

「あー、そうだったたっけ。えへへへぇ。浩ちゃんすごいねぇ、ちゃーんとおきたんだねぇ」

「はいはい、俺はもう大丈夫だから。美亜も早く着替えてきな」

「ふぁーいぃ……」

まだ意識の8割近くが夢の中、といった雰囲気で返事をしてくる美亜。

一事が万事でこの調子なのだから、もう、なんというか。始末が悪い。

「んー……」

しかし寝ぼけた彼女の暴走は、それだけに留《とど》まらず。

あくびを繰り返しながらもベッドから這《は》い出てくれたまではいいのだが。

何を思ったか美亜は、あろうことか、いきなり身につけていたパジャマを脱ぎ始めたのである。

「……って、ちょっとちょっとちょっとちょっと！　こら！　ストップ！」

慌《あわ》てて制止の声を上げるが、結局それも間に合わず。

寝ぼけているくせに服を脱ぐ手際《てぎわ》だけは異様に良くて、あっという間に彼女は、完全にパジャマの上を脱ぎ去ってしまっていた。

当然そうなれば、透き通るような白い肌と、胸元を覆《おお》う桜色の愛らしいブラが露《あらわ》になる。

「何やってんの！」

「んー……？　なにがぁ……？」

しかし当の美亜は、全く気にした様子がないらしい。

というよりそもそも、果たして下着姿を晒《さら》していることに気がついているのかどうか。

危機感もなく、勿論《もちろん》羞恥心《しゅうちしん》なども全くなく、美亜は寝ぼけた瞳を浩一に向けて、不思議そうに小首をかしげるばかりである。

「着替えるなら自分の部屋でしろってば、みっともない。ここ、俺の部屋だから。美亜の着替えなんてどこにもないだろ」

「あー……そっかぁ」

本当に浩一の言葉に納得しているのか非常に怪《あや》しい感じだが、一応それでも、彼女は浩一の言葉にゆっくりのったりと頷《うなず》いてくれた。

「そーだよねぇ……浩ちゃんとこに、わたしの服、まだ持ってきてないもんねー……」

「あ、駄目だこりゃまだ全然起きてない。俺はもういいから、早く自分の部屋に戻りな」

「ふわーぃ……」

大口であくびをしながらも返事をして。

そしてそのまま美亜は、自分のパジャマを小脇に抱《かか》え、なぜか再びそれに腕を通すことなく、下着姿のまま、ふらふらと寝ぼけ頭を揺らしながらドアに向かって行ってくれた。

服を着ろと厳命したいところだが、今の寝ぼけた様子では無駄だろう。

今、下手《へた》に指示をすれば、寝ぼけ頭の彼女は明後日《あさって》にも程がある解釈をして、今度はパジャマの下を脱ぎかねない。

「ホントにもう……」

美亜がドアの向こうに消えてから、疲労感に大きなため息をこぼしてしまう浩一だった。

本当……朝っぱらから慌ただしい。

昔から一緒の布団で寝ることもしょっちゅうなので、そのこと自体は百歩譲って構わないのだけれど。それでもやっぱり、朝イチ抜き打ちはちょっと勘弁して欲しい浩一だった。

なにせ浩一も美亜も、思春期を迎えていろいろ心も体も変化しているわけで。

具体的には、朝は身体の一部分が色々のっぴきならないことになっていたりもするわけで。

気の置けない仲良しな間柄とはいっても、流石にそのあたりを感づかれたり、何かのタイミングで触られちゃったりするようなことは、やっぱり男の子として避けたいものなのだ。

「……着替えよ」

まあ何にせよ、経緯《けいい》はどうあれ、美亜のおかげで目を覚ますことは出来た。

一つ伸びをし、深呼吸。肺に新しい空気を取り込んで、寝ぼけた全身の筋肉に活を入れる。

次いでベッドから降り、着替えようとパジャマに手をかけたそのタイミングで――しかしまた間の悪いことに、いきなり何の合図も無しに、再び部屋のドアが開けられたのだった。

「あー、そだそだ、浩ちゃんごめん、言い忘れてた」

「って、お前！　ノックくらいしろよ！」

「ええー？　いいじゃんべつにー？」

ズボンを下ろしかけたところだったので、びびって大声を上げてしまう浩一に、しかしむしろ「何で怒るのさー？」と不満げに唇をとがらす美亜である。

ちなみにまだ寝ぼけているのか、それともあらためてパジャマを着るのが面倒くさいからなのか、美亜は上半身が下着姿のままだったりする。

「さっきちょっと覗《のぞ》いたら、茜《あかね》おねえちゃん、めっちゃハッスルしてたっぽいから。要注意」

「ああ……まあ。はいはい。了解」

「じゃ、健闘を祈るー」

少しおどけて敬礼の仕草をした後、今度こそ美亜は自分の部屋に戻ってくれたようだった。

要するにそのことを伝えるために、わざわざ戻ってきてくれたらしいのだが。

何というか……いちいち心臓に悪い。

「……流石に、ちょっと注意した方が良いのかなぁ」

まあ仮に苦言を呈《てい》したとしても、美亜のことだから「？　浩ちゃん相手なんだから、そんなのいいじゃん別に」と全く理解を示してくれなさそうな気もするが。

何度目かになるか分からないため息をつきつつ、改めて浩一は朝の仕度をすることにした。

◆

あくびを噛み殺しながら、まずは制服に着替え、洗面所で顔を洗って歯を磨いて。

リビングに入り、テレビの電源を点《つ》けながら次に浩一が始めるのは、朝食の準備である。

久坂家の朝食は基本、セルフ式だ。買い置きの食パンをトーストにしたりそのまま食うなりして各自が摂《と》ることになっている。

こんなちょっと変わったルールになっているのは、今、浩一の両親が揃《そろ》って長期の海外出張に出ており、食事の世話をしてくれる人が久坂家にいないためだ。

同じマンションのお隣さんである美亜の家の世話になる選択肢もないではないし、事実どうやら、浩一の両親は美亜の母親にそういった類《たぐい》の世話を頼んでいたからこそ、息子と娘を残して長期の出張に出ることにしたらしい。だけどそれはそれ、浩一達はこれも良い機会だということで、出来るだけ食事に関しては自前でこなすようにしているのである。

とはいえ、それも半分はその場の思いつき、もう半分は格好付けで始めただけのもので。

朝の起き抜けの眠い時間に、いちいち自分の分の食事を用意しなければならないのはやっぱり相当面倒くさい。初めの頃はご飯を炊《た》いたりもしていたけれど、そのうち手抜きをするのが癖になって、結局今のパターンが確立してしまっていたというわけだ。

毎朝毎朝きちんとした朝食を朝早くから用意できる世の奥様お母様方は偉大だと、つくづく実感する浩一である。

彼が出来るのは、トースターで食パンを焼いて、その間に電気ケトルでお湯を沸かしてココアを用意するくらいのもの。そんなだからバリエーションも貧困そのもので、飲み物を変えたり、トーストに何をつけるかを変えたりする程度がせいぜいだ。

ちなみに今日は何となくあっさりめにしたかったのでジャムをオレンジにしてみたが、これも実は、３日連続で同じチョイスだったりする。

「さて……」

ともあれ、さておき。

美亜とのすったもんだの末に、結局かなり早く起きてしまったので、時間的にはまだまだ余裕がある。時計代わりにＴＶで流れる朝のニュースを眺めながら、浩一は、たっぷりジャムをのせたトーストをじっくりよく噛んで胃に収めていった。

まだ微妙に眠気が残った頭に、ほんの少し酸味のきいたジャムの甘みが心地良い。

もくもくとトーストを口に運び、ゆっくり10分ほど時間をかけて食べた後。

完食すると同時に、自然と、ほっとしたような一息が浩一の唇から漏《も》れた。

胃袋満たせば心安らか。人間は意外と単純に出来ている。

寝起きでちょっと躓《つまず》いてしまったが、朝食を平らげてひと心地つけば、悪くない1日の始まりの気分になっていた。

ＴＶ画面の端に表示された時刻表示を見れば、まだ7時半。

45分くらいに家を出れば、十分余裕を持って学校に間に合う。そもそもいつも一緒に登校している美亜は、朝の仕度が遅いのだ。なのでどっちみち、もうすこし待つ必要がある。

ここぞとばかりに浩一は、のんびりと何をするでもなく、ＴＶを眺め続けることにした。

この登校するまでの、朝の何もしない時間帯が、実は浩一の密《ひそ》かなお気に入りなのである。

けれど――この時間を毎日無事に過ごせるとは限らないのが、困りものではあるのだが。

「おッはようううぅぅぅ!!」

「…………………」

例えばまあ、こんな具合に。

のんびりココアを飲みながらＴＶに耳を傾けているタイミングで、背後から、姉のやたらハイテンションな朝の挨拶が聞こえてきた日は、十中八九「はずれ」である。

（あー……ままならねえ……）

まあ、前もって美亜には「警告」を受けていたので、ある程度覚悟をしてはいたが。

それでも予想通りすぎるこの展開に、内心、ちょっとげんなりしてしまう浩一だった。

「おはよーおはよー浩一くん！　今日もすっきり気持ちの良い朝だね!!」

「……おはよ、姉ちゃん」

とりあえず浩一も簡潔に返事をし、電気ケトルに残っていたお湯で二杯目のココアを用意。食卓の向かい側の席に置いてやる。

すると、いつものように「ありがーとーぅ!!」とヤバいものをキメてるんじゃないかと思えるようなテンションで礼を言って、浩一の姉、久坂茜は食卓の向かいの席に座ってきた。

「……姉ちゃん、また徹夜したんか」

「いえす！　そのとおり！　よく分かったね浩一くん！」

対面に座った姉の、あまりの有様に顔をしかめる浩一だったが、彼女は満面のドヤ顔だ。

茜の格好は、そりゃもう酷いモノだった。

念のために言っておくと、美亜とはだいぶ方向性が違うが、茜もまた、一般的な尺度で言えば、結構な美人さんである。

今でこそこんなヤバ目のテンションを振りまきまくっているが、普段の茜は、おっとりした物言いと、のんびり垂れ目がちな目元が特徴的な、穏やかでおとなしめの雰囲気の女性なのだ。

実際知り合いなどから「可愛いお姉さんだね」と褒《ほ》められたことも一度や二度ではない。

だけどそれも、あくまで素材に限った話であって。

もっと言えば、ちゃんとした格好をしていればの話であって。

長く伸ばした癖ッ毛を整えもせずにぼさぼさ状態、化粧ッ気も当然のように皆無で、高校時代からの使い古しであるよれよれの芋《いも》ジャージを着込んでいる今の格好は、どんな男でも幻滅必至の惨状と言って差し支えないだろう。

しかもこれが彼女の通常形態だというのだから、情けないと心底嘆《なげ》くほかない浩一だった。

「……やりすぎは身体に毒だっていつも言ってるじゃん。程々にしときなよ」

「えへへー♪　わかってるわかってるー♪」

やんわり生活態度を注意をしても、ご覧のように完全無欠に馬耳東風《ばじとうふう》。

むしろどうやら心配されたのを喜んでいるようで、にひひー、と笑みを深める始末である。

本当、姉のマイペースぶりにもほとほと困ったもんである。

まあ、この乱れきった生活態度は、彼女の職業によるところも大きいのだろうが。

「ってかね。実はね、実はね、ついさっきまで原稿描いてたらなんかテンション上がっちゃって止まんなくてさ！」

興奮冷めやらぬ彼女の台詞《せりふ》から分かるように、茜は普通に企業勤めをして生計を立てているわけではない。

久坂茜。

ペンネームはたしか、久住萌《くずみもえ》といったか。

大学卒業後、まともに就職することなく、なぜか漫画家の道を歩んだときには一家揃って正気を疑ったものだが、後になって思えば、それこそが姉の天職だったのだろう。

ただ、何というか――彼女が描いているジャンルがまた少々難物ではあるのだが。

普通、漫画家と言えば、浩一くらいの青少年にとってみれば、ちょっと珍しい、憧《あこが》れの対象となるような職業なのだけれど。茜の場合はあまりそれには当てはまらないのが、彼女の残念な印象にさらに拍車をかけていた。

というのも——

「ほらほら、見てみて、このページ自信作なの！」

「……ぶふっ!?」

と、ウザいくらい誇らしげな表情を浮かべながら、茜が見せびらかしてきた原稿の中身に、思わず浩一は、口に含んだココアを噴き出しかけてしまった。

ちなみに、基本的に茜はPCで原稿を描いているので、直筆《じきひつ》生原稿というものは存在しない。なのでわざわざ浩一に見てもらうために、プリンタでいちいち出力してきたのだろう。

それはいい。それはいいのだが。

その中に描かれていた絵面《えづら》がもう何というか、大問題も大問題だった。

登場人物は男2人にヒロイン1人。

何故《なぜ》か3人とも一糸纏《いっしまと》わぬ全裸になっていて——でもって何やら物凄《ものすご》くアクロバティックな体勢で絡み合っていたのである。

具体的には——『清楚《せいそ》な雰囲気の長髪の美少女が、2人の男に前後から挟まれ、後ろ側の男に片足を抱きかかえられている。そうして大股《おおまた》開きになった結果、その中心部が恥ずかしげもなく読者に向かってさらけ出されており、さらにその場所には、前後の男の股間《こかん》部からにょいっと伸びた、酷くグロテスクな造形の松茸《まつたけ》的な物体が添えられている。その周辺を中心に、全身がひどくねっとりとした粘液で執拗《しつよう》にデコレーションされていて――しかしそんな、はしたない体勢であるにもかかわらず、ヒロインの表情はどこかうっとりと蕩け、大きく開いた口も確かな笑みの形を浮かべながら、気持ちよさそうな嬌声《きょうせい》を上げている』という構図。

やばい。

絵もやばいなら台詞もやばい。

『あっ、ああっ♡　いいのっ♡　もっとちょうだいっ♡　もっと♡　せーし、いっぱい、いっぱい♡　ああっ♡　あーッ♡　ああーッ♡　いく、イくッ♡　あっ♡　あっ♡　あっ♡　んぁぁ――――ッ♡』

……

おわかりいただけただろうか。

久住萌。

最新単行本のタイトルは『膣《ナカ》出《だ》しテクノブレイカー』。

主《おも》な掲載誌は『月刊ZEROS』。

やたらと凝《こ》った汁描写が微妙に評判の、デビュー3年目のエロ漫画家こそが、浩一の姉、久坂茜の本当の姿なのであった。

「朝っぱらからなんてモン見せるんだよ!?」

「だってだってだって、すっごくよく描けたんだよ？　どう？　どう？　えっちくない？　興奮する？　ムラムラした？　勃起《ぼっき》した？　今すぐヌきたくなってきた？」

「うっせ！　知るか！　つか弟にそんなん聞くなよ!?」

「だってぇ重要なことなんだもの」

「何がだよ」

いい加減ジト目で呆《あき》れきった視線をくれてやる弟に、ふ、やれやれわかってないなーといった感じで、わざとらしく肩をすくめてみせるその仕草が絶妙にウザくて仕方ない。

「いいかね、浩一くん。お姉ちゃんはね。エロ漫画家なのですよ。なのですよ」

「知ってるよ、だから何だよ」

「エロ漫画とは何か。それは世の青少年の滾《たぎ》りまくった青い性欲を受け止めるパラダイス！　そして！　世間の男の子の性欲を受け止めるなら、まずは何より千里の道も一歩から！　最愛の弟である浩一くんのオカズにならなくて何のためのエロ漫画かってことですよ!!」

「心ッッッ底知らんし！　身内の書いたエロ絵とかキモいだけだし!!」

「ああん、そんなつれないこと言わずに見てよぉ。修正前の原稿、浩一くんにしか見せられないんだよ？　久住萌先生の貴重な無修正原稿だよ？　ほらほら、ここの裏○ジを○リちゃんに擦《こす》りつけてるところの○液と○液の粘り気とか～いい感じじゃない？」

「あーあー！　何も聞こえなーい見ませんせん見えませーん!!　行ってきまーす！」

気付けばそろそろ時刻も7時45分ちょっと前。

いい加減付き合うのも面倒くさくなってきたし、姉に構っていては遅刻してしまう。

なにより穏やかだった朝の時間をぶち壊されたのが腹立たしくて、「ばーかばーか！」と雑な罵声《ばせい》を浴びせかけつつ、浩一は登校するため玄関を出て行った。

でもって――幸か不幸か、そうして出かけたタイミングがちょうど良いものだったらしい。

「お、出てきた出てきた」

勢い余ってつんのめるようにして玄関を出たところで、浩一はそんな声をかけられた。

言うまでもなく、そこにいたのはさっき起こしに来てくれた幼馴染み、綿谷美亜だ。

どうやら、ちょうど彼女も玄関を出たところだったようだ。壁に手を突き、指を靴べら代わりにして、かかとを踏んでいた学校指定のローファーをきちんと履《は》きなおしている。

その仕草自体は微妙にお行儀が悪いというか……持ち上げた太股のせいでスカートの裾《すそ》が危うい感じにめくれ上がってその中身が見えていたりして、正直女の子としてあまり褒められた感じではないが、一応、服装自体はきっちりしたものだ。

布団の中で寝ぼけていた時のような寝癖はなく、身に着けている夏服にも乱れはない。

美亜は目元がぱっちりしていて喜怒哀楽のわかりやすい顔立ちをしているから、眠たそうにだらしなくしている姿より、こういう格好をしている時の方がよく似合う。

「おっす、浩ちゃん」

「……おす」

もう朝の挨拶は済ませていたので、改めての挨拶は、軽く手を上げる程度で簡単に。

しかしどうやら、先程の茜との言い合いをばっちり聞かれてしまっていたらしい。美亜は苦笑めいた表情で浩一の顔を覗き込んできた。

「茜おねえちゃん、やっぱりだった？」

「やっぱりでしたわ……」

忠告された時に予想したとおりの展開だった。

「今日はなんか、特にすごかった……疲れた」

「こっちの玄関にも聞こえてきてたよ」

ため息をつく浩一に、そんな彼の背中を、宥《なだ》めるように優しく叩いてくれる美亜。

本当、今日も今日とて散々だ。

朝の起き抜けに、見たくもないのに美亜の下着姿を見せつけられたり、その後間髪《かんはつ》いれずに、今度は茜にえげつない内容のエロ漫画原稿見せつけられたり。

悲しいことにそんなアクシデントも冗談抜きにしょっちゅうで、もはや驚くこともなくなってしまっているけれど。それでもやっぱり、疲れてしまうのはどうしようもないことで。

「ああ……平穏な生活が欲しい……」

「あはは……お疲れ。茜おねえちゃん、ホントすっごいもんねえ」

「……いや、あのな？　この際はっきり言っとくけどな、美亜だって相当だからな？」

「え、ええっ!?　うっそ、どこが!?」

自覚がないあたりが割と本気で恐ろしい。

こーれだもんなぁー……と、諦《あきら》め半分の苦笑を漏《も》らしてしまう浩一だった。

——まあ、つまるところ、要するに。

こんな感じのすったもんだが、久坂浩一にとっての日々の朝なのである。

憂鬱《ゆううつ》な気持ちで空を仰げば、そこにあるのは夏真っ盛りの深い蒼《あお》。

陽《ひ》の光を受けて地面に落ちる影は色濃く、耳に聞こえる蟬《せみ》たちの鳴き声もにぎやかだ。

期末テストも終わって、夏休みももう目前。

複雑な浩一の気持ちなどどこ吹く風で、今日もまた、熱く賑《にぎ》やかな1日になりそうだった。

◆◆◆

そこにあるのは、異様極まりない光景だった。

とは言っても、舞台となる部屋の造りそのものは、特に変わったところもない。

キャビネットとその上に置かれた大型テレビ。クイーンサイズのベッド。そして部屋の隅に置かれた小さめのサイズのワードローブ。装飾の類がほとんどなく味気ないが、ごくごく一般的なマンションの一室と言って差し支えないだろう。

そんな一見何の変哲もない場所を、誰もが眉をひそめるようなものに塗り替えているのは、部屋に立ちこめる饐《す》えたような異臭《いしゅう》と——そしてベッドや床で倒れ伏している8つの人影だ。

一晩中冷房を点けっぱなしにされたおかげで、室温そのものは高くないにもかかわらず、その匂《にお》いのせいか、あるいは部屋にいる面々の気配のせいか、何か異様な熱のようなものが、その場所にはじっとりと立ちこめていた。

部屋にいる面子《メンツ》の内訳は、7人の男性と、そして見た目10歳程度の少女が1人。

年齢層も身に纏《まと》う雰囲気もばらばらで、あまり互いに接点を感じられないが——少女を含めて今の彼らには、さしあたって二つの共通点があった。

一つ目は、誰もが一切の衣服を身につけていないこと。

二つ目は、彼らの全身に、何かの液体が乾いたような跡がこびりついているということだ。

どのような行為がそこで行われていたか――勘の良い者ならば一目瞭然《いちもくりようぜん》だろう。

常人の感覚からすれば顔をしかめずにはいられないだろうが、世間から切り離されたその空間では、夜を徹して行われたその「宴《うたげ》」に異を唱える者は誰1人としていなかった。

「んー……」

そんな中――まさしく死屍累々《ししるいるい》といった様子で倒れている面々の中で、唯一《ゆいいつ》まだ動く元気が残っていたのは、意外なことに、一番体つきの華奢《きやしや》な少女であったらしい。

それどころか幼い身体で、たった1人で一晩中、7人の男達の「相手」をしていたにもかかわらず、その表情には疲労はほとんど見られない。

当然――そんなことをして平気な顔でいられる者が、まともな人間の少女であるはずがない。

夜の空を舞い、人々の寝床《ねどこ》に忍び込み、そして精を貪《むさぼ》り喰《く》らう、人ならざるモノ。

この「宴」に参加した男達には明かしていないが、彼女はそういう種族なのだ。

「あーぁ……」

ただ、気分が優れているというわけではないらしい。

少女は大きなあくびをしながら、のったりと緩慢な動作で身を起こし――そして酷くつまらなさそうにため息をついた。

「んー……今日は期待外れだったなー……」

油の回った揚《あ》げ物を食べて気分が悪くなったような表情をしながら、ぼそりと少女は呟《つぶや》く。

そう。今回は「外れ」だった。

それなりに相手を厳選したつもりだったが、なかなか上手《うま》くいかないものである。

せっかく苦労して面子を揃えたのだから、もうちょっといい感じの味わいがあってもいいのにと、そんな不満を持ってしまう。

いつもならもう少し時間をゆっくり使って念入りに精気を搾《しぼ》り取るのだが——今日に限っては、どうにもそんな気分にならなかった。

「これからどうしよっかな……」

テンションを下げながら、何となく外の空気を吸いたくなったので、少女は裸の上にTシャツだけを着て、10時間近くにわたって閉じきっていたカーテンと窓を開け放った。

外を見やれば、もうずいぶんと太陽は高く昇っており、頬に触れる空気も熱くなっている。

それでも7人分の精臭が充満した部屋の空気よりはまだ幾分かマシなような気がして、少女は何度か、大きく深呼吸を繰り返した。

「……うん？」

そうしてぼんやり外を眺めていると——ふと、少女は妙な気配に気がついた。

「これは……？」

鼻の奥の特殊な感覚器官に触れるのは、やはりこれも精気の香り。

それも、とてもとても極上な——昨晩搾り取ったのとは段違いに魅力的なものである。

今回厳選してあんな結果だったというのに、この町にこんなものすごいのを持つ者がいるのかと、彼女はすこし驚いてしまった。

気配からすると、精気の主《ぬし》はまだ若い。おそらく学生――たぶん高校生くらいだろうか。

「ん……ふふ」

自然と、口元に笑みが浮かぶ。

これはちょっと、思いも寄らない収穫だ。

何せちょっと匂いを嗅《か》いだだけで、股間が熱を取り戻し、思わず濡れてしまうくらいなのだから。

「……真由美《まゆみ》ちゃん？　どうしたの？」

少女の様子が変わったのに気付いたのだろう、今まで倒れていた男達のうちの1人がようやく息を吹き返し、彼女に声をかけてきた。

「んー、なーんにも？」

少女はあどけない笑顔を作ってごまかしながら、再び男の胸に飛び込んでいった。

体格の大きな男は「うおっと!?」と驚きつつも、難なく少女を受け止め、抱きしめる。

男に絡みつき甘えながら、しかし少女が考えるのは、あくまで先程嗅いだ精気のことだ。

（んふふ。楽しみが増えちゃった……♪）

今から慌てて、さっきの精気の主を追いかける必要はない。この辺りを通学路にしている学生だろうから、後で調べれば簡単に所在をつかめるはずだ。

それより何より、さっきの精気を嗅いでムラムラした身体を、早くどうにかしたかった。だらしない精気しか吐き出せない粗末なモノでも、7人がかりで相手をしてもらえば、極上の精気で火照《ほて》った股ぐらを鎮《しず》めるくらいのことはできるだろう。

「ね、ね、あたし、もうちょっとシたいな♡」

「え、でも俺、これから仕事が……」

「いーじゃん、1日くらいサボっても♪　仕事するのとあたしとも一っとキモチイイことするの、どっちがいい？」

「…………」

あどけない唇から紡《つむ》がれるそんな誘惑の言葉に、先の男だけでなく他の残った6人もむくりと身を起こし始めた。

その顔には揃って如何《いかん》ともし難《がた》い疲労がこびりついていたが、同時に少女を見る目には、抗《あらが》いがたい獣《けもの》じみた欲求の炎が灯《とも》っている。

男達の股間にあるものも、再び始まる狂宴への期待に、そろって硬さと熱さを取り戻しつつあった。

「んふ♪」

7人7様の屹立《きつりつ》に狙《ねら》われながらも、それこそが思惑《おもわく》通りだと少女は妖《あや》しくほくそ笑む。

「早い者勝ち、だよ？」

彼女がその言葉を口にした瞬間――男達は我先にと少女の小さな肉体に群がり始めた。

第一章　お嬢とメイドと、幼馴染みのド酷いお願い

浩一《こういち》達の通う私立大原《おおはら》学園は、創立70年の歴史を持つ、この辺りではちょっと名の知れた中高一貫校だ。

偏差値はそれなりで在学生の大学進学率もそれほど高いものではないが、市内にルーツを持つ大財閥《だいざいばつ》が経営に関《かか》わっている関係で、なんとなく地元住人からは「大原学園に通う＝良いところに通っている」と思われているという——まあそういった類《たぐい》の学校である。

とはいえ実際は、経営者の援助があるおかげか学費はかなり格安で、実際に通う身からすれば、「良いところの学校に通っている」という感覚はほとんどない。あまり勉強しろしろとうるさく言う先生がいなくてそれなりに居心地良い学校だなあ、と、そう思う程度のものである。

さて——そんな感じの大原学園だが、教育方針として「次世代の文化を担《にな》う若者を育てる」というものを掲《かか》げており、それは校内にある諸々《もろもろ》の施設にも反映されている。

例えば図書室の蔵書数は市営の図書館をしのぐほどだと言われているし、中等部の方では月イチくらいの割合で昔の映画を鑑賞するような授業も行われているらしい。

南棟2階の端にある「資料室」も、そんな教育方針のもとに用意された施設のひとつだ。

なんとなく「資料室」と聞くと、小難しい文献だとか歴史的資料とか、地元の遺跡から出た正体不明な石器なんかが保管されているようなイメージを受けるが、実際にはさにあらず。

前述の映画視聴の授業で使う映画だとか、古今東西の文学作品であるとか、そういった類のものを生徒達に貸し出している、第二の図書室といったニュアンスの場所なのである。

この資料室、生徒の自習室も兼ねた図書室とはまた勝手が全然違っていて、例えばおしゃべりしても全然OKだし、棚に並べられた映画も、自由に借りたり、部屋の隅に置かれたTVで鑑賞することが出来る。聞いた話によれば「芸術作品は鑑賞した後に語り合ってナンボ」という理事長の意見によって、図書室から物語など芸術系・娯楽系のコンテンツだけ隔離され、こうした施設が用意された、という経緯《いきさつ》があるらしい。

ただ、ご立派なのはそこまでで。

その実態はといえば、この資料室、ほとんどの生徒は興味も示さず、閑古鳥《かんこどり》が鳴いているのが常だったりする。

まあ……何というか、無理もない。

置かれている映画はクロサワだとかオヅヤスジロウだとか、そんな感じのいかにも古くさい名画だとか文芸映画ばかりだし、小説関連もそれは同様だ。よほどの芸術かぶれや文芸好きでもないかぎり、遊びたい盛りの中高生がこんな辛気《しんき》くさい場所に興味を抱くはずもない。

生徒達の間でも話題に上がることなんかほとんどなく、かくいう浩一も、入学して半年以上経《た》った後、去年の11月も半ばになって、ようやくその存在を知ったほどである。

——つまるところ、要するに。何でこんなことを長々説明したかというと。

浩一と美亜《みあ》は、そんな資料室の、数少ない「常連」なのである。

とはいえ実のところ、浩一だって、熱心な文芸好きとかそういうわけでは決してない。

単純に言えば、反抗心だ。

何せ、家にいると姉の茜《あかね》が、自分の作品が掲載されたエロ漫画雑誌を無理矢理読ませて、「参考にしたいから！」とか何とかそんな理由で、自作品含めた全作品の感想および勃起度《ぼっきど》ランキングを要求してきたりするような、理不尽《りふじん》極まりない家庭環境なのである。

なのでまあ、なんというか「このままでは俺はエロに溺《おぼ》れて駄目になるっ！」という危機感に駆られて通っているだけのことだったりする。

要するに、大人ぶりたくなった子供が無理してブラックコーヒーを飲んでいるようなもので。

なので、古い文芸作品に挑戦してみても、最近の小説とは文体から何からまるでノリが違っていて、読んでいる途中で挫折《ざせつ》してしまうこともしょっちゅうという体《てい》たらくだったりする。

むしろ「浩ちゃんが行くならわたしも行くー♪」なノリで、単に付き合いでついてきているはずの美亜の方が、よほどこの施設を堪能《たんのう》しているような節すらあった。

さておき——そんなわけで。

「暑いなぁ……」

「そだねえ」

夏休みを目前に控え、いまいち身が入らない授業を、とりあえず1日分こなした後。

放課後になってすぐに、そのまま2人は資料室に直行し、いつものように本棚を適当にあさって読書を始めていた。

とはいえ、とりあえず読みやすそうだと最近出版された時代小説を手に取ってみたはいいものの、もとより部活動でもないので、その読書にもいまいち身が入らない。

夏の陽気ですっかりふぬけた気分になって、ついつい雑談を始めてしまう2人だった。

「もうそろそろ、本格的に夏ですなぁ、浩一どん」

「そうですなぁ、美亜どん……てか何なのその日本昔話のおじいさんみたいな言い方」

「いやまあなんとなく?」

ときどき美亜は、こういう訳のわからないふざけ方をしてくる。

こういったじゃれつき方は、昔から変わらない、美亜の癖《くせ》のようなものだ。正直、打ち返し方も分からなくて適当に流すことも多かったりする。

「ところで夏休み、どうしましょうね、浩一どん?」

「どん呼びまだ続けるんかい。てか、あー。そうな……夏休みなぁ」

完全に雑談モードになった美亜に話を振られて、浩一は少し難しい顔をしてしまう。

「そういや今年は何も考えてないよな……」

「おじさんとおばさん、いきなり出張行っちゃうしねえ」

例年通りならば、浩一の家族と美亜の家族がいっしょになって、家族ぐるみの旅行なんかを企画しているのだが。

今年は浩一の両親が出張した関係でばたばたしていて、結局何の予定も立てずじまいになってしまっていた。

「さびしいよー、どっか遊びに行こうよー」

「……言ってもな。もうこの時期からじゃどこも予約取れないぞ」

「それこそ日帰りで海とか行かない？　このままじゃバイト三昧《ざんまい》になっちゃう」

「そうだなぁ……ていうか、美亜、夏休みもバイトするんだ？」

「へ？　ああ、そりゃ行くよ。かき入れ時だもん」

「……そりゃそうか。働き者だなー」

「えっへん」

浩一の台詞《せりふ》に、美亜はここぞとばかりに薄い胸を張り、おどけてえらそぶってみせた。

いつも浩一にべったりの美亜が、何を思い立ってかバイトを始めたのがおよそ半年前。

どんなバイトをしてるのか、聞いても教えてくれないので浩一はよく知らない。ただ、割と良い環境の職場であるらしく、バイト先の愚痴《ぐち》などは一切聞いたことがなかった。

どうやら話しぶりからすると飲食店か何かのようだが、いったいどこで働いているのやら。

店の場所くらい教えてくれてもいいだろに――と、そこまで考えて、浩一は話題とは全く別方向の思いつきが頭に浮かんでいた。

（あー……何かバイトするって手もあるか）

美亜と遊ぶ計画は勿論《もちろん》別に立てるとして、どうせ長い休みである。時間の使い方の選択肢として、バイトするのは割とアリかもしれない。

それに実を言えば――ここのところ数年間、浩一にとって夏休みは、ちょっと憂鬱《ゆううつ》な時期になってしまっていたりするので、あまり家には居たくないのだ。

だって、考えてみて欲しい。

何せ一日中家にいるということは、一日中茜に絡まれる危険性があるということだ。

それに加えて、エロ漫画家ということで要するにがっつり「その方面のオタク」である茜は、夏場になると文字通りの修羅《しゅら》と化す。商業誌の原稿に加え、年に二回開催されるという自主制作本の即売会用の原稿に忙殺《ぼうさつ》されてしまうためである。

となれば、当然浩一にも、その影響が出てくるわけで。

具体的には、手伝わされるのである。

例えば構図のモデルとか。

それからアイディア出しの手伝いとか。

さらには原稿そのもののアシスタントとか。

そんな茜の魔の手から逃れるため、バイトをするのは割と良い選択肢のような気がする。

「バイトか……俺もちょっとやってみようかなぁ」

ぼそりと呟《つぶや》くと、美亜は、そんな彼の独り言に「あ、じゃあさ」と声を明るくした。

「それならさ、一緒にバイトするのも楽しいかもね」

「おお、いいかもね、それ……っていうか、いいの？」

「？　何が？」

「いや、どういうバイトしてるか、秘密にしてるんじゃなかったっけ」

なんせ何度聞いても、恥ずかしがってはぐらかしていたくらいである。

なので浩一としては、自分から「一緒にバイトしたい」と提案するのを控えていたのだが。

「…………あっ」

で――浩一の突っ込みに美亜が見せるのは、忘れ物に気付いたような「しまった」な顔。

「……………」

何もかもを察した浩一は、半眼を美亜に向けてしまう。

「お前……忘れてただろ、秘密にしてたこと」

「そ、そんなことないもん！」

「迂闊《うかつ》なヤツ……」

「う、うっさいな！」

とかなんとか馬鹿話をしつつ。

ともあれ結局、一緒にバイトという案は当然却下となってしまった。

「うーん、やっぱりいきなりだと、なかなかむずかしいね……」

「そだなぁ……」

どこかに遊びに行こうといっても、すぐには良い案は出てこないものである。選択肢はたくさんあるが、学生の懐《ふところ》事情とかいろいろあってどうにも決定打に欠けてしまう。

「……ごめん、ちょっとおしっこ」

一段落ついたところで、美亜はため息をつきつつそう言って立ち上がった。

「はいはい」

これも幼馴染《おさななじ》みの弊害《へいがい》というヤツか。

「お手洗い」とか言葉を濁《にご》すことなくそういう表現をしてくるのが困りものだ。

デリカシー的にどうなのか、とか思わなくもないが、それも正直今更で。

だから浩一も何も言わず、いつものように「いってらっしゃい」と苦笑しつつ見送った。

◆

トイレの個室に入った後、スカートの中をまさぐってショーツをふくらはぎの位置までずらし、便座に腰を下ろす。

実を言えば、今は特に尿意はない。ちょっと気まずくなって逃げ出しただけのことである。

意味もなく便座に座り、大きくため息をついて——そして今更のように羞恥心《しゅうちしん》が燃え上がって、美亜は頭を抱《かか》えた。

「むぐう……」

原因は、他でもない。さっきの「一緒にバイトしよう」発言である。

その場では何でもないように取り繕《つくろ》ったものの、時間差で恥ずかしくなって耐えられなくなってしまったのだ。

本当――幼馴染みというのは厄介《やっかい》なものだ。

美亜としては、浩一に向ける意識は友達というより双子の兄妹《きょうだい》という感覚の方が近い。

お風呂にだって割と最近まで一緒に入ってたし、下着姿を見られても全然平気。

というか正直、今だって、その気になれば一緒にお風呂くらい平気で入れる自信がある。

だからついつい夏休みに一緒に遊ぶ予定がないのが寂しくて。「あ、そうだ一緒にバイトすれば良いんじゃん！」とか思っちゃったわけだが……でも、流石《さすが》にその思いつきはあり得ない。

絶対明かしたくない、美亜の秘密を知られてしまうことになりかねないからだ。

いくら相手が浩一でも、気の置けない間柄の幼馴染みでも――いや、むしろ相手が浩一だからこそ、あの秘密だけは駄目だ。明かすにはいろいろとハードルが高すぎる。

そんな大事なことを一瞬でも忘れるなんて、本当、間抜けもいいところ。

「あー……てか……別のバイトなら一緒にしてもいいのか。今思えば」

さらにそんなことにも今更のように気がついて、徒労感にますますため息が漏《も》れた。

「はー…………恥ずかし」

頭を抱えるが、いつまでもこうしているわけにもいかず、思い直して便座から立ち上がる。

まあ、相手は浩一だし。資料室に戻っていつも通りのテンションでしゃべれば、あれこれ察してくれて元通りに接してくれるだろう。

それから改めて、別のバイトを一緒にしないか誘ってみればいい。

そう考えながらショーツを穿《は》き直して個室を出て、言い訳めいた気分で手を洗って。

資料室に戻りかけたところで、ふと美亜は、胸の辺りに振動を感じた。

「……？」

胸ポケットに入れていたスマホのバイブだ。誰かからメッセージが送られてきたらしい。

美亜の知り合いはだいたい今の時間は部活をやっていて、連絡してくるような者はあまりいないのだが。

一体誰からなのだろう、と少し首をかしげながらスマホを取り出しサスペンドモードから起動。慣れた操作でトークアプリを立ち上げ、中身をざっと読む。

「……え」

そして――そこに書かれていた文面を読んで。

いくらなんでもなその内容に、美亜は思わず、しばらくその場で立ち尽くしてしまった。

◆

トイレに向かった美亜の姿が完全に見えなくなったところで、浩一は再び苦笑を漏らした。

「……嘘ついてるな、ありゃ」

浩一から見れば、美亜は本当にわかりやすい。嘘をついているかどうかひと目で分かる。

あの様子だと、本当にトイレに行きたくなったわけでも何でもなく、おおかた何かに気まずくなって逃げだした、といったところだろう。

もっとも、さっきのやりとりのどこにそんな要素があったかは、いまいちわからないけれど。

「……仕方ない」

何はともあれ、とりあえずは美亜が戻ってくるまで待機である。

浩一は横に置いていた文庫本を再び開いて——しかしふと、そのタイミングで、彼が腰掛けてるのとは別のソファから、ごそごそと物音が聞こえてきた。

「？　なんだ」

少し驚いてびくっとしてしまって、恐る恐るそちらを窺《うかが》う浩一。しかしそこで目《ま》の当たりにした物音の正体に、彼は「ああ、何だ」とがくりと脱力感に肩を下ろした。

そこでは知り合いの女の子が1人、ソファをベッド代わりにして居眠りをしていた。

大原凜《りん》。

学年は……確か中等部の2年生だったたか。

茜や美亜とはまた全然趣《おもむき》が違うが、この子もかなりの美少女だ。

小学生にも見えかねない小柄な体軀《たいく》と、黒く艶《つや》やかな髪を長く伸ばした姿が相まって、こうして静かに眠っている佇《たたず》まいにも、どこか深窓《しんそう》のお嬢様といった雰囲気がある。

そして事実、その名字からも分かるとおり、実は彼女、この大原学園を経営している大原財閥のご令嬢なのだそうだ。

そんな肩書きに加えて、あまりにも「いかにも」な逸話《いつわ》の数々によって、彼女は、この大原学園においては、結構な有名人だったりする。

例えば、通学も校門前まで専用の車での送迎が基本だったりとか。

他にも、昼食も弁当ではなくシェフが用意したものが運ばれて来たりとか。

忘れ物をして、メイドさんが届け物をする姿なども割と頻繁《ひんぱん》に目撃されていたりする。

そんなことをしていれば、普通、イジメやハブりの対象となってしまいそうなものだが、普段の態度があまりにも超然としているためか、そんな隙《すき》を周囲に与えることもなく、それなりに平穏な学生生活を送っているらしい。

まあ、クラスメイトや同級生にしてみれば、むしろイジメやハブりをしようものなら、どんな制裁を受けるか分からない、とそんな判断で穏便に接しているだけかもしれないが。

さておき――何で浩一がそんな曰《いわ》く付きの有名人と知り合いなのかと言えば、何のことはない、凜もまた、この資料室の常連なのである。

ただし彼女の、資料室での態度は、浩一以上にいい加減だ。

格好だけでも棚に並べられている本に目を通そうとしている浩一とは違って、凜はそもそも本棚に近寄ろうともしない。映画も1本たりとも見たことがない。

理事長の孫娘のくせに、学校が掲げている教育方針を完全に無視して、部屋に置かれたソファで惰眠《だみん》を貪《むさぼ》るためだけに通っている子なのである。

で――まあ、単に寝るだけならまだ良いのだが。

「……またこの子は……」

何というか、この少女、いろいろと無防備すぎるのである。

流石に寝間着を用意しているわけもなく、いつも制服姿でソファに寝っ転がっているのだが
――寝相があまり良くないのか、その格好がまた、いつも際《きわ》どいことになっているのだ。

首元が締まったままでは息苦しいのか、ネクタイは解かれ、ブラウスのボタンは上から二つ目までが外されて、いい感じに鎖骨《さこつ》や胸元の奥の方まで見えてしまっている。

加えて、寝ているうちに服装が乱れに乱れ、ヘソが丸見えになってしまっていたりもして。

そして、更に洒落《しやれ》にならないのが、下半身。

狭いソファに膝《ひざ》を立てて寝ているため、完全にスカートがまくれ上がった状態になっていて
……完全にその中身、滑らかな太股《ふともも》、柔らかそうな尻たぶ、そして白いショーツまでが、がっつりはっきり、下着のクロッチ部を含めて丸見えになっているのである。

目のやり場に困るったらない。

正直なところ、こういった女の子のだらしない格好そのものは、美亜で見慣れているけれど。

でもそれも、あくまで幼馴染みで兄妹同然に接している美亜だからこそ、浩一も恥ずかしがるより先に「やめろよそんなのみっともない」で済んでいるわけで。

「…………はぁ。ああもう……」

幸い、今の資料室には浩一と凜しかいないのでまだいいが。例えば誰か、他の男子が入ってきたら――と考えると、見て見ぬ振りもできない。

「おーい、大原ー。起きろー。服装とかすごいことになってるぞー」

まさか1日で2回も女の子を起こすことになるとは――とか思いながら、浩一は凜に声をかけることにした。

とはいえ、資料室の外に聞こえるのもどうかということで、声はちょっと控えめに。

その代わり寝ている凜の肩を摑んで、少し強めに揺さぶってみる。

「んぁー……んん」

「ほら、起きろってば。もうすこししゃんとしろって」

「……うぅー……」

粘り強く揺り起こしてみるが、あまり反応はよろしくない。

まあ、これもいつものことだ。こうして声をかけたり揺さぶったりしても、まともに起きてくれたためしなどほとんどない。

なので浩一のテンションも半ば諦《あきら》め気味な感じである。

起きてくれたら起きてくれたで儲《もう》けもの。そうでなくても、そういうアクションを取っておけば、「俺はちゃんと起こそうとしてたからな!?」と言い訳もできる。

そういうわけで、半ば惰性で凜に声をかけ続ける浩一だったが――まあこういう時に限って、物事は悪い方向に運ぶもので。

「大原ー、起きろー」

「んー……」

浩一の言葉にちゃんと反応することはないままに――ふと、凜の腕がふらりと動いた。

頼りなく伸ばされた凛の両腕は、何かを求めるように宙を2、3度彷徨《さまよ》って。

次の瞬間、とっさに浩一が避けるよりも早く、その手の平は彼の腕をひっ摑んでいた。

「あ、まず……っ!?」

後悔しても、もう遅い。

寝ぼけたままのその細い腕に、一体どうやってそんな力が込められるものなのか。瞬《また》く間に浩一は凛に引っ張り込まれて、彼女と同じソファに倒れ込んでしまっていた。

改めて言うが、凛が寝ているソファは、決して大きなものではない。小学生相当な身長の凛ですら、横になれば、膝を曲げなければ身体を収めることができない程度のサイズのものだ。

そんな場所に凛と浩一が倒れ込めば、当然、身体は密着せざるを得なくなるわけで。

(だああ、もう!?　またかよ!?)

どぎまぎするよりもまず何より、浩一は自分の迂闊さに心の中で呪いの言葉を吐いていた。

いったい何がそんなに心地良いのか、ときどき凛は浩一を抱き枕にしたがって、こうして寝ぼけたまま、彼をソファの上に引っ張り込んでしまう。

浩一なりにいろいろと対策を練ったり、凛の腕に捕まらないように気をつけてはいるつもりなのだが、あまりその効果は芳《かんば》しくなく。結局だいたい三回に一回は、彼はこうして、寝ぼけた凛の餌食《えじき》になってしまっていた。

しかも――更に具合の悪いことに。

「んー……んふふー……んにゅ……」

「ちょ、おい……っ!?　あああ……」

寝ぼけたままの凜が始めた行動に、浩一の口から思わず非難めいた声が上がってしまう。

抱きしめるだけでは飽き足らず、凜は、そのまま甘えるように身体を擦《こす》りつけてきたのだ。

脚を浩一に絡《から》めてきて、そのまま太股同士を擦《す》り合わせてきたり。

薄着の胸元をぎゅっと密着させてきたり。

ちなみに当然のことながら、今凜が着ているのは薄手の布地で作られた夏服だ。そんな薄着である上に、今の凜の服装はかなり着崩れていて、おなかとか太股とか、かなり際《きわ》どい場所が直接浩一に触れてしまっている。

しかも今日はどうやら体育があったらしく、女の子らしい甘い香りに混じって仄《ほの》かな汗の匂《にお》いが鼻をくすぐってくるものだから、浩一としてはたまったものではない。

僅《わず》かに汗ばんだ、浩一より高めの体温が、そんな接触を通して直《じか》に伝わってくる。

「おい、こら!?　大原!?　大原ってば!?」

「んんぅ……」

で――中でも特に酷《ひど》いのが、浩一の右太股に触れる、異様に温かくて柔らかい感触だった。

凜の両太股にがっちり挟まれて、しかもさらに抱き寄せられるようになっていて。

そうやって、両足の付け根部分が、浩一の太股に密着される状態になっているのである。

つまり――要するに。

浩一が押しつけられているのは、ショーツの中心部分であるわけで。

となれば当然、この太股に触れる温かさは、柔らかさは、そのショーツの奥の——

「……————〜〜〜っっ」

まずい。

この体勢は、さすがにまずい。

早いこと引っぺがしたいが、こうして絡みつかれていると、どこに触っても危ういような気がして迂闊《うかつ》に身体も動かせない。

そうして結局……何も出来ないまま、浩一はいつも最悪の事態を招いてしまうのだ。

「お嬢様?　こちらにいらっしゃいますか?　そろそろご帰宅の仕度……を……」

そんな台詞とともに、ノックすることなく資料室のドアを開け、最悪の人物が姿を現してしまったのである。

現れたのは、教育機関の中で見かけるには少々奇抜に過ぎる格好の娘だった。

黒いロングスカートに白いエプロン、フリルいっぱいのヘッドドレスまで完全装備。

黒い髪をシニヨンにして纏《まと》めた髪型が、きりっとした吊り目がちの、気の強さそうな雰囲気と、すらりとした背丈の高さによく似合っている。

メイドさんである。

文句なしの完全無欠な、THE・メイドさんである。

何でメイドさんがこんな学校にいるかといえば、理由はごくごく単純なもの。

彼女は他でもない、大原家のご令嬢である凜の、専属のメイドさんなのである。

名前は——たしか永宮冴香《ながみやさえか》、と言ったか。

凜の学校の送り迎えとか、忘れ物を送り届けたりとか、結構な頻度《ひんど》で校内にも顔を出している関係で、浩一とも多少ながら交流がある。

ただし、その関係は決して良いものとは言いがたい。

何の因果《いんが》か、彼女とはこんなタイミングで鉢合《はちあ》わせすることがほとんどだからだ。

「…………」

「あ。あの……ええと」

ドアを開けたまま、冴香は少し目を見開いて沈黙し続け、そのまま固まることおよそ1分。

冴香は、ただでさえキツめの目元を、さらにすっと冷たいものに変えた。

「またですか、久坂《くさか》浩一さん。いつもいつもいつもいつも性懲《しょうこ》りもなく……」

「いやいやいやいやいやいや!?　ちょっと待って待って待って待って待って!?」

氷点下に下がりまくった冷たい口調で言ってくる冴香に、慌てて浩一は待ったをかける。

「俺、前々から言ってますよね!?　これ、いっつも大原からやってることで、むしろ避けようとしてるんですってば!?」

けれど、そんな必死な浩一の主張も、冴香にとっては何の意味もないらしく。

彼女はまるでどこかの格闘家のように、拳と拳を重ね、ゴキゴキとやけに大きく鳴らしながら、ゆらりゆらりと浩一に近づいてきた。

「聞く耳持ちません。問答無用です。成敗《せいばい》です」

「横暴すぎません!?」

「それがたとえ真実であったとしても、この事態は看過《かんか》できません。お嬢様は、大原家の大事な大事なご息女です。許嫁《いいなずけ》でもない殿方と身体的接触があるなど言語道断」

「無茶苦茶だぁ!!」

「んんー……うるさぃー……」

とまあそんなやりとりに、ようやく凜も、何となく目を覚ましてくれたらしい。

が――世の中はそうそう上手《うま》くはいかないもので。

「ん……にゃ」

そのまま身を離してくれれば良かったのだが、凜はむしろ抱き枕に頬ずりするように、甘えた様子で、浩一により密着してきたのだった。

「…………」

そんな様子に、なおさら冴香は殺意を滾《たぎ》らせ、いよいよ腕を振りかぶった。

「ちょ、待って!　待って待って待って!　とにかく待ってくださいよ!?」

そうして――結局。

そんなどたばた騒ぎは、結局、ようやくトイレから戻ってきた美亜が「……何やってんの?」と呆《あき》れた顔で突っ込みを入れるまで続いたのだった。

◆

――とまあ、そんなこんながあったりして。

帰宅する時間となった頃には、浩一は、完全に満身創痍《まんしんそうい》になっていた。

「……うぁー……」

朝っぱらから姉の茜に絡まれて。

更に放課後には寝ぼけた凜に襲われかけて。

全く、油断も隙もあったもんじゃない。

いちいち微妙にエロな感じで、外野からすれば爆発しろとでも罵倒《ばとう》されかねないシチュエーションなのかもしれないが、いざ実際に当事者になるとそうも言ってはいられない。

交際してもいない異性にこんな風に絡まれると、無理矢理痴漢《ちかん》させられてるような気分になって、浩一としては気まずいやら罪悪感やらで本当に気が気じゃないのである。

「やっと……1日が終わった……」

「あははは……おつかれ」

下駄箱から自分の靴を取り出しながら、完全に気力を使い果たした様子でぐったり肩を落とす浩一に、美亜も苦笑じみたねぎらいの言葉をかけてくる。

「家に帰ってゆっくり休も？　あとでマッサージしてあげる」

「助かる、ありがと……」

腕時計を確認すれば、時刻はもう午後6時過ぎ。それでも空はまだまだ明るく、ほんのり茜色になって夕焼けの気配を見せ始めてきた街並みを眺めながら、2人並んでゆっくり歩く。

流石に何か会話をする気力もなく、頬に当たる生ぬるい風にうんざりしながらとぼとぼ歩いていると、美亜が何やら、ふと思い出した様子で声をかけてきた。

「……そういやさ。前々からちょっと気になってたんだけどさ」

「ん、なに?」

「浩ちゃんてさ、えっちなこと嫌いだよね」

「……」

その唐突なネタ振りに、ちょっとびっくりして思わず立ち止まってしまう。

「何でまた。いきなり」

「や、何となくなんだけど。そうなのかなーって。今日だってさ、凛ちゃんとかにひっつかれても……何だろ、迷惑だ! みたいなオーラめちゃくちゃ出てたし」

「あー……ああ。まあ、うん」

何となく避けたい話題なので、浩一としては曖昧《あいまい》に頷《うなず》くしかない。

「てかさ、そういえば浩ちゃんのベッドの下の奥に隠してたえっちな本もさ。前はたくさんあったのに、確か1年くらい前からなくなっちゃってたよね」

「……いやそこはいちいち掘り起こさなくてもいい話題だったんじゃないかな!?」

「えー? 今更じゃん」

そりゃ確かに、美亜のことなのでそういった事情も全部知られてても何の不思議もないが。

できればそこら辺は知らんぷりしたまま墓の下まで持っていって頂きたかった浩一だった。

「……いやなんて言うか……だってさ、分かるだろ？　姉ちゃんがあんなんだし……」

「あー……あはは……まあ……そりゃそっか」

加えて言うと、中学時代に姉貴がエロ漫画家だということをうっかりバラしてしまい、同級生にいろいろ弄《いじ》られたりした過去もある。特に女子から避けられたりキモがられたことが、浩一の中で結構なトラウマになっていた。

そりゃ苦手意識だって持つというものである。

「てか、ホント何だよ。いきなりそんなの聞いてきて」

「あー……えと」

じっとりとした視線を向ける浩一に、何やら美亜は、しばらく目を泳がせて。

「……えと、あのさ、浩ちゃん」

で――彼女は酷く妙に緊張した感じで、話題を切り替えてきた。

「ちょっとさ。出来ればさ……お願い事、聞いて欲しくて」

「え、あ、ああ。そりゃいいけど。何どうしたの？　いきなり改まって」

「あ、えと。そのね、えっとね……急な話でごめんなんだけど……」

美亜らしくない、やけにもってまわった、躊躇《ちゅうちょ》しまくりの口調だった。

落ち着かないのか、しきりに自分の髪を触りつつ「うー……」と唸《うな》り声を発したりして。

しばらくそうしてまごまごした後、彼女が口にしたのは、確かに話の流れからすると、いささか突拍子《とっぴょうし》もないお願い事だった。

「……あのさ。一瞬、一瞬でいいからさ。わたしの彼氏のフリ、してくんないかな?」


「…………………は?」

「あ、あのね、えっとね?」

思わず「いきなり何なのさ」な顔で反応してしまった浩一を見て、美亜は更に慌てながら、しどろもどろに言葉を続ける。

「えっと。なんて言うか……ちょっといろいろあってね? 彼氏がいるって言わないと、ちょっとまずいことになるような話があって」

「……なんだそりゃ」

と呆れて言いつつも、そこはなんといっても幼馴染み。もじもじと恥ずかしがりつつの、妙に曖昧な感じの説明だったが、それでも何となく事情に察しがついた。

「ええと……つまり何だ、要するに、お見合いとかそういう感じのイベントがあって、それで断るためにそういう設定が要《い》るとか、そんな話?」

「そ、そうそうそんな感じ!」

浩一の台詞に、むしろ「助かった!」とばかりに食いついてくる美亜。

「……………」

正直、その反応の仕方で、むしろ怪《あや》しさ度が上がったような気がする。

「……美亜ん家《ち》ってお見合いとかするような家だったっけ……？」

「い、いやそれは、その……ウチ母子家庭だし？　なんていうか、心配してくれた知り合いからの紹介っていうか……避けられない事情があって…………その」

半眼でじいっと見つめつづけていると、だんだん美亜の言葉が尻すぼみになっていく。

「……次の日曜……1日だけ……してくれると助かるの、ですが……」

ものすごく申し訳なさそうな美亜に、浩一はため息をついた。

怪しいが、ふざけているわけでもなく、本気で助けを求めているのは確からしい。

そういえば今日も、トイレから戻ってきた後、何だか妙にそわそわとして、不安そうな様子になっていたが。もしかしたらこの話題に関連したことがあったのかもしれない。

それにまあ、こんなにも困り果てて、頭を下げながら助けを求めてくる幼馴染みを見ていると、浩一も放っておけないという気にもなってくる。

「まあ……いいけど、そのくらい」

「いいの!?　やった！　ほんと感謝！　ありがと！」

「あー……とりあえずどうすればいい？」

「あ、えと。具体的には後で言うけど……一番のネックっていうか。問題は設定で」

「設定？　……ああ、いつ頃から付き合い始めたか―、とかそんなのか」

「そうそう。でね？　その設定なんだけど……その」

と、またまたやたらと躊躇《ためら》った様子でまごまごして。

何やらいっぱいいっぱいな表情で、彼女が口にした台詞に、浩一は目が点になった。

「えっとね……え、えっちなコトなんだけど。週に4回くらいしてるって話にしたくて」

…………

「……うん？」

「でね？　あとね、月に2回はお泊まりデートして、1日じゅうずっと、そういうコトしてるくらいの設定にしておきたくて……」

「…………うん？　え？　はい？」

流石にあまりにもあんまりなその提案に、最初は意味が分からなくて。

少し時間が経過してから、ようやく意味を飲み込めて。

当然、呆れたような反応をしてしまう浩一だった。

「…………どんだけハードコアなんだよ、お前んとこのお見合い事情……」

「し、しょうがないでしょ!?　そんくらいの話にしないと諦《あきら》めてもらえないんだもん！」

「いやちょっと本気で意味分からん……」

ドン引きしつつ、しかし浩一は、そこでひとつ気がついた。

（……ああ……つまりそういうことか）

何でそんなとんでもない設定が必要なのかはとりあえず脇に置いておくとして、要するに、幼馴染みという関係で、さらにエロ関係が苦手な浩一であれば、そういう設定をお願いしても変な風に意識されることはない、と判断しての今回の依頼なのだろう。

さっき、いちいちエロが苦手かどうかとか確認してきたのも、そのあたりに絡んでのことか。

「えっと……やっぱり、駄目かな。そうだよねこんなお願い……ごめんね」

「あー……いや、うーん……」

まあ、何でそんな過激な設定なんだとか、意味不明なところがあるのは事実だが。

それでも反応に窮していた浩一を見て、心底途方に暮れた様子で俯《うつむ》く美亜を目の当たりにしてしまえば、そうも言ってはいられないような気分になってくる。

だって確かに、こんな条件の助っ人役、浩一くらいしか出来る人間、いないだろうし。

「……ああ、もう。わかった。やるから。だからそんな顔すんなって……」

そうして——結局。

釈然としないものはありつつも。

美亜の困り顔に負ける形で、浩一は、彼女のお願いを引き受けることにしたのだった。

第二章　彼女のヒミツとサキュバス喫茶

窓から差し込む朝日の光が、いつも以上に眩《まぶ》しくて。

その日に限って浩一《こういち》は、目覚ましが鳴る前に目を覚ましてしまった。

（あー……しくった……）

まどろみながら、ぼんやり悪態をつく。

今日は、せっかくの休日である。出来るだけ遅い時間まで寝ていたかったのに、どうやら昨晩、きちんとカーテンを閉めていなかったらしい。

それでも、意地でも起きてやるものかと布団《ふとん》の裾《すそ》を摑んで引き上げ、眠りを妨《さまた》げる不遜《ふそん》な陽《ひ》の光をシャットアウト。不機嫌な声を漏《も》らしながら、浩一はもう一度目を閉じた。

布団の中は、天国だ。これは全宇宙の真理であると浩一は思う。

いろいろと辛《つら》いこともある日々のなかで、この温かさに包まれている時だけは、何も考えず穏やかにまどろんでいられるから。

そんなことを考えながら、時間いっぱいまで布団の中で粘る気満々な浩一だったが――しかしどうやら、世の中そうそう甘くは出来ていないようで。

「ん……ぅ？」

寝ぼけた意識の中で、違和感にぼんやり首をかしげる。

何だか寒い。

いや、夏場なので別に室温そのものはまったく寒くはないのだけれど。

布団を頭の先っぽまで被《かぶ》っているはずなのに、でも妙に風通しが良いというか、下半身がすーすーするというか。

いったいこれは何なのかと、うつらうつらしたまま何となく浩一は布団から頭を出し、下の方へと半開きの目を向けて――そこで一気に目が覚めた。

そこには、おおよそ信じられないような光景が広がっていたからだ。

「姉ちゃん……なにしてんの」

「あ、おはよー、浩一くん♪」

目の前には、浩一が寝ている隙《すき》に部屋に忍び込んでいたらしい、茜《あかね》の姿があった。

ぼさぼさ頭と据わった感じの目つきからして、どうやらまた、今の今まで徹夜で原稿作業をやっていたようだ。何故《なぜ》か裸ワイシャツで、微妙に縞柄《しまがら》のショーツがチラ見えしているという、突っ込みどころ満載の謎のお色気アピールな格好をしていたが――問題はそこではない。

茜は、手にスマホを持っていた。

あまつさえそれを両手で横倒しに持ち、裏面を浩一に向けて差し出すように構えていた。

明らかにカメラアプリを起動して何かの画像を撮るぞ！　って感じのポーズである。

でもって、どうやらその被写体となっている対象がもう、何というか。

「うへへへー浩一くんの暴れん棒将軍様ー♪」

「…………」

しかも完全無欠に抜き身であった。

布団をがっつりめくり上げられ、ご丁寧《ていねい》にズボンとトランクスまで脱がされて。

更に言うと、浩一は絶賛寝起き状態だったため、その中心部分のマツタケ小僧はかなりのっぴきならないことになっていたりして。

「いや待てマジでホントに何してんだよ」

「資料集めだよ、もちろん」

冷ややかな目を向ける弟に、まったく怯《ひる》むことなく茜はきっぱりと言いはなった。

「資料って何の」

「勿論《もちろん》、朝勃《あさだ》ちチンポの」

「……だから何でそんなことしてんの!?」

「そんなの、漫画で描くからに決まってるじゃない」

「……」

いやまあ、茜はエロ漫画家なので、資料といえば考えるまでもなく、確かにその手の資料しかあり得ないわけだが。

「それと、後でオカズにも使う」

「すんなよ!?　何のだよ!?　てか弟のモノそんなモンに使うなよ!?」

思わず喚《わめ》きながらさっと下着とズボンを元に戻し、そのまま起床《きしょう》。

浩一は苦々しい表情で問答無用で茜のスマホを取り上げ、「ああっ!?」と悲鳴を上げる茜の傍《そば》でデータフォルダを開き、今し方撮られた画像を全削除してやった。

「なんてことするのよう!?」

「それはこっちの台詞《せりふ》だっつーの!!　まったく油断も隙もあったものじゃねーな！　いい加減にしろよホントに！」

非難の声を上げる茜に流石に我慢ならなくて、怒鳴り声を上げてしまう浩一である。

「ああん、お願いってばぁ！　おちんちんの資料が足りないの！　今描きたいコマのおちんちんのアングル、よくわかんなくって！　お願い浩一くんおねえちゃんを助けてぇえ!!」

「うっさい知らんわ原稿落としやがれ!!　だいたいそんなの、ネットで探しゃ今日日《きょうび》いくらでも出てくるでしょうが！」

「そんなことないもん！　写真だけだと分からないことたくさんあるもん！　動きとか！　存在感とか！　匂《にお》いとか！」

「ますます知らんわそんなもん！　てか前々から言ってるけどな、弟のちんこエロ漫画のモデルにしてんじゃねーよ!!　てかなんだよ匂いって!?　漫画でそんなの要《い》らんだろ!?」

「要るの！　めっちゃ要るの！　幼馴染《おさななじ》みのヒロインが主人公の朝勃ちちんこを見ちゃってその匂いでおまんこ濡らしちゃうめちゃくちゃ重要なシーンなのおお!!」

「しーるーかあああ!!」

ついに堪忍袋が爆発四散。

もはや二度寝なんてする気も起きなくなって、浩一はしつこく縋《すが》りついてくる茜をふりほどきながら仕度《したく》を始めることにした。


今日はちょっと込み入った予定があるから心安らかにいたかったというのに、これである。

「だあもう……待ち合わせまでだいぶ時間があるじゃないか……」

そう——今日は、美亜《みあ》から頼まれた「彼氏役」を演じる日なのだ。

茜の暴走に付き合う余裕なんてないのである。

ぶつくさ言いながら、手早く朝食を食べ、歯を磨き、顔を洗って外出用の服を着て。そしてそのまま、相変わらずぶーぶー言い続けている茜を無視して玄関へ。

家にいれば確実にまた茜が何かやらかしてくるので、とにもかくにも緊急退避である。

おかげで、申し合わせていた時間よりは随分《ずいぶん》早く家を出ることになってしまった。

とりあえず美亜の家に押しかけて彼女と一緒に時間を潰《つぶ》せばいいか……と考えていたが、間がいいというか何というか、絶妙なタイミングでお隣の家のドアが開いてくれた。

「おす、浩ちゃん」

ぴょこん、と頭だけ出しながら挨拶《あいさつ》をしてくるのは、言うまでもなく美亜である。

というより、どうやら気配を感じて玄関に出てきてくれたらしかった。

「……なんか騒いでたけど、大丈夫?」

「ああいや。だいじょぶだいじょぶ。姉ちゃんが発作起こしただけだから」

「ああ……」

ふっとため息をついて遠い目をする浩一に、全ての事情を察して苦笑する美亜。

こういう時、いちいち説明しなくても状況を分かってくれるあたり、幼馴染みというのはありがたい。……説明するまでもなくどういうことをされたか全部筒抜けということでもあるが。

「時間、だいぶ早いけど……ちょっとそっちで待たせてもらっていいかな？」

「んー……いいや。じゃ、もう出ちゃお」

「……いいの？」

「いいのいいの。きっちり時間が決まってるわけでもないし」

「……そうなのか」

なんだかますます今回の話の事情が分からない。

荷物を取りに美亜は一瞬だけ引っ込んだ後、すぐに靴を履《は》いて再び姿を現した。

が、その格好がまた、何というか。

薄手のシャツにカットジーンズ。

よく似合ってはいるけれど、完全に遊びに行く女子高生そのままの格好である。

間違ってもお見合いを断るために彼氏を関係者に紹介しに行くのにふさわしいコーディネートではないような気がする。

（……いったいどこに連れて行かれるのやら）

そう思いつつ、それでも並んで歩き始めて——しかし直後、「美亜。ちょっと待ちなさい」という声に、2人は背後から呼び止められた。

「あ。おばさん」

「おー、浩一ちゃん、おはよー♪」

浩一が振り返ったその先で、先程の美亜と全く同じ感じに、ドアから頭だけ出して挨拶してきたのは、彼女の母、綿谷佳奈《わたやかな》である。

高校生にもなる娘がいるとは思えないほど、若々しい美人さんだ。

顔立ちも美亜とよく似ているし、言動も少女のように若いため、2、3歳違いの姉妹に間違われることすらよくあるほど。

まあ若々しいのは見た目だけ……と言ったら失礼だが、見た目に反し肝《きも》っ玉系で、子供の頃なんかは美亜と一緒に悪戯《いたずら》をして、揃って拳骨《げんこつ》喰らったことなんかもよくあったりした。

「美亜、ほらあんた、また腕時計忘れてるよ」

「え、あ！　しまった」

「スマホで時間調べれば済むからって、駄目だよーそういうんじゃ。身だしなみなんだから」

「もう、わかってるってば、ごめんってば」

などと言い合いながらも素直に美亜は腕時計を受け取って、その場で腕に巻きつけている。

佳奈は、そんな自分の娘と、そして状況を見守っている浩一をちらりちらりと見比べて。そして一体何を察したのか、にっまぁ〜と、やたらと嫌らしい笑みを浮かべた。

「……ひょっとして、デート？」

「ちがっ、もう何言ってんの！　ちがうから！」

そんな佳奈のからかいに、珍しいことに、今日に限っては美亜は顔を真っ赤にした。

正直この手のからかいは慣れているはずなのだが、流石にまあ、今日は浩一にウソ彼氏を演じてもらう日である。いろいろ彼女としても思うところがあるのかもしれない。

「いや～2人ともなかなか彼氏彼女作らないなあって思ってたんだけど。そっかぁ2人がくっついちゃうかぁ」

「ああもう！　いいから！　お母さんは黙ってて！」

「あはは、浩一ちゃん、ガンバってね～♪」

「いったい何をさ！　もう、お母さんってば！」

真っ赤になって喚きながら佳奈を家に押し込む美亜。

この手の漫才はまあ仲の良い証拠というか、日常的によく見る光景なのだが、しかしその会話の内容に、ちょっと首をかしげてしまう浩一だった。

「……おばさん、今日のこと知らないの？」

「あ……っ、えっと、その、そう！　今日はちょっと別口の話なの！」

「なんだそりゃ」

あからさまに怪《あや》しいが、それでも美亜は細かい事情を説明してくれる気はないらしい。

これ以上母親にからかわれるのは勘弁と、「もう、早く行こ行こ」とせわしなく浩一の背中を強引に押してくるばかりだ。

「いや、てか、ちょっと待てって。そもそもどこに行くんだよ」

「あ、ええと、んー……ちょっと説明しづらいって言うか……とにかくついてきて」

「？　お、おう」

ごまかされた感じなのは気になるが、そう言われると浩一としてはついていくしかない。

そんなわけで——まずは最寄《もよ》りの駅に向かって。

更にそこから、道案内してもらいながら歩くこと約10分。

「……なあ、美亜、ホントどこ行くんだよ」

すこしうんざりしながら、浩一の口から文句が漏れてしまった。

というのも、ひたすら道を曲がって複雑な堂々巡りをするようなルートだったからである。

目的地なんか実はなくて、適当にぶらぶら歩いているような感じで、正直付き合わされてる身としてはちょっと気分が悪い。

「いいから。ついてきて」

けれど美亜は、不機嫌になりかけた浩一を宥《なだ》めつつ、何やら自信ありげに先導するばかり。

（……時間稼《かせ》ぎしてんじゃねえだろうな）

なんとなくそんな疑いなんかも持ちながら、さらに歩くこと5分ほど。

ふと、奇妙な違和感を覚えて、浩一は歩きながら首をかしげた。

というのも、明らかに何だか、様子がおかしいのだ。具体的には、周りの風景が。

しょっちゅう立ち寄る駅前のロータリーから僅《わず》か10分ほどの距離を歩いただけの、よく見知った場所のはずなのに、街並みに全く見覚えがないのである。

（何だここ……？）

しかも立ち並ぶ建物の配置や、見た目自体はそれほど珍しいものでもないのだが、通りに面した店屋の看板がどれもこれも何だか妙だった。

『矢島《やじま》魔法具店』だとか。

『トリエステ装身具』だとか。

『呪いの本置いてます』だとか。

ぱっと目についたのだけでもそんな感じで、厨二病《ちゅうにびょう》か？　厨二病なのか？　という看板ばかりがあちこちに掲《かか》げられているのである。

店の構えもそんななら、そんな街並みを歩く通行人達の格好もどこか変だった。

変というか——何故か皆揃《そろ》いも揃って、中途半端なコスプレのような格好をしているのだ。

漫画やアニメで見るエルフみたいに耳がとんがっているのはまだ可愛い方で。

猫耳と尻尾っぽいものがついていたり。

頭からねじくれ曲がった山羊《やぎ》っぽい角が生えていたり。

あまつさえ、背中に天使っぽい白い翼を生やしている者までいたりする。

それでいながら服装自体は突飛《とっぴ》なものではなく、皆、一般的な日本人が日常生活で着るような格好をしているのだから余計に違和感がハンパない。

何かのイベントでもあるのだろうか。

それにしては通行人達のテンションはあまり高い感じではないが。

「……なぁ、美亜。ちょっと聞きたいんだけど」

「んー？　なぁに？」

「今日って、なんかお祭りとかあったっけ」

「へ？　いや、なかったと思うけど。何で？」

「や、なんていうか……周りの人、みんな、なんか微妙に変なコスプレ？　してるからさ」

「………………え？」

浩一としては、違和感をそのまま口にしただけだったのだが。

何故だか、美亜が示した反応は、予想外に深刻そうなものだった。

足を止め、信じられない、みたいな顔でまじまじと浩一の顔を見つめてきている。

「…………」

しばらくの沈黙の後、美亜は何やら物凄《ものすご》く躊躇《ちゅうちょ》した感じで、おずおずと口を開いた。

「えっと…………見えてるの？」

「何が見えてるかよく分からんけど、猫耳生やしたり羽根生やしたり、変な格好してる人たちのことなら見えてる」

「………マジか」

浩一の回答に、呆然《ぼうぜん》と、途方に暮れたような声を漏らす美亜。

「何で？　普通は見えないはずなのに……そうすると、でも……あー……うーん？」

で、困惑《こんわく》する浩一をよそに、美亜はその場でしゃがみこみ、頭を抱《かか》えて悩み始めてしまって。

「浩ちゃん、ちょっといいかな……」

「お、おう」

で、次の瞬間すっくと立ち上がり、なにやら妙に決然とした面持《おもも》ちで、美亜はそのまま、人の往来《おうらい》の少ない一角に浩一を引っ張って行った。

で――美亜は、何やら辺りをきょろきょろと見回して。

何を決断しようとしているのか、大きく深呼吸を2度3度。

それでもまだ気合いが足らないらしく、「うー……」と唸《うな》り続けること、およそ1分。

そうしてなんとか踏ん切りがついたらしく、メゲる寸前の顔を、彼女は浩一に向けてきた。

「あのさ。えっと……実はね、浩ちゃんにね、ずっと秘密にしてたことがあって……」

「……秘密？」

「……うん」

ものすごく躊躇《ためら》いがちに頷《うなず》いて。

そうして彼女が口にした台詞は……まあ確かに、意味不明にも程があるものだった。

「わたしがね、実はその……サキュバスだった、って言ったら……信じる？」

「………はい？」

流石に、間の抜けた返事をしてしまって。

地獄のような沈黙がしばらく続いて。

だから浩一が何とか次の台詞を吐き出したのも、その沈黙に耐えかねてのものだった。

「あー……ええっと……何だ」

「う、うん」

「サキュバスっていうのは……あの、ファンタジーとかに出てくる？」

「そ、そうそう」

「でもって、なんていうかその……エロい夢見せたり、その、エロいことしたりして、男をとり殺したりするっていう？」

「そ、そうそう」

「……ちょ、ちょっと待って。ちょっと待って」

思わず待ったをかけて、とりあえず今置かれた状況と美亜の言葉から話を整理してみる。

たどり着いた結論はあまりにも現実離れして馬鹿らしいものだったけれど、でも何度考えても、結果は変わりそうになかった。

すなわち——

「……………………つまり。えっと。周りにいる人が生やしてる角とか尻尾は、本物で、美亜もそういう人の仲間っていうか、サキュバスだっていうこと？」

「えっと……うん」

「…………え、でも尻尾とか羽根とか生えてないじゃん」

「あ、あれは、多分漫画的なイメージで広がっただけで……本来の姿じゃ無いっていうか」

「……………」

どうコメントすれば良いというのか。

そもそもの話として、幼馴染みなのである。

くどいくらい繰り返すが、ずっと一緒に、双子の兄妹《きょうだい》の感覚で暮らしてきた仲なのである。

そんな関係の美亜が、実はサキュバスで？

そのことを今までずっと、浩一に対して秘密にしていた？

意味が分からない。ちょっとあり得なさすぎる。

しかし浩一の、そんな「何言ってんだコイツ」な感情が、顔に出てしまっていたらしい。

おずおずしていた美亜の表情が途端に真っ赤になって、いきなり彼女は、びっと手を掌底《しょうてい》突《づ》きみたいな感じで突き出し、大声を上げてきた。

「ナシで！　今のナシ!!」

「み、美亜？」

「今言ったこと忘れて！　気の迷いだから！　わたしは何も言わなかった！　そういうことでよろしく！　あはは！　ごめんね変なこと言っちゃって。ああもう、恥ずかしいなもう！」

「……いやまあ」

何というかここまでテンパった反応をされると、逆にこっちとしては冷静になってしまう。というか、正直、慌《あわ》ててごまかそうとする美亜が、痛々しくて見てられない。この状況で、「自分がどうかしてた」なんて、そんな言い訳が通るはずなかろうに。

(あー……もう)

ため息ひとつ。

言いたいことは多々あるが、まずは全て飲み込む覚悟で、浩一は大きく頷いてみせた。

「……わかった。あれこれ不思議なことはあるけど、とりあえず信じるよ」

「そうだよね信じられるわけないよね、だからもうなんていうか……へ?」

当然のことではあるのだろうが、美亜は浩一の台詞をとっさに理解できなかったらしい。

「浩ちゃん……今、なんて?」

「いや、だから……信じるって言ったんだよ。美亜はサキュバスで、でもってそこら辺歩いてる人の、犬っぽい耳とか角生えてるのも本物なんだろ?」

「…………」

浩一の台詞に、しかし美亜はしばし、惚《ほう》けたような表情のまま立ち尽くして。

なにやらしばらく、頭痛をこらえるようにこめかみを押さえて。

そして彼女は、何だか妙に申し訳なさそうにそっと顔を伏せた。

「……あのさ、浩ちゃん」

「なんだよ」

「こういうコト言うのアレだけどさ……病院行った方が」

理解を示したのに感謝されるどころか正気を疑われてしまった。

「なんでそうなる」

「いや、だって。だってだって！　自分で言うのも何だけどさ。普通信じないよ!?　だってサキュバスだよサキュバス!?　ばっかじゃねーのって話だよ!?」

「ああ、まあ、うん……そうなんだけどさ。自分で言うかなそういうこと……」

まあ、そういう反応が確かに普通なのかもしれないが。

でも浩一も、考え無しに、美亜を慰《なぐさ》めるために衝動的にそう発言したわけじゃない。

「いや、さ。なんつうか……だってさ。嘘って自分が都合いいこと言うものでしょ」

「う？　う、うん……まあそうなの、かな？」

「でもさ、サキュバスだって言う前、美亜、あんだけめちゃくちゃ躊躇ってたじゃん。つまり美亜にとって自分がサキュバスだっていうことは、めちゃくちゃ言いづらいし、出来れば言いたくなかったことなんだろ？」

「ま、まあ、そうだけど……」

「だったら本当ってことじゃん。だから信じるよ」

当然浩一としても、今まで生きてきた日常から考えれば、サキュバスなんて信じられない存在で。はっきり言って今でも、実感として「サキュバスという生き物がこの世界にいる」と理解をしたわけではない。

けれど一方で、状況を考えれば、今の美亜が嘘をついているようには到底見えないわけで。なら、感覚として納得は出来なくても、少なくても理屈として信じることは出来る。

「…………」

きっぱりと言い切ってみせる浩一に、美亜が見せた表情は複雑なものだった。

呆《あき》れたような。でもちょっと嬉しそうな。恥ずかしそうな。

いろんな感情が現れては消え、現れては消え——それでも立ち尽くしているうちにそれもなんとか落ち着いて。

「なんていうかさ、浩ちゃんさ。お人好しすぎるよ。詐欺《さぎ》には気をつけた方が」

「まだ言うか」

「あはは。いやうん、ごめん。ありがと」

そうして素直にお礼を言った後は、美亜の表情はどこか気の抜けたような、何か吹っ切れたようなものになっていた。

「……もうこの際ちゃんと説明するとね、わたし、サキュバスだけど、落ちこぼれでさ」

「え、そうなん？」

「うんまあ、えっとね。なんていうかその……」

で、そこで一旦、台詞を切って。

恥ずかしそうに俯《うつむ》いて、目を逸《そ》らしながら美亜はぼそりと呟《つぶや》く。

「その……その、男の人と、えっちなこと、したこと、ないっていうか……」

「……お、おう」

いきなりの生々しい告白に、ちょっと狼狽《うろた》える。

彼女とはずっと一緒にいるし、他の男と交際をすれば、そんなの見抜けない仲ではない。

そういう経験がないことについてはまあ普通に「そうだろうな」とは確信を持って信じられるが……しかしいくら幼馴染みとはいえ、美亜が自発的に話していることとはいえ、男子が聞いていい話なのだろうか、これは。

「でね？　でね？　わたしみたいな落ちこぼれを再教育する先生みたいな人がいるんだけど。いいかげんその人が業《ごう》を煮やしちゃったみたいでさ……」

言いながら美亜は懐《ふところ》からスマホを取り出して何か操作し、そして画面を浩一に見せてきた。

「この前、こんなのが」

画面に映っているのは、浩一もよく使うトークアプリである。

表示されているのは、どうやら彼女の言うその「先生」からのメッセージらしいのだが。

『いい加減にしないとそろそろマジでてきとーな男にハメさせるぞ、このやろー』

「……え、なにこれこわい」

「でしょでしょ!?」

美亜はどこか憤然《ふんぜん》とした様子で両手をぶんぶんしながら、浩一の感想に同意してくる。

そんな彼女を見ながら、浩一は浩一で、ひとつ、腑《ふ》に落ちたことがあった。

（あー……だから週４設定だとかしょっちゅう泊まりでいろいろしてるとか……）

何の説明もされずに設定を提示された時にはいったい何事かと思ったが。こういう状況であるなら、確かにこんな設定にしておかないと、その「先生」とやらを納得させられないだろう。

「わたし、サキュバスに生まれちゃったけど、でもその、えっちなこと、したくないし！　だから浩ちゃんの助けが必要なの！　彼氏がいるってことにしないとどうなるか……！」

いったいどんな想像をしているのか、ぶるりと身を震わせる美亜。

「……そうなの？」

「だってだって！　えっちなことって怖いじゃん！」

「………いや、怖いって……はぁ？　うっそだろお前」

流石にその物言いには、呆れた声を上げてしまう浩一だった。

「な、なんだよう」

「や、だってお前……美亜、俺のエロ本の隠し場所とか把握してたこと、平気で言ってたじゃん。しょっちゅう目の前で着替えたりするし……」

「違うから！　そういうのとは全然違うから!!」

なんだか微妙に冷めた顔をした浩一の台詞に、しかし美亜は憤然と抗議してきた。

「見るのとか見られるのは全然いいの！　エロ本とかも別に平気なの！　浩ちゃんとならなおさら！　わたしが苦手なのはその……何？　そう、実践《じっせん》が！　本番が駄目なの!!」

「……いやお前。本番て」

思わず何言ってんだコイツという表情になる浩一。

しかし美亜は、あくまで物凄く追い詰められた表情で自分の主張を吐き出してくる。

「だってさだってさ、考えてみてよ！　ちょっと考えてみなさいよ浩ちゃん！」

「なになに、何だよ、いったい何をだよ」

「だってその、えっちなことっていったら……その、アレが、アレが身体の中に突き刺さるんだよ!?　おなかの中にだよ!?　なにそれ串刺しじゃん！　干し柿じゃないんだから！　イモリの串焼きじゃないんだから！　怖いってそんなの！　死んじゃうって！」

言いながら何やらその光景を生々しく想像してしまったらしい。そう喚きながら美亜はぞぞっと身体を震わせて顔を青くしていた。

「……あそう」

そんな、全くサキュバスっぽくない理屈を目一杯全身全霊でぶち上げる美亜に、浩一は、たただだため息をつくしかなかった。

同時に、何だか深く納得してしまう。

◆

ああこりゃ……確かに「落ちこぼれ」だわ、と。

その後、何とか美亜も落ち着いてくれて。

結局「ここまで来れば仕方ない」と、浩一は予定通り、彼氏の振りをすることになった。

「……ええと」

彼女に連れられて、更に歩くこと約5分。美亜に「ここだよ」と示されたその建物を見て、やっぱり担《かつ》がれてるんじゃないかとか、少しそんな気持ちになってしまう浩一だった。

そこにあるのは、小さな喫茶店だったのである。

チェーン展開しているものではなく、建物のデザインからちょっと気合い入った感じの、いかにも個人経営ですといった趣《おもむき》の喫茶店。

店先には「シャロン」という文字の看板が掲げられていて、恐らくそれが店名だろう。

「……ここが？」

「そう、ここ」

困惑《こんわく》する浩一をよそに、美亜は勝手知ったる、といった感じで裏手の方に回っていく。

浩一もついていくと、そこには表の構えからすると随分《ずいぶん》地味目なドアがひとつあった。

どうやらそちらが従業員用の出入り口らしい。

「おはようございまーす」と、美亜がお決まりの挨拶をしながらドアを開けて入って行き、浩一も少し迷ったあと、「お邪魔します」と小さく口にして美亜に続いていく。

美亜に促《うなが》されるまま入ったそこは、店の外観からすれば恐ろしく飾り気のない部屋だった。

あるものといえば、公民館とかでよく使われるような折りたたみ式の安っぽいテーブルに、パイプ椅子が、壁に立てかけてあるものを含めて6脚程度。

無地の白い壁には小さな時計がかけられているだけで、他に調度は何も見当たらない。

当然こんなのが店の内装というわけではない。表からちらりと店構えに目を向けた時、窓越しに少し見えていた店内の様子は、もっと落ち着いた感じだったし、椅子もテーブルももっと造りのしっかりしたものだった。

要するにここは、従業員向けの休憩室かなにかとして使われている部屋なのだろう。

その証拠にと言うべきか、浩一や美亜の他に、先客が1人、パイプ椅子に腰掛け、やたらとだらけた様子で、スマホを弄《いじ》ってくつろいでいた。

ただ、その人物ははたして従業員なのか。

確かに、喫茶店のキッチン担当が身につけているような、清潔感のある白っぽい装《よそお》いをしているが、それはそれとして、そもそも見た目の年齢が全然全くふさわしくない。

子供なのだ。まるっきり。

ぱっと見小学3、4年生といったところ。資料室の常連である大原凜《おおはらりん》よりもまだ小さい。

赤っぽい髪をツインテールにしたヘアスタイルと、やや吊り目がちの目元があいまって、ほんの少し小生意気そうな雰囲気もあるが、それも込みで猫っぽくて可愛らしい女の子である。

いったい、この子は何者なのか。

困惑してふと美亜に視線を向けると、何故か、微妙に彼女は表情を硬くしていた。

「……この子、誰？」

とりあえず、美亜だけにしか聞こえないような小さな声で問いかけてみる浩一。

そんな彼に美亜が返してきた答えは、流石に予想外なものだった。

「さっき言ってた人。ここの店長さんで、わたしの『先生』役の人」

「え、は……!?」

「ちなみにあの人ああ見えて、実は27歳だから。すごいサキュバスになると見た目の年齢も自由自在なんだって」

言葉を失うしかない。

普段の彼なら「いやいやいや何言ってんのふざけるなって」と一笑に付《ふ》すところだが、しかしつい先程、もっとあり得なさそうな「美亜が実はサキュバスだった」なんて話を信じると言った手前、どのラインまで「それおかしいだろ!?」と突っ込んで良いものか分からない。

そうこうしているうちに、女の子は、どうやらスマホを弄るのに飽きたらしい。

スマホを傍の机に置き、「んー〜〜」と小さく伸びをしながら顔を上げて——そこでようやく美亜と浩一の存在に気付いたようだった。

「あ、おはよ、美亜ちゃん。……あら。その子誰？」

なんというか、独特の雰囲気を持った子である。

見た目は完全に子供なのだが、妙にどっしり構えた感じがあるというか。

子供にありがちな落ち着きのなさが全くない。偉そうな態度だというのに、ふてぶてしさ、不遜さが全く感じられず、むしろそれが完全に板に付いていて、「これが彼女の自然体なのだ」と納得してしまうような妙な迫力があった。

美亜に先程、この少女は27歳だと説明されたが、なるほど確かに、何となくそんな突拍子《とっぴょうし》もない話も納得してしまう何かがある。

「…………うん？」

一方で少女も、何か引っかかるものがあったらしい。

何かに気付いた様子で、彼女は浩一をじっと見つめてきた。

上から下まで、異様に圧力を感じる視線にじっと眺められて、浩一は身を竦《すく》ませてしまう。

「……ふむむ」

しばらく浩一を観察した後、何を納得したのか満足げに頷き、すっと目を細める少女。

何が何やら分からないが——何故《なぜ》だか、奇妙な悪寒《おかん》が浩一の背筋を走った。

（あ……これ駄目だ。勝てない。敵《かな》わない）

見た目通りの少女ならば、絶対見せないような類《たぐい》の冷たい視線に、浩一はそう確信してしまう。何がどう敵わないかは全く分からないが、それでもとにかく本能的に。

この人は、絶対逆らっては駄目な人だ。下手《へた》に逆らうと痛い目を見るタイプの人だ。

同時に、確信した。

こりゃ駄目だ。絶対ウソ彼氏だってのすぐバレる。

ていうか多分……絶対もう既《すで》に完全にバレている。

「あ、あの、真由美《まゆみ》さん！　この人、前にちょっと言ってたわたしの彼……いだっ!?」

その証拠に——と言って良いものか。

若干キョドりながら浩一を紹介し始めた美亜は、しかし最後までその設定をしゃべることすら出来ず——つかつかと足早に近づいてきた少女にいきなり頭をどつかれていた。

「こおの、あんぽんたん！　こんなチンケな嘘があたしに通用するわけないでしょが!!」

「うあああああんっ　ごめんなさいいいいっ！」

（……あーあ）

流石にこの状況には、浩一はこっそりため息を漏らすしかなかった。

あれだけ大騒ぎしてこさえた嘘がバレるまで、わずか三秒の早業《はやわざ》である。

これからいったい、どうすればいいんだか。

◆

「ホントごめんね、美亜ちゃんが迷惑かけちゃって」

美亜から「真由美さん」と呼ばれた少女は、まずそう言って、深々と頭を下げてきた。

スマホでのあのやりとりから、どんなはちゃめちゃな人物かと思っていたが、どうやらちゃんと一般常識は心得ているらしい。

「あ、いえそんな……迷惑ってほどじゃ」

釣られるようにかしこまった態度になった浩一の様子が少しおかしかったらしく、少女はほんのり表情を和《やわ》らげて——ようやくその場の雰囲気が一段落した感じになってきた。

「じゃあ、えっと。一応自己紹介しとこっか。片瀬《かたせ》真由美って言います。美亜ちゃんから聞いてるかもしれないけど、いちおう、サキュバスで、彼女の教育係？　みたいなコトしてます」

「あ、ええと。久坂《くさか》浩一です。美亜……綿谷さんの友達です」

「ああ……奥手の美亜ちゃんがどっから偽《にせ》彼氏なんか調達してきたのかと思ったら。ホントごめんねえ、バカな芝居に付き合わせちゃって。あんなん速攻でバレるっつーの」

「むしろなんで、あんなすぐバレるの……」

よほど重たい拳骨だったのか、先程殴《なぐ》られた頭のてっぺんを未《いま》だにさすりさすりしながら、どこか恨《うら》めしそうな声で言う美亜。そんな彼女を、真由美はひらひらと手を振りながら、小馬鹿にしたような態度で鼻で笑った。

「美亜ちゃんはまだ未熟だからわかんないだろうけどね。そんなの匂いで一発だって」

「に、匂い……？」

「童貞の匂い」

「……いやあの」

確かに、今まで浩一はそんな経験はしたことがないけれど。そのことをここまであけすけに指摘するのは流石にどうなのだろう。しかも傍に、幼馴染みがいる場面で。

「あ、気を悪くする言い方だったね。ごめんごめん。悪い意味で言ってるわけじゃなくて。なんていうか、ほら、牛肉とか豚肉でもさ、メスの肉は子供産む前のものが美味《おい》しいとかあるじゃん？　そういう感じで分かるのよ。精気もね、人によって味も違ってるから」

「……はぁ」

分かるような分からないような理屈である。

「……って、そっかごめん、久坂くんは一般人だったね。いろいろ説明した方が良いよね」

訳の分からない情報の連続で目を白黒させるばかりの浩一の様子に気がついて、真由美は苦笑してそう言ってくれた。

「ええと、どこから説明した方がいいかな」

「いや、なんて言うか……何もかも分からないことだらけで……」

困惑しながら、とりあえず浩一は今日自分の身に降りかかった状況をざっと説明した。

いきなり美亜にこの場所に連れてこられたこと。

そうしたら街中で変な格好した人たちをたくさん見かけたこと。

美亜のカミングアウトによって、どうやらその人たちが本物の狼男《おおかみおとこ》とか鬼とかのファンタジー的な人種であり、また美亜自身もサキュバスであると知ったこと。

「んーじゃあ、それだけの状況だったら、やっぱりはじめっから説明した方がいいよね」

浩一の言葉に「ふむ」と頷いてから、真由美が説明してくれたのは、しかしやはり、浩一にとってはいささか衝撃的すぎる事実だった。

「まず大前提としてね、普通の人は気付いてないけど、実はこの世界には、人間以外にもいろんな種族がいるのよ。あたしたちサキュバスとか。獣人とか。勿論、日本由来の鬼とかも。おとぎ話で語り継がれていたファンタジーな生き物は空想の産物じゃなく実際にいましたってワケ」

「……はぁ」

確かにそれは、実際に先程、浩一自身が見かけた通りだ。

耳で聞いただけならいくらでも否定できようが、事実として浩一は自分の目で、実際にそれらを目撃してしまったのだから、もう彼としても受け入れるほかない。

「昔は普通に正体明かして世界中で生活してたんだけどね。いろいろと文明とか発達してくるとそうも言ってはいられなくなってね」

そうして、日本で言えば明治維新前後を境にして、差別をはじめとした種族間の軋轢《あつれき》を生まないように、そういったファンタジーな種族は基本、自《みず》らの正体を隠し、人間に紛《まぎ》れて生活を送るようになったらしい。

例えばそう、今まで浩一が、美亜の正体を知らなかったように。

「でもね、それぞれの種族ならではの習性で、どうしても正体を隠しづらくなるようなところもあるでしょ。そういう活動をするために作られた街のひとつがここってワケ」

「な……なるほど」

ちなみに浩一は美亜に道案内され、ただ漫然と歩いてこの場所に連れてこられたように感じていたが、じつはその過程で、知らないうちに相当複雑な手順を踏んでいたらしい。

真由美が言うには、この辺りの異種族用の街には特殊な結界が張ってあり、特定の道筋を歩くことで初めて街中に入れる仕掛けとなっているのだそうだ。

ここに着くまで延々迷路のような歩き方をしていたのは、そのためだったらしい。

「何ですかそれ……まるでそんな、魔法みたいな」

「みたいな、じゃなくて、魔法だよ。有名な魔法使いの人が施《ほどこ》してくれた仕掛けなの」

「……………」

何だろう。説明されているはずなのにますます訳が分からなくなってきた。

「ここらが一般人に知られてない背景の基本ってトコだけど……大丈夫？　ついてきてる？」

「な、なんとか」

一応理屈としては理解できたので、顔を引きつらせながらも浩一はそう答えるしかない。

「でも……ちょっと面白いね、キミ。鬼の角とか普通に見えちゃったんだって？　もし何か間違いがあって一般人が紛れ込んでも、視覚におまじないがかかって普通の人間に見える仕掛けになってるはずなんだけど……キミもしかして、何かの妖怪とか魔物だったりする？」

「へ？　お、俺です？」

いきなり話がこっちに及んできて狼狽えてしまう。

が、少なくても浩一は、そんな話は両親から聞いたことはない。

姉は確かに変人だが、それもあくまで趣味嗜好《しこう》の問題であって別に日常生活で奇妙なことをしているわけではないし。

「そんなことないはずです……けど」

「ふうん……」

困惑しながら答える浩一の台詞を、しかし聞いているのかいないのか。

真由美は何やら自分で勝手に納得したように頷いて。

そして改めて彼女は、浩一をまるで品定めするように、じーっと観察し始めた。

「……ふむ」

「あの……何です？」

「ね、君。久坂浩一くん……って言ったたっけ」

「あ、はい」

ますます困惑する浩一に、真由美はぱっと、やたらと明るい表情に切り替えて。

そして彼女が口にしたのは、やっぱり予想外の言葉だった。

「君さ、よかったら、ウチで働いてみない？」

「…………へ？」

◆

流石にいきなり「ウチで働いてみない？」というのは突拍子も無かったということで。

とりあえず落ち着いて話をしようということになり、お茶を用意した上で真由美は改めて、事の次第を説明し始めた。

「ウチはね、まあ表から見たら分かるように、基本的には喫茶店をやってるんだけどね、実はちょっと変わった喫茶店でさ」

「……ちょっと変わった、ですか」

「サキュバス向けの喫茶店なのよ、この店。まあぶっちゃけて言うと、料理に男から搾《しぼ》り取った精気とか入れてんの」

「……あの。もしかして精気って」

「まあ、料理によりけりだけど、精液そのままぶっかかってるようなのもあるよ？」

「……食ザー喫茶……」

ドン引きして絶句してしまう浩一だったが、しかしどうやらこの店、真由美の説明によれば、サキュバス達にとってはとてもとても重要な場所であるらしい。

基本的にサキュバス……淫魔《いんま》というのは、人間を誘惑《ゆうわく》し、堕落《だらく》させ、そして精気を搾り取る
——要するに人間に対して害をなす存在だ。

当然、その存在が明るみに出てしまえば、差別、迫害の対象になりかねない。

しかし一方で、サキュバスにとって人間の精気は生命維持に必要不可欠なエネルギー源であって、搾精《さくせい》をずっとガマンしていればそのうち餓死してしまう。

そういったわけで、種族として生き残りつつ、人間に敵対する立場とならないように、精気を得る場を制限する必要があった——ということなのだそうだ。

「まあ言ってみれば、喫茶店って体《てい》にしてるけど、食料の配給所みたいなもんね。そうやってウチらサキュバスもサキュバスなりに、人間との共存の道を模索してるってわけ」

何とも生々しいというか俗っぽい話である。

しかし、話を聞いていていて、何となく浩一の中で腑《ふ》に落ちるものがあったのも事実だ。

真由美の語った理屈は、サキュバスもまた、浩一と同じく、現代社会に身を置く存在だということの証明に他ならない。

「……って、いやちょっと待ってください。何でそういう店なのに働かないかって話になってるんですか。俺に出来ることなんて何にもないですよ」

浩一は、正真正銘《しょうしんしょうめい》ただの人間だ。少なくとも自分ではそう思っている。

サキュバス向けの味付けの善《よ》し悪《あ》しなんて分からないから厨房《ちゅうぼう》に立つわけにもいかないし、ウェイターの経験もない。

いや、ひとつだけ思い当たる役割があるのだが——流石にそんなのまっぴらごめんだ。

「ああ、大丈夫大丈夫。別に精気の供給役になれって言ってんじゃないから」

「そ、そうなんです?」

「ま、それも、すーっごく魅力的な話だけどね?　……あ、やっぱりそっちもやってみない?　生ミルクサーバー、結構受けよさそう♪」

「全力でお断りします！」

「あっはっは！　冗談だって」

断固とした浩一の拒絶を、真由美は笑ってあしらってくる。

そんなやりとりに、浩一は内心、徒労感を抱いてため息をついた。

（あー……どうにもこの人、苦手だ俺）

悪い人ではないようだが、一緒にいると、振り回されてペースを乱されてしまうタイプの人間だ。多分、姉の茜と同様に。

「スカウトしたいのは、この店がやってるもう一つの仕事の方の話ね。美亜ちゃんから聞いてるかもしれないけど、喫茶店やりつつ……まあ美亜ちゃんみたいな、半端者《はんぱもの》のサキュバスの教育も請《う》け負ってるのよ。ウチは」

「……半端者」

そういえば、美亜もこの店に来る前、自分自身のことをそう言っていたが。

「美亜ちゃん見てたら、どう半端者かってのは分かるでしょ？」

「まあ……ええと」

「だってだって！　怖いじゃんえっちとか！　何でそんなコトしなきゃいけないの！」

話を振られて憤然と反論する美亜だったが、まあその台詞自体が語るに落ちるというか。相変わらず言動が一般的なサキュバスらしさと正反対すぎて、何とも間抜けな感じである。

「まあこんな風にね、共存の道を模索するのは間違ってないとしても、人間の文化に染まり過ぎちゃって、美亜ちゃんみたいにセックスに興味ないーとか、怖いーとか、えっちなことはいけないことだと思います！　とか、そんなことを言いだす子が増えてきちゃってさ。ウチらの界隈《かいわい》じゃちょっとした社会問題になっちゃってるわけよ」

「……草食系サキュバス……」

　思わず口に出してしまったが、何ともまあ間の抜けた字面《じづら》である。

「あはは、そうそう、そんな感じ。まあそういう子達に、精気の味を覚えさせたり、えっちなことに興味持たせたり、そういう感じの『更生』が必要になってきてて ね」

「……な、なるほど」

　笑いながら解説をする真由美に曖昧《あいまい》な相槌《あいづち》を打って……はたと気付く。

「あの……ひょっとして。俺にやって欲しいのって」

　もうこの時点でものすごい嫌な予感しかしない。

　おずおずと問いかける浩一に、なぜか真由美は、ものすっごく自信たっぷりに頷いてきた。

「そ。ウチの子たちが自主的に精気を吸う気になれるように、その調教役……もとい教育役をして欲しいの」

　調教。

　調教と言ったか、この女。

「…………いやいや!?　いやいやいやいやいや！」

　思わず全力で首を振る浩一だった。

「そんなん無理に決まってるでしょ!?」

「何でー？　男の子にしてみたら夢のようなシチュじゃない？　女の子にえっちなことして、

それだけでお金までもらえるんだよ？　普通だったら逆だよ逆」

「いや逆とかそういうのどうでも良くて――だからこそ嫌なんですってば!!」

「あのね真由美さん、浩ちゃ――久坂くん、えっちなこと苦手なんだって」

流石に見かねたのか、横から恐る恐るといった感じで美亜が助け船を出してくれた。

まあ美亜としても、話の流れ上、そのまま浩一が了解してしまえば、彼とえっちなことをするハメになるわけで。浩一と同じくそんなのまっぴらごめんだろう。

「あ、そうなの？」

「そうなんです、だからその、あまり久坂くんに無理強《じ》いは……」

これは心強い援護射撃である……と、思ったのだが。

「……ふうん？」

美亜の説明を最後まで聞く様子もなく、彼女は改めて浩一を上から下までじっと観察して。

「はっ」

鼻で笑われてしまった。『またまたご冗談を～』みたいな感じで。

「てか、そもそも美亜ちゃんの場合は、アレでしょ、久坂くんがえっち苦手とかそういうの関係なくさ、単に自分が怖いからやりたくないだけでしょ」

「そ、それはそうですけどお！」

結局、すかさず繰り出された反撃に、一発で撃沈された美亜であった。

「いや……だいたいですね、何で俺なんですか。俺、その、そういう経験ないんですよ？　そんなんでそういう役割がちゃんと果たせるわけないじゃないですか」

「いやいや、そうでもないよー」

めげずにそう言いつのる浩一だったが、しかし真由美は、「だいじょぶだいじょぶ」と手をひらひらさせながら笑い返してくるだけだった。

「そんなの問題にならないくらいのアドバンテージがね、キミにはあるんだよ」

「……なんですそれ」

「もちろん、キミの精気のことだよ」

ぴ、と人差し指を立てながらのドヤ顔に、浩一としては困惑するしかない。

「………ええと」

「さっきも言ったと思うけどさ。精気の匂いとか味の話ね。人によってこれがまた千差万別でね、質が良かったり悪かったり、美味《おい》しかったり不味《まず》かったりいろいろなんだけどさ。キミね、それがね、ちょっとすごいよ。てかめちゃくちゃすごいよ」

「……す、すごいって、どういう意味です」

「ものすごーくエロくて、ものすごーく美味しくて、ものすごーく魅力的って意味。正直ね、あたしの理性がもうちょっと弱かったら、ホテルに連れ込んでるレベル」

「……」

何だろう。

褒《ほ》められてるはずなんだけれど、めちゃくちゃ嬉しくない浩一であった。

思わず美亜の方を見るが、振られた彼女は「わ、わたしそんなん知らないから！」と、ふるふると顔を赤くして頭を振るばかりである。

「……要するに、その」

「うん」

「俺の、その……精気は、サキュバスの人なら誰でも美味しく食べられる絶品の味なので、それで男の精気を吸うことの素晴らしさに目覚めてもらおうと」

「ま、そういうことだね。ついでに言うとね、すごーく美味しい精気には時々媚薬《びやく》効果みたいなのも含まれててね？　キミの精気はそのあたりもすっごい強力みたいでさ。はっきり言ってね、キミがその気になって本気でえっちなことすれば、どんなおぼこい草食系サキュバスでも問答無用に一発でえっちの虜《とりこ》になるよ。だからこうしてスカウトしてるってワケ」

「…………えぇぇー……」

そんなこと言われても。だからといって、どうしろというのか。

とはいえ、これも男の子の悲しい性《さが》というヤツで。

一瞬、浩一は想像してしまった。

自分の虜となった女の子と、調教と称していろいろなことをしまくる日々。

学校の休み時間にトイレとか、体育倉庫とか、保健室とか、屋上とか、放課後の教室とか。

ところかまわず、時を選ばず彼女は「おねだり」してきて。

あるいは嫌がるのを無理矢理押し倒して、否応《いやおう》もなく快楽に悶《もだ》えさせて。

そうして浩一は、女の子を更に欲望の深淵《しんえん》に引きずり込むため、もっともっと激しく——

「……あ、精気の匂いが濃くなった。もしかしてアレコレ想像してちょっと興奮してる？」

「……そ、そんなことないです！　ていうか駄目ですホント駄目！」

いったい何を感じ取ったのか。

からかうような真由美の台詞でようやく我に返って、慌てて浩一は否定の言葉を吐いた。

「媚薬効果があるとか、そんなん、なおさら駄目です！　見ず知らずの女の人にそんなんできるわけないでしょう!!　てか、美亜もその中に入ってるんですよね!?　あのですね、美亜はね、友達なんですよ！　大切な幼馴染みなんです！　だっていうのに、えっちなことするとか！　あまつさえ問答無用にえっちなことの虜に出来るとか！　そんな風に扱えるわけないじゃないですか！」

「そこをなんとか！　助けると思ってさ」

なおも食い下がる真由美は、しかしどこか浩一を弄《もてあそ》んでいるようにも思えて。

だから流石に、浩一の堪忍袋の緒が切れた。

「誰がやるかよ！　ぜえええええええええっっったい！　嫌だっつうの！」

店にいる客に聞こえるかも、といった気遣《きづか》いはもう完全にどこかへ吹っ飛んで。

向こう三軒まで聞こえているんじゃないかという大声で、浩一は力一杯叫んでいた。

第三章　底なし墓穴と逆レ○プ

「……あー……くそ」

憂鬱《ゆううつ》な気分にたまらなくなって、半ば無意識に、浩一《こういち》の口からため息が漏《も》れた。

今日は茜《あかね》に絡《から》まれることもなかったというのに、登校し、２時間分の授業をこなした今になっても、いつにも増して気が重たい。

理由は単純。昨日、美亜《みあ》に連れられて行った先での出来事が尾を引いているのである。

（なんなんだよもう……エロいことしろとか。こっちはもうそういうの、うんざりだっつーの……いい加減にしてくれよ……）

こんな感じで、一晩経《た》った後もどうにも気持ちは落ち着かず。何かにつけて昨日のことを思い出してイライラをぶり返してしまっているのだ。

あの後、もうたくさんだ、と何も断りを入れずにその場から逃げ出してしまったので、美亜とも何も話せていないのも、イライラに拍車《はくしゃ》をかけていた。今日のような日に限って美亜が日直で先に登校してしまっていたため、通学時間でも顔を合わせることが出来ず、学校に着いてからもいろいろとタイミングが合わなくて話す機会を得られないでいるのだ。

「……トイレ行こ」

ため息をつきつつ、何となくわざわざ口に出してそう言って、浩一は席を立った。

別に催《もよお》したわけではないけれど——まあ、せめてもの気分転換だ。

「……」

とぼとぼと廊下を1人で歩きながら、浩一はぼんやりと窓の外を眺めてみる。

窓の向こうに見える風景は、浩一の内心とは裏腹に綺麗に晴れ渡っていた。

雲ひとつなく、空の青はどこまでも澄んで、夏の強い日差しが景色に鮮やかなコントラストを刻みつけている。外に出ればうだるような暑さにうんざりすること間違いなしだが、こうして窓から眺める分には見ていて気持ちの良い風景だ。

何の感慨《かんがい》もないまましばしそんな夏の風景を見つめながら、ひとつ、大きく深呼吸。

(まあ……いつまでもこうしてうじうじしていても仕方がないもんな……)

別にきちんとした気分転換が出来たわけではないけれど。とにかく強引にでも、浩一はそう思い直すことにした。

まずは、なにより美亜と話そう。

別に明確に仲違《なかたが》いしたわけではないのだけれど、朝からずっとしゃべってないのでどうにも気分的に据わりが悪い。

「ん。よし」

なかば無理矢理だが、やるべきことを考えて、ちょっとだけ気持ちが前向きになってきた。

別にトイレですることはないので手だけを洗い、足早に教室へと戻る。

「……ん？」

と──そこで浩一は、視線の先に、別の知り合いの姿を見かけた。

資料室の常連の1人、大原凜《おおはらりん》である。

「……何してんだ、あいつ」

ただ、なんというか、その様子がいつもと違って微妙に変だった。

何をするでもなく、廊下の端でぼーっと突っ立っているのだ。しかも何もない壁を向いて。

意味不明すぎる。

そもそも凜がいるべき中等部は、今浩一がいる建物とは別の棟《むね》だ。放課後でもない限り彼女がここにいるのはおかしい。

小柄でよく目立つこともあって、他の生徒も何事かと凜にいぶかしげな視線を送っていた。

「……大原、どうした？」

放っておくわけにもいかず、とりあえず声をかけてみたが──しかし妙なことに返事がない。

「おーい、大原ー？」

大きめに声を出して呼びかけてみて、ようやく凜は振り返ってきたのだが──

「うん……？　あ、こーいちだ」

（……？　なんだ？）

向けられた視線に、浩一は奇妙な感覚を覚えた。

底冷えするような、どこか恐怖心を煽《あお》られるような、そんな感覚。

何だかいつもと雰囲気が違う。

眠たそうに瞼《まぶた》が半開きになっているのは、まあいつも通りではあるのだが。その瞳の奥に、底の知れない、熱のような何かがくすぶっているような気がした。

よくよく見れば顔もいつもより若干《じゃっかん》赤くて、呼吸も軽い運動をした後のように、僅《わず》かながら速くなっているようだった。

「どした、熱でもある？」

風邪《かぜ》でもひいたのかと判断して、そう言いながら体温を測るべく凜の額《ひたい》に掌《てのひら》を乗せたのが——後から思えば、それが最大の失策だったかもしれない。

「……っ!?」

がくん、と、唐突に衝撃が浩一に襲いかかる。

浩一が伸ばした手を、凜が思いもよらない強さで摑んで、いきなり引っ張ったのだ。

「お、おい!?」

突然の行動に、流石《さすが》に浩一も驚いて声を上げてしまう。

だが、非難めいた彼の声にも、返事はなし。

そのまま凜は一言もなく浩一をぐいぐいと引っ張って、廊下を進んでいく。

「なんだよ、おい？　大原!?」

抵抗しようとするも、小柄な身体のどこにそんな力があるのか、ビクともしない。

そのまま階段を降りて1階に下って、さらに体育館へ続く廊下も走り抜けて――そうしてたどり着いた先は、何故《なぜ》か、体育館の隣に建てられている体育倉庫だった。

意味不明な腕力に抗《あらが》えず、浩一はその中に放り込まれ――その背後でガチャン、と金属音。

浩一がつんのめっているその隙《すき》に、凜が後ろ手に鍵《かぎ》をかけたようだった。

「お、わわっ……!?」

続けてやはり無言のまま、信じられないような膂力《りょりょく》で浩一は胸を突き飛ばされて。

あまりの力強さに驚いて、そのまま浩一は、背後のマットに仰向《あおむ》けに倒れ込んでしまった。

「おま……っ　何すんだいったい!?　大原！　いい加減に――」

流石にこの狼藉《ろうぜき》は目に余る。思わず非難の怒声を上げかけて――しかし浩一は最後まで言い切ることが出来ず、口を噤《つぐ》んでしまっていた。

じっと浩一を見る凜の瞳の中に灯《とも》る、明らかに異様な光を目にしてしまったからだ。

（……た、食べられる……？）

直感的に、なぜかそんな風に思ってしまう。

そう。一言で言ってしまえばそれは――捕食者の目であった。

極上の獲物《えもの》を前にして、どうやって捕まえ、なぶり殺し、そうしてその血肉を喰らい尽くすか。それを吟味《ぎんみ》する、残忍な肉食動物の瞳。

見た目はいつもと変わらない、小柄で愛らしい少女のはずなのに、何故かこんなにも恐ろしい。

でも——何故？　何でこんなことになっている？

思考が空回りする。

逃げようにも、足がすくんで動かない。

対して凜は、震える子羊のようになった浩一を眺めながら——ふっと、笑みをこぼしていた。

そして——

「あ……っ　なっ!?」

いったい、何のつもりなのか。

凜はマットの上で倒れていた浩一に、ゆっくりとしなだれかかってきたのである。

「……お、おい!?」

しかもさらにあろうことか——凜は浩一に抱きついたまま、その隙間に器用に手を滑り込ませて、自《みずか》らの制服を脱ぎ始めた。

リボンを解いて。

ブラウスのボタンを、上から順に、ひとつ、ひとつと外していって。

そうして、凜の素肌が、だんだん浩一に近づいてくる。

「や……やめ……っ」

むしろ自分が服を脱がされているような気分になって、浩一は悲鳴じみた声を上げた。

これは駄目だ。これはまずい。

密着しているせいで、脱衣をしていても浩一の目にはとりあえず凜の肌はあまり見えてはいないが――この状況ではそんなことは関係ない。

なにせ、肌を通して、これ以上ないほど明確に伝わってくるのだ。

凜の小さくて柔らかい指先が動いて。

ひとつ、またひとつとボタンを外されて。

そうして、着実に晒《さら》される素肌の面積が増えるのが、はっきりと分かってしまうのだ。

やがて、浩一の胸や腹に触れるボタンの感触が、完全になくなって。

はらりと白いブラウスが、浩一の横、マットの上にずり落ちた。

「……っ」

息を飲む。

まだ浩一は制服を着たままだ。だから凜がこうして服を脱いでも、実際的には互いの肌を隔《へだ》てる布の1枚がなくなっただけの話で、肌が直接触れ合うようになったわけでは当然ない。

更に言えば、はだけられた肌を覆《おお》う白い下着がちらりと見えたので、ブラウスを脱いだとしても、肝心要《かんじんかなめ》のデリケートな部分が白日の下《もと》に晒されたわけではない。

でも、だというのに、何なのだ、この感触は。

柔らかい。

温かい。

凜の肌を感じる。凜の体温を感じる。

きめ細やかな白い肌が興奮のために上気し、僅《わず》かに火照《ほて》っている。

呼吸の気配、僅かな身じろぎ、そのひとつひとつが、これ以上ないくらいに明確に伝わってきて、浩一の理性を蝕《むしば》んでいく。

「……こーいち」

毒を注ぎ込むようにして——凜の唇から、囁《ささや》くような、どこか訴えかけるような、甘えた声で、ぞっとする言葉が耳元に吹きかけられた。

「……こーいち、おいしそ」

「……へ？」

流石にその一言には、愕然《がくぜん》とした。

これは——この子は、いったい誰だ。

浩一の知っている大原凜と全く違う。彼女はこんなこと、絶対言わない。

下着が見えていたって全く気にすることなく平然としているような女の子なのだ。

寝ぼけてじゃれついてくることはあっても、本人としては、性的なことに全然興味を示していなかったのが凜という女の子なのだ。

だというのに、いったいこれはどうしたことだ。

問答無用で知り合いを密室に連れ込んで、あまつさえ肌を晒して男を誘惑《ゆうわく》して。

これではまるで——

「大原……!?　駄目だっ」

ようやく働いた理性に、何とか身体が自由になる。

浩一はどうにかして凜を引きはがそうともがくが、しかしそれも徒労に終わってしまった。

「……あっ!?」

不自然な体勢に加えて太股《ふともも》で体重をかけられてしまって、これでは身体を起こせない。

「だめ、こーいち、わるいこ。動いちゃ、だめ。これからこーいちのこと、たべるの」

改めて、凜は酷《ひど》く甘ったるい言葉を囁いて。

そうして。

授業の始まりを告げるチャイムの音が、どこか遠くの方から聞こえて来る中で。

大原凜は、久坂《くさか》浩一を、蹂躙《じゅうりん》し始めた。

◆

「っ、ぁ、ん……ぁ……んんっ　ん、ぅ、ふぅ、んぁっ」

それは、異常極まりない光景だった。

授業時間のまっただ中。

すぐ近くのグラウンドでは、他の生徒達が運動をしている気配がある。

そんな状況で——小柄な中学生の女の子が、３つも年上の男子の上にのしかかり、身体の自由を奪って、腰を動かして熱い吐息《といき》を漏らしているのである。

特に異様なのは、そんないけない行為をしているにもかかわらず、当の凜の表情には、罪悪感も、羞恥心《しゅうちしん》の欠片《かけら》も見当たらなかったことだ。

ただただ陶然《とうぜん》と表情を蕩《とろ》けさせ、時折吐息に甘い声を織り交ぜながら、彼女は自分自身の腰の動きによってもたらされる快感に、心底酔いしれているようだった。

自らの腰を浩一の身体に押しつけ。前後に動かして。ひたすらその動きを繰り返して。

そんな背徳《はいとく》的な行為に巻き込まれながら、しかし浩一は、強烈な違和感を覚えていた。

(なんだ……これ)

しばし困惑《こんわく》したまま、されるがままになって――不意に浩一はその原因に思い至った。

凜は、浩一を見ていないのだ。

浩一が痛がろうが嫌がろうが関係ない。まったくその反応を意に介すことなく、凜は一心不乱に腰を振っている。

自分が気持ち良ければそれでいいといわんばかりに、手前勝手な快楽を貪《むさぼ》っている。

要するにそれは、オナニーなのだ。

女の子にとって一番秘すべきデリケートな場所を、浩一の身体に密着させて、擦《こす》りつけて。

そうして、多分に幼さを残した、二次性徴期に辛《かろ》うじてさしかかった程度にしか見えない小さな女の子が、今、異性の先輩の身体を使って、貪欲《どんよく》にオナニーしているのである。

どうかしている。こんなの絶対変だ。

喚《わめ》くべきだ。拒絶すべきだ。

誰かに見つかって、浩一がどんなお叱《しか》りを受けることになっても、どうにかして、彼女のこんな痴態《ちたい》は止めるべきだ。

分かっているのに、なのに、まるで何かに縛られたかのように、身体が自由に動かない。

目の前の少女の媚態《びたい》に見とれてしまっているのか、それとも――

「ぁ。っ、う、ふあ……んんっ　こーいち、こーいちぃ……っ」

凛が腰を動かし続けるうちに、その場の雰囲気は淫靡《いんび》なものへと変わりつつあった。

狭い室内は上気する凛の体温によってますます蒸し暑くなり、凛も腰の前後運動で汗ばんできたのか、体育倉庫独特の饐《す》えたような匂《にお》いの中に、彼女から放散されるかぐわしい汗の香りが確実に混ぜ込まれていく。

２人が触れ合う場所もどんどん熱を帯びていき――その熱が、匂いが、衣擦《きぬず》れの音が、浩一の意識をじわりじわりと搦《から》め捕《と》っていった。

浩一は何も出来ないまま、事態はどんどん悪化していく。

「あ。あっ、う、う――……っは、ぁっ　ああ……ッ　あ……ッ♪」

（ぁ……）

凛の口から、今までよりほんの少しだけ大きな甘い声が漏れて――そして同時に起こったほんのかすかな感触の変化に、不幸にも浩一は気付いてしまった。

震源地は、浩一の右の太股。凛の腰と触れ合っている箇所。

そこに、じわりと、なにか湿ったような感触が触れたのだ。

（まずい、まずい……っ　これは、駄目だ……っ）

流石にそれがなんなのか、思春期の男の子が気付かないはずがない。

愛液だ。

女の子が興奮して、気持ち良くなって、そしてイケナイところからにじみ出てくるおつゆ。

まだこんなに小さいのに。中学生なのに。見た目で言えば完全に小学生なのに。

だというのに凛は、浩一でオナニーをして、浩一の目の前で、股《また》ぐらを濡らしているのだ。

そして――一度始まった「お漏らし」は、もう止まらない。

浩一の穿《は》いている学校指定のスラックスの、凛が腰を擦りつけているその場所に、更に黒く、湿ったような場所が広がっていく。

衣擦れの音や、凛の喘《あえ》ぎ交じりの吐息に重なって、粘っこい糊《のり》をこね返すような、にちゅ、にちり、という音が、確かにはっきり聞こえてくる。

「あ。はっ　んあう、あ、あっ、や、腰、うごいちゃ……んんっ。勝手に、あ、ああっ」

陶然と呟《つぶや》くように喘ぎながら、凛の腰の動きは、激しくなるばかり。

快楽を求めて。もっと高みを目指して。一心不乱に摩擦《まさつ》を求めて。

そうしてそのうち、気付かないうちに、両者の姿勢がずれていってしまって。

彼女の位置がだんだんと浩一の身体の上の方に移動してきて――そして。

「っぁ……」

「あ。……はっ♡」

触れ合って、しまった。

浩一の股間《こかん》のその場所と。凛の、ショーツの奥のその場所が。

（……ぁ、ああ……）

腹の奥から這《は》い上がってくる訳の分からない感覚に、浩一は戦慄《わなな》いた。

気持ちいい。めちゃくちゃ気持ちいい。

屈辱《くつじょく》的なことに、浩一のその部分は、彼女の興奮に共鳴するように、既《すで》に硬く大きくなってしまっている。

そんな状態のその場所に、凛の一番女の子な場所が、ショーツ越しに押しつけられれば、そんなのもう、男として、反応しないでいられるはずがない。

「ん、ぁっ！　ふぁぁ……あは　んぁぁっ」

そして秘部同士を触れ合わせることに、興奮と快感を覚えるのは、女の子だって同じこと。

凛もまた、今までよりさらに表情をトロめかせ、腰の動きをさらにねちっこいものにして、もっともっとと、快楽を求めてきた。

前後に動かし。ときおり円を描き。あらゆる角度からいろんな摩擦を加えていって。

そのたびに彼女の下着に覆われた秘肉が柔らかく浩一の勃起《ぼっき》に押しつけられ、その暖かさを、湿り気を、その匂いを浩一になすりつけてくる。

じんわりと彼女のぬかるみが浩一の股間部を侵食していき――そしてやがて、凛のえっちな分泌液《ぶんぴつえき》の粘り気が、スラックスに染み渡り、トランクスもものともせず、その更に下で屹立《きつりつ》する裏スジにじっとりとまとわりついてきた。

「あ、う……っ」

ああ——もう、これは。

だめだ。最悪だ。

もう、言い訳なんて出来ない。

今、自分は、自分たちは、えっちなことをしてしまっている。

股間と股間を、互いの気持ちいいところを擦りつけ合って。滲《にじ》み出した淫液《いんえき》で互いを濡らし合って。互いに互いを汚し合っている。

授業中なのに、中学生の後輩と、こっそり2人で、いけないことをしてしまっている。

「う、うっ……あうっ」

「あ。っや、んんん……っ　ふぁぁっ!?」

そうして——訳の分からない衝動に、びくっと浩一の腰が動いてしまって。

その動きに大きな衝撃を受けたように、凜もびくりと身体を震わせ……そして一際《ひときわ》大きな声を上げて。

「……ぁ」

そうして——ふと、凜の動きが止まった。

凜は、ようやく傍《そば》に浩一がいることを思い出したような表情で、じっと彼を見つめてくる。

「……こーいち？」

「………ッ」

「……こーいちも、きもちーの？」

「し、知らん、知らない！」

思わず幼稚な否定の言葉を吐き出すが、つっかえた時点でもう、語るに落ちている。

凜は終始ぼーっとした子ではあるが、決してバカではない。

そんな反応を示せば、浩一がどんな思いをしているかなんて、そんなの丸わかりだろう。

彼女は1人小さく頷いて、そして何やら、満面の笑みを浮かべていた。

「……えへへへぇ」

まるでそれは、突然、とても面白い遊びを思いついたような。

うれしくて。たのしくて。たまらなさそうな、そんな笑顔。

そして――

「こーいち。こーいちも、きもちよく、なろ？」

舌っ足らずで、まるで「一緒におままごとしよ？」とでも言うような口調のおねだり。

そして同時に、凜の動きが、明確に変化した。

「あ、う、ぁ……っ」

「あ。あはっ　こーいち、きもちよさそー……♡　んぁっ」

とはいえ腰の動きの激しさや、動きのねちっこさそのものは大して先程までと変わらない。

一番変わったのは――おそらく目的意識。

「う。あ……うう……」

「ん、ふ……ぁ。う……んんっ」

腰を艶《なま》めかしく振りながら。口元から甘い声の交じった吐息をこぼしながら。

凜は、股間部に触れる感触に、じっと意識を集中させているようだった。

そう——そうやって、彼女は浩一の反応を観察しているのだ。

浩一は、どんな刺激が好きなのか。どういう風に腰を動かせば、浩一を一番気持ちよがらせることが出来るか。それを探るために。

戸惑《とまど》いがちに腰を動かしていたのは最初の僅かな時間だけ。次第にその動きは、ツボを押さえはじめ、激しく艶めかしくなっていく。

大きく股を開いて腰を強めに押しつけて、ショーツの奥の造形の、一番中心のラインにある微《かす》かな溝を、浩一の勃起のラインに沿わせるようにして。そしてじっくり前後運動。

浩一の裏スジがしごかれ、そして凜自身、一番敏感なところを擦りつけられる動きである。

「あ、う。あ……っ　ああっ」

(やばい、やばい、やばい……！)

布越しだし、刺激自体もそのものは大したことがないはずなのに。

なのに、さっきまでの刺激が児戯《じぎ》に思えるほどに気持ちいい。

自分自身の手でするよりも、よっぽど気持ちいい。

絡みついてくる快楽に、意識がかき回されていく。溶かされ、真っ白になっていく。

「あ。あっ　ん、あ。ああっ　あああ……っ♪」

そうして、いつの間にか凛の喘ぎも、どんどん激しく派手になっていく。

「あ。あっ　あんっ、あっ　ああっ　はっ、んっ、いい、きもち、いいよお……♡」

ああ、もう——もう。これは、駄目だ。

互いの摩擦で昂《たか》ぶった熱量は、2人をたやすく快楽の操り人形にしてしまう。

「あ、あっ、ん、あ……っ　んんんっ、んんっ　んはっ♡」

擦って。

擦って。

擦って。

腰の動きは、もう止まらない。

呼吸に小刻みになっていって。喘ぎ声も次第に単調になっていって。

2人の意思から離れた性衝動が、2人をどんどん追い詰めていって。

「う、ぐっ　うぁぁぁ……」

「あはは、こーいち、きもちい？　きもちい？」

「う、うっさい！　知らないっ！　う、あ、ああっ」

「……♡」

せめてもの抵抗でついた悪態にも、しかし凛は蕩けて嬉しそうな笑みを浮かべるだけ。

たまらないといった様子で——腰の激しさはそのままに、凛は浩一に抱きついてきた。

「……っ　う」

（あ……）

密着が増える。

熱い。

意識が、何もかもが、凛の肌に侵食されていく。

腹部が。胸板が。そして首筋が。

柔らかいおなかが。

可愛らしいおへそのくぼみが。

慎《つつ》ましい胸元が。

そんな、小さな少女の肢体《したい》の全てが、浩一の肌に触れていく。

肌を通して、訴えかけてくる。

自分自身の喜びを。自分自身の快感を。

「……こーいち」

猫のように顔を胸元に擦りつけて。そうしてとろんと甘えながら。

しかし──彼女が最後に口にしたその台詞《せりふ》は、到底睦言《むつごと》と呼べるようなものではなかった。

「……いただきます」

「…………え」

どろどろにかき回された思考では、違和感を抱くのが精一杯。
そんな彼をよそに——快楽でぐちゃぐちゃになった中で、呆然《ぼうぜん》とした表情を浮かべる浩一の首筋に、凜はそっと唇を寄せてきた。
そうして——どうやら。そのわずかな接触が、最後の引き金となったらしい。
「う、あ。あ……っ!?」

——どくん！

何かが、爆発したような気がした。
腰が持ち上がってしまう。
全身が痙攣《けいれん》してしまう。
溜《た》まりに溜まった熱い欲求の塊《かたまり》が溢《あふ》れ、濁流となり、浩一の意識を無茶苦茶に蹂躙《じゅうりん》する。

どくん！　どくん！　どくん！　どくん！

吐き出して。噴き出して。溢れ出して。
今まで感じたことのないようなそんな快感の奔流《ほんりゅう》にもみくちゃにされながら——しかし、いやだからこそ、浩一はぞっとするような恐怖を感じていた。

（これ、まず……っ、あ、……）

吸い取られる。

死んでしまう。

精も根も、むりやり搾り出されるような感覚。

文字通り生命力が、体力が、気力が、体中に蓄えられていたはずのありとあらゆるエネルギーが、根こそぎ流れ出てしまうような感覚。

（……ぁ）

明らかに異常なこの事態に、しかしとっさに何かすることも、もう、できない。

ああ、これは、もう駄目だと、そんな諦観《ていかん》だけを何とかぼんやり考えて。


「……ごちそうさま」

意識が途切れる最後の瞬間、浩一は、凜の満足げな言葉を、確かに聞いたような気がした。

◆

泥の中から這い上がるような、ひどく気怠《けだる》い目覚めだった。

「……けふっ　ごほっ」

喉《のど》の奥に粘っこいものが絡まって、上手《うま》く呼吸できずに数度咳《せ》き込んで。

むしろその息苦しさでようやくはっきり目が覚めた浩一は——瞼《まぶた》を開け、視界に入ってきた光景に、まずなにより違和感を覚えた。

「……あれ、ここ……」

知らない部屋だ。

無機質な白い壁には窓がなく、目に映る調度と言えば壁にかけられた時計と、そして浩一が寝かされていたベッドくらいのもの。

あまりにも無個性すぎて、ここがいったいどこなのか、全く見当がつかない。

（……てか、何で俺、こんなところにいるんだ……？）

意識を失う直前と、記憶が繋がっていない。

さらに浩一を混乱させたのは、彼を取り囲んで覗《のぞ》き込んでいる、見知った人々の顔だった。

美亜に、先日彼女に連れられていった先で出会った片瀬真由美《かたせまゆみ》。

加えて何故か、部屋の端の方では大原凜や、永宮冴香《ながみやさえか》の姿まである。

美亜と真由美はどことなく心配そうに、凜と冴香は心なしか申し訳なさそうな表情を浮かべて浩一の顔色を窺《うかが》っていた。

「え……と。何？　ここ、どこです？」

「あ、意識、しっかりしてるみたいだね」

とりあえず状況を確認したくて口にした言葉に、真由美はほっと安堵《あんど》の吐息をついていた。

「あー。えっとね。ここはね、前キミが来てくれた『シャロン』の休憩室。久坂くん、大丈夫？　記憶とか飛んでない？　自分がどうなったか覚えてる？」

「あ……えと」

真由美の台詞に、ようやく気を失う前の記憶を思い出す。

たしか、学校でトイレに行った帰りに、凛と鉢合《はちあ》わせて。

で……確か、様子のおかしかった凛に強引に体育倉庫に連れ込まれて。それで——

「………」

そこで行われた諸々《もろもろ》を、異様な現実味を伴《ともな》って思い出して、顔が熱くなってしまう。

美亜と真由美は顔を見合わせ、「ああ、やっぱり」と揃《そろ》って嘆息《たんそく》を漏らした。

「吸われてるね、こりゃ。相手が凛ちゃんだったのが不幸中の幸いだったけど」

「……みたいですね」

「……えっと。どういうことです？　てか何で俺、病院じゃなくてここに運ばれたんですか」

思わせぶりな二人のやりとりに不安を煽られて、浩一としても口を挟まざるを得ない。

真由美はため息をつきつつ、傍のパイプ椅子に腰を下ろして、事の次第を説明してくれた。

「まぁ……最初に前提を言うとね。大原凛ちゃん、あの子も、サキュバスなのよ」

「………え」

「ついでに言うと、そのメイドである永宮冴香ちゃんもね」

「……えっ!?」

流石に驚きを隠せず、視線を二人に向けてしまう。

あのようなことがあったからか、視線を向けられた凜はどことなくしおらしく頭《こうべ》を垂れ、冴香は気まずそうに視線を逸《そ》らしていた。

どちらも真由美の説明に異を唱える様子はない。

「……まあ、ここに来てることから分かるかもしんないけど、2人も美亜ちゃんと同じでね、草食系サキュバスとして、更生対象としてウチで預かってる娘たちなの」

「……それは、また」

ひどい偶然もあったものである。

学校生活で一番接点があった女性三人が、揃いも揃ってサキュバスとか。

「でね？　……ここからが問題というか、前の話では言ってなかったことなんだけどね……」

そう言って一呼吸を置き、ちらりと美亜達の方に視線を向けた後、ため息交じりの、重々しい口調で説明を続けた。

「……サキュバスってね。暴走するんだよ」

「ぼ、暴走……？」

「そう。おなかが減って――精気が少なくなって飢餓《きが》状態になるとね。理性がなくなって、手当たり次第にそこら辺にいる男を襲って、精気をむりやり吸うようになってしまう。理性もない状態だから歯止めが利《き》かなくて、下手《へた》をすれば、そのまま相手を殺してしまう可能性もあるの。精気って要するに生命力だからね。吸い尽くせば……当然相手は死んでしまう」

「………」

真由美の説明に、ぞっとするものを感じて浩一は自分の首筋――ちょうど、凜に襲われた時、彼女に口づけされた辺りに触れた。

凜に襲われた際、確かに思い当たる感覚があった。

あの、気を失う前の最後の瞬間。

自分の中にあった、ありとあらゆるエネルギーが急速に失われていくような感覚。

つまり、あれが、サキュバスによる搾精《さくせい》というものか。

「凜ちゃんが未熟で良かったよ、ホント。もし凜ちゃんがちゃんとした性知識を持ってて、セックスまでさせられちゃってたら、確実にキミ、死んでたから」

「……マジですか」

「こんなところで嘘つかないって」

青ざめた表情で呆然とする浩一に、苦笑しつつ、美亜は肩をすくめて言った。

「まあ……これが『草食系サキュバス』が、いちいち更生施設なんかで再教育させられてる一番の原因なの。えっちなことに興味なかったり拒否感があると、どうしても自分の搾精衝動も制御が出来なくなりやすくてね」

字面《じづら》で「草食系サキュバスをえっちなサキュバスに更生する施設」と書けばなんとも間抜けな雰囲気が漂うが――実際にはかなり切実な経緯《いきさつ》があったらしい。

自分たちの仲間を、殺人犯にしないための施設ということだ。

「昨日、『助けると思って』とか言ってましたけど、それってこのあたりが理由ですか」

「よく覚えてたね。……うんまあ、そういうことだよ」

「……」

サキュバスにとって相当に美味であるという精気を持つ浩一に教育係を買って出てもらえれば、確実に草食系サキュバスはえっちに対して前向きになれる。

そうすれば、彼女たちを殺人犯にしなくて済む。

確かにふざけた内容の依頼だ。こっちの気持ちをどう考えてるんだって内容だ。

けれど、真由美は真由美で、きちんとした事情があったということだ。

「こーいち、ごめん、ごめんなさい」

と、そこで——さっきまで後ろに引っ込んでいた凜が、いきなり前に出て謝ってきた。

「ああ、いや……いいんだよ。命は助かったわけだし」

「……でも」

どうやら相当後悔しているらしく、凜は頭を上げようとしない。

(……ああああ、もう……!)

やりきれなさに、浩一は心の中で、盛大にため息を漏らした。

本当——どうかしてる。

エロいのなんて、ほんとにもう勘弁してくれっていう感じなのに。

でも、そんな事情を知ってしまっては、もう見て見ぬふりなんて出来るはずもない。

だって、美亜は大切な幼馴染《おさななじ》みだ。

凛だって冴香だって、顔見知り以上に互いを知ってしまっている。

友達が、知り合いが、殺人犯になるのを黙って見ているわけには、いかないではないか。

「……あの、片瀬さん」

だから目一杯の気合いを振り絞って、浩一は、その決断の言葉を口にした。

「……草食系サキュバスの人たちを調教するとして。具体的にはどういう条件で、その『調教』が完了したってことになるんですか。そこのところがはっきりしないと、ずっと調教しなきゃいけないことになりますけど」

「ん？　ああ、そりゃ簡単だよ。草食系の子達が、今回の凛ちゃんみたいに暴走した結果じゃなくって、自分の意思で、自分の欲求で、自発的に、定期的に男の精気を吸うようになること。結局草食系の子達の何が問題かって、精気を吸う欲求がないことだからね……って」

質問に反射的に答えてから――どうやら真由美はようやく浩一がその問いかけをした意図に気がついたらしい。

「久坂くん……もしかして」

意外そうな視線を真由美から向けられて、浩一は居心地悪そうに目を逸らした。

「こんな話聞かされて、他人事《ひとごと》だってほっとくわけにいかないでしょう……」

言い訳めいた口調でそう言う浩一。

真由美はそんな浩一を眺めつつ、呆然とした表情を、じわじわと、ものすごく嬉しそうな笑顔に変えていって――そして飛びかかってきそうな勢いで浩一の手を取った。

「ホント!?　マジで!?　助かる！　ありがとうね久坂くん!!」

喜色満面で握った手をぶんぶんと上下に振る真由美。

あまりに無邪気な喜びように、浩一は少し狼狽《うろた》えてしまった。

「い、言っときますけど！　仕方なくですから！」

「うんうん、それでもいいよ！　ホント助かる！」

そんなやりとりをしながら――でも、一方で。

びっくりしたような美亜の視線と、心底不愉快そうな冴香の視線と、相変わらず申し訳なさ
そうな凜の視線を視界の端に捉《とら》えて。

浩一は、後になって、気がついたのだった。

自分が、とんでもない墓穴を掘ってしまったということに。

第四章　最初の相手はツンツンメイド（ただし彼女は××でした）

　空を仰《あお》ぎ見れば、今日も今日とて雲ひとつない夏の空。

　吸い込まれそうな深い蒼《あお》の色彩とは裏腹に日差しは厳しく、耳に届く蟬《せみ》の声もせわしない。うだるような暑さとやかましさだが、それでも駅前通りに活気が満ちているのは、今日が夏休みの初日ということもあるのだろう。待ちに待ったと言わんばかりに早速街へと繰り出し、はしゃいで歓声を上げている学生達の姿をあちらこちらに見かけることが出来た。

　そんな様子に、自分自身も夏休み1日目な学生の身分でありながら「いいーなーうらやましいなー……」などと、妙に他人事《ひとごと》で年寄り臭《くさ》い感想を持ってしまう浩一《こういち》だった。

「……浩ちゃん大丈夫？」

　挙げ句、口を突いて出たため息を聞き咎《とが》められ、一緒に連れ立って歩いている美亜《みあ》に心配されてしまう始末である。

「あー、うん。だいじょぶだいじょぶ」

　ごまかし笑いを浮かべながらそう言ってはみたものの、大丈夫でないことは、美亜の目からすれば明らかだろう。

理由は……まあ、他でもない。

今日は、夏休みの初日であるとともに、「バイト」の1日目でもあるのだ。

憂鬱《ゆううつ》にもなろうというものである。

(なんだよ、女の子を調教する役とか……)

往生際《おうじょうぎわ》が悪いと自覚しつつも、内心そう愚痴《ぐち》らずにはいられない浩一だった。

改めて冷静になってみると心底意味が分からない。理不尽《りふじん》にも程がある。

外野からすれば「なんだその羨《うらや》ましいバイト、文句言ってんじゃねえ爆発しろ」とでも言われかねない内容だが、その発想は浅はかと言わざるを得ないと浩一は思う。

よくよく考えて欲しい。そんなものが許されるのは、エロ妄想《もうそう》やエロ漫画の中だけの話だ。

そしてエロ漫画の主人公がそんなことをしても許されるのは、人間関係や世間のしがらみや「いろいろヤっちゃった後」を度外視できるからだ。

現実にそんなコトしたら、普通に痴漢《ちかん》であり、性犯罪であり、変態クソ野郎である。

「えと……なんか、ごめんね」

足を進めるごとにどんどん憂鬱になる浩一に、美亜は申し訳なさそうな顔で謝ってきた。

「……別に美亜が謝ることじゃないだろ」

「でも、わたしが浩ちゃんに偽《にせ》彼氏役頼んでなかったら、こんなことにはなってなかったし」

「……いや、なんかどっち道こうなってた気がする。何もしなくてもそのうち大原《おおはら》あたりに襲われてたような気がするし」

「それはそうかもだけど……」

浩一の台詞《せりふ》に、しかし釈然としないのか、美亜は申し訳なさそうな表情のままだ。

結局いつものようには会話も弾《はず》まず、そうしているうちに現場に到着してしまった。

「じゃ、えと。がんばってね！」

微妙に空元気っぽい感じに背中を押されて、そうしたらもう、逃げるわけにもいかない。

ひとつ、大きく深呼吸。

気合いを入れ、まずは更衣室で一応支給された制服に着替えた後、あらかじめ説明されていた「仕事場」に向かうその途中で、浩一は真由美《まゆみ》と鉢合《はちあ》わせした。

「お、来てくれたね」

「……おはようございます」

「うん、おはよ。『やっぱりやめます』って言われないかヒヤヒヤしてたけど。よかったよ」

「ホントはやっぱりやめますって言いたいんですけどね……」

「あはは、まあまあ。悪いようにはしないからさ」

言いつつ、にかっと笑う表情そのものは本当に可愛らしくて、本当この人は油断ならない。

「何度も言ってますけど……俺、こういうの全然経験ないんで。上手《うま》く出来るかなんてホントに保証できないですよ」

「大丈夫大丈夫。絶対上手くいくから」

言われても、根拠が意味不明なので信用できないし、そもそも上手くいっても嬉しくない。

どうしても胡散臭《うさんくさ》そうな表情をしてしまう浩一に、真由美は苦笑しながら安心させるように言い添えてきた。

「今日は初日だし、やりやすい子とするようにセッティングしといたから」

「……はぁ」

ホントかよと訝《いぶか》しみつつ、「ほら、もう行きな」と急《せ》かされてしまった。

浩一が向かった先、彼に割り当てられた「仕事場」は、奇《く》しくもと言うべきか、先日気を失った際に運ばれた、例のベッド付きの休憩室である。

ちなみに正式名称は「調教室」と言うらしい。

いくら何でも直球過ぎて笑えない。

調度も何もない殺風景な内装なのも要するに、「ヤることヤるだけの場所」といった感じで、何とも生々しい。

とりあえずベッドに座って。一応バイト中だからとスマホを弄《いじ》るのも何となく躊躇《ためら》われたので、所在なさげに待つことしばし。

「……失礼します」

ものすごーく嫌そうな雰囲気を漂わせながら部屋に現れた「今日の相手」の姿に、浩一は思わず「うげ」と小さく呻《うめ》き声を漏《も》らしそうになった。

聞けば凜《りん》などもこの店で「更生」を受けているそうだし、知り合いが相手になることもあるんだろうなー……とは思ってはいたが。

そこに現れたのは、そのなかでも浩一が特に苦手にしている人物だったのだ。

大原凛の付き人として働いているメイド、永宮冴香《ながみやさえか》である。

黒髪をシニヨンにまとめたヘアスタイルは相変わらずだが、今、彼女が身につけているのはフリフリの装飾をふんだんにあしらった「シャロン」の制服だ。きつめの吊り目はいつも通りではあるものの、ファンシー寄りのコーディネートのせいで何となく可愛らしい印象がある。

いや、服装はこの際どうでもいい。

（……どこがやりやすい相手だよ!?）

考えられる中で一番相性が悪い相手ではなかろうか。

何せ冴香には、凛がらみで前々から完全に敵愾心《てきがいしん》を持たれてしまっているわけで。

「……何じろじろ見てるんですか」

なので、彼女のリアクションも完全に予想通りのもの。

穢《けが》らわしい、とでも言いたげな表情で、憎々しく吐き捨ててきた。

浩一に向ける視線もいつにも増してとげとげしい。

「あ、ええと。すいません……」

謝る浩一に、じっとりした視線を送った後、冴香はこれ見よがしなため息をついていた。

「あなた、最低ですね」

口に出す台詞も全くもって容赦《ようしゃ》がない。

「私たちサキュバスの抱《かか》える事情なんて、あなたには無関係でしょうに。放っておけば良かったんです。なのにわざわざ異性の身体に触れるような役割を買って出るなんて……何ですかあなた、痴漢願望とかあるんですか、この変態」

「いや……その。ごめんなさい」

いちいち言うことがもっともなので、浩一としても素直に謝るほかない。

ただ、浩一は浩一で、彼なりの言い分というものもないことはなくて。

「でも……なんていうか。飢餓《きが》状態になったサキュバスがどうなるかって聞いたら、やっぱり放ってもおけないっていうか……美亜は友達ですし。大原も永宮さんも、知り合いですし。下手すればその、人を殺すようなこともあるかもとか言われたら……流石に」

「………」

とはいえもちろん、冴香がそんな浩一の台詞で納得するわけもない。

彼女はなおも疑わしげに、不機嫌そうな視線を浩一に送ってきている。

「それに俺は俺で、殺されたくはないですし」

「……それは」

そう。

一番の目的が美亜や凜のためであることは確かだが、浩一がこの役割を買って出たのは決してそれだけが理由ではない。

浩一は凜に襲われ、生命力を吸われて死にそうな目に遭《あ》っている。

あのときはただ気絶するだけで済んでいたが、再び凜が暴走して襲われるようなことがあった場合、今度も命が助かる保証なんてどこにもないのだ。

暴走の可能性があるのは凜ばかりではない。冴香もそうだし、美亜もそうだ。

美亜たちが殺人を犯すようなことを防ぐため、そして浩一自身がその被害者にならないために、彼はこの役目を引き受ける必要があったというわけだ。

エロいことが苦手な女の子を、性的な意味で触るなんて、そんなの普通ならまっぴらごめんだけど、でも事が人の命に関《かか》わるものなら、四の五の言ってはいられない。

「それは……こちらの監督不行き届きでした。申し訳ありませんでした。2度とあのようなことは起きないようにしますので」

「あ、いえ、そんな」

「なので、あなたが余計な手間をかける必要は、まったく！　これっぽちもありませんので」

「………いやまあ」

要するに、なのでこんなことはするな早よ帰れ、と言いたいらしい。

「俺も、逃げられるものなら逃げたいんですけどね、こんな役割」

「だったらいいじゃないですか。女性の身体に触るだけでも言語道断なのに、しかも嫌々なんて、あなた女性の気持ちをどう考えてるんですか。わたしも店長に口添えしますので、こんなことはとっとと今すぐ辞退しやがってください」

「……いやその。実はもうひとつ、もう、後戻り出来ない事情がありまして……」

「はぁ？」

いらつきを隠そうともしない冴香の気持ちももっともだが。

「……実はですね」

ため息をつきながら、浩一は自分の身に何が起こったかを説明し始めた。

◆

今をさかのぼること3日前。

浩一は真由美に呼び出され、「事前研修」と称して、バイトを始めるにあたっての大まかな決まり事や、サキュバスがどのような生き物なのかについての説明を受けていた。

ひとつ意外だったのは、浩一が最もよく知る「草食系サキュバス」である美亜とは、さしあたってえっちなことをしなくていい、という話をまず最初にされたことだ。

というのも、実は綿谷《わたや》美亜は、サキュバスと人間のハーフであるらしい。

そのため、生粋《きっすい》のサキュバスである凜のように、精気に飢えれば確実に暴走してしまうかどうかは、今のところ未知数なのだそうだ。

なので、とりあえずの監視対象になっているだけで、今すぐ美亜が嫌がっていることを無理にしなくていい――と、そういうことであるようだった。

浩一にとっては、それがせめてもの救いだった。

何せ美亜とは、ほとんど兄妹《きょうだい》みたいな関係なのだ。

彼女とえっちなことをするのは、それこそ浩一にとって、姉の茜《あかね》や母親とそういうことをするのに等しい。

ちなみに、さしあたって美亜とえっちなことをしなくていいということならば、「いい加減にしないとてきとーな男にハメさせるぞ」とかそんなメッセージをいちいちＳＮＳでふっかけなくてもよかっただろうにと思った浩一だったが――どうやらアレは、エロ関連に対して怖がってばかりの美亜に業《ごう》を煮やした真由美が、冗談交じりの脅《おど》しとして言っただけのものだったらしい。

要するにそんなことであれだけ大騒ぎしたわけで。迷惑な話もあったもんである。

さておき。

そもそもの本題というか――浩一にとって、もっとも聞き捨てならなかったのは、真由美から事のついでにと説明された、サキュバスによる搾精《さくせい》行動の詳細だった。

「そもそもの話、サキュバスが主食としてる精気ってのは、要するに動物の「生命力」とほぼ同一のものなのね」

真由美が言うには、生命力とはつまり、「自《みず》らが生き永らえるためのエネルギー」であり、性欲・精力とはつまり「自らの命を明日に繋ぐためのエネルギー」である、ということらしい。

要するにサキュバスとは、自らの魅力でもって相手の興奮を誘い、「自らが生き永らえるためのエネルギー」である「生命力」を、「命を明日に繋ぐためにエネルギー」である「性欲」＝「精気」に変換させて、自らの活動エネルギーとして吸収する生き物なのだそうだ。

「……なんか、吸血鬼みたいですね」

「ああ、大元というか、祖先は同じだったってする説もあるみたいだね。ほら、エネルギーを吸った相手を魅了して虜《とりこ》にするとかもおんなじじゃない？」

なんとなく浩一が漏らした感想を、真由美はこともなげに笑いながら肯定《こうてい》する。

「あ、ちなみに、セックスしないと搾精できないってわけじゃないからね」

「え、そ、そうなんです？」

要するに——具体的な行為、体液を介して行えば効率が飛躍的に上がるのは確かなのだが、肝心なのは「サキュバスに対して性的欲求を覚えるかどうか」であるらしく。えっちな行為そのものは、実は必須のものではないらしい。

例えば、サキュバスの女の子の裸や下着姿なんかを見たりしてムラムラっときたら、それだけでもう、サキュバス側にその気があれば搾精されちゃう、ということだ。

「……あの。ちょっとタンマお願いします」

その説明に、流石に浩一としても「ちょっと待った」をかけざるを得なかった。

説明内容そのものに異論があるわけじゃない。

インチキだ、と反論する余地もない。

何せよくよく考えれば、それが事実であることを、浩一は実体験として知っているのだ。

先日、浩一が凜に襲われたあの時、ふたりは最後の一線を越えることはなかった。

服を着たままの状態で互いの性器同士を擦《こす》り合わせただけで、積極的な体液の交換はしていない。キスすらも、浩一の記憶の中では1度もしてはいなかった。

なのに浩一は最後の瞬間に生命力を吸い取られ、あわや命を落としかけてしまったわけで。

しかし、むしろだからこそ、懸念《けねん》はそこにある。

「それ、俺、やばいじゃないですか。これからする仕事、その……サキュバスにエロいことするんでしょ？　最後までやんなくても搾精されるってことは、俺、ずっと定期的に搾精されるってことじゃないですか」

「だーいじょーぶ！　まーかして！」

が、不安でいっぱいの浩一に対し、真由美は自信満々な様子で胸を張るばかりである。

「サキュバスの彼女が毎晩求めてきて大変なんです、このままでは腎虚《じんきょ》で死んじゃう——そんなあなたに、これをどうぞ！」

とかなんとか、何故《なぜ》か通販番組の司会者みたいな口上《こうじょう》で言いながら、真由美がどこからともなく取り出してきたその物体に、浩一はドン引きするしかなかった。

「……いや『これをどうぞ』って……何ですかそのフェイスハガーみたいなの」

何せ——真由美が指につまんで、浩一にずいっと差し出してきたのは、一匹の、やたらとグロい造形の虫だったのである。

そう、虫である。しかも生きたまんまの。

種類は分からない。というか恐らく、まともな生物じゃないのだろう。

見た目を一言で表現すれば、かなり昔の名作ホラーSF映画で登場した、宇宙生物みたいな感じ。被害者の顔にガバーっと抱きつき尻尾で首をきゅっと締めつけて意識を落としたあげく、腹の中に怪物の卵を植えつけてきそうな姿形をしている。

サイズは元ネタ（?）と違い指でつまめる程度だが、その分各パーツが細かくて余計キモい。

「これねえ、淫化蟲《いんかちゅう》って言ってね。まだ人間とサキュバスが仲悪かった頃に、悪知恵を働かせたサキュバスが作り出した魔法生物なんだけどね？　簡単に言っちゃえば、人間をサキュバスの家畜にするための寄生虫でさ。これに寄生されると、精力がものすごいことになって、サキュバスの本気の搾精でも死ななくなれるの。

……まあ、副作用もすごいんだけどね。年中エロ妄想が止まらなくなるとか、週一でサキュバスに搾精されるか日に40回くらい射精しないとキンタマ爆発して死ぬとかいろいろ」

「その副作用本気で洒落《しゃれ》にならなすぎるんですけど!?」

やっぱりまともな生き物ではなかったようだ。

冗談ではない。

そんなものに寄生されたら普通に生活するのもままならなくなる。

というかそもそも「寄生」という言葉をさらりと口に出すあたり、本気で度しがたい。

席を立ち逃げ出そうとする浩一だったが、しかし何故か、身体を動かせなくなっていた。

（……なんだこれ!?）

よく見れば……いつの間にか、浩一の身体の周りに、何か薄ぼんやりした半透明のものが巻きついて、椅子にがっつりと固定されていたのである。

「ふっふっふー。逃がさないぞお」

「これ店長の仕業《しわざ》ですか!?」

「とーぜん。サキュバスなんだもん、相手を緊縛《きんばく》させる魔法くらい出来て当然でしょ？」

「そんなんありかよ!?」

なんだかもうやることなすこと無茶苦茶すぎて訳が分からない。

「さ。ではではぁ、オペを開始しまーす♪」

そう言いながら真由美は、何だか異様にノリノリな感じで、何かを手招きするように人差し指をちょいちょい、と動かした。

どうやらその仕草にも、何か魔法的な意味があったらしい。

彼女の手は浩一に1ミリも触れていないのに、ちぃぃぃ、と軽い金属音を伴《ともな》いながら浩一のズボンのファスナが下ろされ、ベルトが緩《ゆる》み、一切のよどみなくズボンとトランクスがいっぺんにずり下げられてしまったのである。

当然そうなれば、浩一の、男の子としての、とってもとっても大事でデリケートでプライベートなところが、白日の下《もと》に晒されることになるわけで――

「おほ♪」

「……――――〜〜〜〜〜っっ!?」

ものすごく楽しそうな歓声を上げる真由美と、声にならない悲鳴を上げる浩一。

先程から妙に真由美のテンションが高いなと思っていたが、要するに最初っからこれをするつもりだったからしい。

「うーん。久坂《くさか》くんの意思を尊重して取って食う気はなかったけど、これはずいぶんな拷問《ごうもん》だあ。こんな美味《おい》しそうな匂いしてると、たまらなくなっちゃう♡」

「何をですか何をぉ!!!」

「やぁん、言わせる気？　もースケベなんだからぁ♪」

上機嫌でふざけながら、真由美は、サキュバスの名に恥じることなく、今にも喰らいつかんばかりの表情で、浩一の股間《こかん》を凝視《ぎょうし》している。

その視線に、ひどくねっとりとした色香《いろか》を感じてしまって、浩一はぞっと血の気が引いた。

前に凛に襲われた時と全く同じ感覚だ。

絶対的な捕食動物を前にした、草食動物の気分。

「な、なななな、何するんですかいったい!?」

精一杯の根性を絞り出して抗議の声を上げる浩一に対し、しかし真由美はあくまでへらへらとふざけた様子で応《こた》えてきた。

「何って、さっき言ったじゃん。オペだよ。これを久坂くんに寄生させるの」

そして言いながら掲《かか》げたその手に摑まれているのは、例の淫化蟲。

「久坂くんの、股間にね？」

「……股間に!?」

「なぁに信じられないって声上げてんの。精力増強させる寄生虫なら当然寄生場所はそこでしよ？　だいじょーぶだいじょーぶ、痛くないから」

「いやでも待って、いくらなんでもそれは……っ」

「だーいじょうぶだってば。そのうち気持ちよくなっちゃうからぁ、ほら行くよー♪」

「ぜったいうそだっ、あっ？　ちょ！　なに近づけてるんですか!?　やめてくださいよ！　いやマジやめて！　やめろ死ぬ、うわっ、やめやめやめやめやめっ、ひぁぁぁあああああっ!?」

◆

「……とまあ、そんなことがありまして……」

事の次第を話し終えた浩一は、心底げっそりしながら、遠い目をして深いため息をついた。

「ちなみに治療法はないそうです……」

あの時に刻み込まれたトラウマは、この先どのようなことがあっても一生癒《い》えることはないだろうと確信できる。

ここ最近あれこれエロ方面で消耗《しょうもう》することも多かったが、それら全てが所詮《しょせん》は児戯《じぎ》と笑って済ませられるほど衝撃的な事件であった。

「……」

流石に冴香も、同情を禁じ得ないものがあったらしい。ドン引きしたような表情でしばし固まった後、何とも言えないため息をこぼしながら、哀《あわ》れんだような視線を浩一に向けてきた。

「なんだかもう……ウチの店長がすいませんでした」

「あ、いやえっと」

痛ましい表情で頭を下げてくる冴香に、ちょっと不思議な気分になる浩一だった。

凛を間に挟んでいろいろあったせいで、今までずっと冴香から一方的に敵視されてばっかりだったが、それ抜きで付き合ってみると、案外彼女は常識人なのかもしれない。

何にせよ──しかし、どうしたものか。

別にそうなるよう狙《ねら》ったわけでもないが、真由美にされた諸々《もろもろ》の経緯《いきさつ》を説明したことで、ますますやりづらい雰囲気になってしまったような気がする。

(やっぱり出来ませんでしたって報告するか……いっそ)

その方が自分としても望んだ結果だし……などと、そんなことをぼんやり考える浩一だったが、一方で冴香はといえば、どうやら全く別方向の結論に達したようだ。

「…………仕方がありませんね」

「え、ちょ、永宮さん!?」

なんと冴香は──いきなり着ている服を脱ぎ始めたのである。

表情そのものは、ものすごく躊躇いながら。

しかしその手つきは、一切のよどみなく、決然と。

その行動はあまりに予想外すぎて、浩一ははぎょっと目を剝《む》いた。

「……こうなったらもう、開き直るしかないでしょう」

対して冴香は、努めて冷静を装《よそお》った風な口調で、しかし顔をちょっと赤らめつつ言った。

「あなたにそんなことをしたってことは、あの店長のことです。ある程度の行為をしないとこの部屋から出さないように、何らかの仕掛けをしてると思います」

「え……いや流石にまさかそんな……あ、ホントだ。マジかよ……」

言われてから慌《あわ》てて浩一はドアノブに手をかけてみたが、冴香の言うとおり、鍵《かぎ》がしっかりかけられていて開く気配がない。

確かに、浩一にあんなことをしたくらいだ。

このくらいのことはやっても不思議じゃない。

しかし――だからといってどうしろというのか。

「さ、久坂さん……」

決然とした冴香に対し、状況を受け止め切れていない浩一は呆然《ぼうぜん》と立ち尽くすしかなくて。

彼の覚悟を待つことなく、今、永宮冴香の服がはだけられ、白い肌が露《あらわ》になっていく――

◆

真由美が店長をしている「シャロン」は、いろいろと裏稼業《うらかぎょう》めいたことをしてはいるが、あくまでその本業――というか、主《おも》な収入源となっているのは喫茶店の経営である。

美亜や冴香などの「草食系サキュバス」の更生については、あくまでその本業のついでにやっている程度であって、少なくても真由美としては、正直なところ、あまり本腰を入れて取り組んでいるものではなかったりする。

単純な話、ほとんど儲《もう》けがないのだ。

サキュバス間で結ばれた協定があるために授業料を徴収《ちゅうしゅう》してはいけないし、受け取っている補助金も大した額ではない。

この地方に住むサキュバス達の首魁《しゅかい》に一時期お世話になったことがあり、恩返しの意味合いもあって、慈善事業の一環として手伝っているだけ――というのが実際の所だったりする。

そんなわけで、実を言えば浩一が店に訪れるまでは、他の「更生施設」のように常設の教育係を置いていなかったし、更生対象として預かっている「草食系サキュバス」の数もかなり少なめだ。というかぶっちゃけた話、現状では美亜と凜、それに冴香以外に、真由美が担当となっている生徒はいない。

無論、下手《へた》をすれば種族の存亡に関《かか》わりかねない事案が、こんないい加減な取り扱い方をされていいわけがない。

実際、他の更生施設はもっとしっかりしたカリキュラムを組んでいたり、専門の「教育係」を用意していたりして、草食系サキュバスの更生について、きちんと真剣に取り組んでいるところがほとんどだ。

まあ要するに――この「シャロン」で預かっているのは、そういった「普通の更生施設」ではどうしようもないと見なされ、匙《さじ》を投げられた子達ばかりなのだ。

大原凜も。永宮冴香も。そして当然──今、真由美の目の前で、ウェイトレスとしてせわしなく働く綿谷美亜も。

「はい、濃厚ミルクティーにミルクレープですね。かしこまりました」

にこやかな笑顔を浮かべて注文を取っている美亜の佇《たたず》まいは、実に様になっている。

ここでバイトを始めた当初はおどおどと挙動不審になることも多かった美亜だが、最近はだいぶ肩の力も抜けて、そつなく仕事をこなせるようになってきたと真由美は思う。

というより、もともと社交的な性格の子だったのだろう。最初の頃は「シャロン」が草食系サキュバスの更生施設ということで、無駄に緊張していただけの話で。

それが今や、バイトを始めて約半年。美亜は、常連の間で評判の看板娘になりつつある。

店の性格上、客層は100パーセント女性のサキュバスだが、これが普通の喫茶店なら男性客のファンも相当獲得していたことだろう。

ちょっともったいないなーと思いつつ、それはさておき、そんなことはどうでも良くて。

「……………むう」

てきぱきと給仕仕事をこなす美亜を見ながら、真由美は微妙な唸《うな》り声を上げていた。

別に美亜の仕事ぶりに、不足があるわけではない。

ただ、だからこそというか──そのいつも通りの振る舞いが、なんというか、つまらない。

「オーダー、濃厚ミルクティーにミルクレープ、一番搾《しぼ》りオレとさっぱりミルクケーキです」

「はいよー」

努めていつも通りの返事をしたつもりだったが、何かとめざとい美亜は、真由美の微妙な雰囲気の違いに気がついたらしい。

彼女はほんのちょっと眉をひそめ、なんとなしに心配そうな視線を向けてきた。

「真由美さん？　どうかしました？」

「ん？　何が？」

「いや何か、いつもより……なんだろ、そわそわしてるっていうか……？」

で、いったい何を考えたのか。

何かを得心したような顔をしてひとつ頷《うなず》いた後、美亜はぐっと力こぶを作る仕草をして、妙に自信満々な笑顔を向けてきた。

「あ、もしかしてトイレです？　だったら遠慮なく！　ちゃんとそのあいだフォローしておきますんで！」

「……いや、違うから違うから」

どうにもとことん的外《まとはず》れな物言いに、真由美もがっくりと肩を落としてしまう。

「なんかね、ちょーっとつまんないかなーって思ってたのよ」

「？」

「……いやねえ。だってね？」

いまいち要領を得ない感じの美亜に、ちょっと徒労感を覚えてしまう真由美だった。

「あのさ……今日さ。久坂くんの初仕事だよね」

「そうですね」

「美亜ちゃん的に、なんていうか、思うところとかないわけ？」

「どうって……そりゃ心配ですけど」

「……心配？」

きょとんとしながら美亜が口にした、微妙にずれた単語に、真由美は眉をひそめた。

「前にも言ったじゃないですか。浩ちゃん、えっちなこと苦手なので。だからその、そういうのすることになって嫌がってないかなー、とか」

「……あそう」

思わず真由美の口から、呆《あき》れたようなため息が漏れてしまった。

もうちょっとこう……「幼馴染《おさなな》み《じ》が同世代の女の子にエロいことする」っていうシチュエーションなのだから、思うこともいろいろあるはずだと思うのだが。

近すぎる関係性のせいもあるのだろうか。浩一が誰かとえっちなことをするのも、美亜にとっては男兄弟が隠していたエロ本を発見したくらいの軽い出来事に過ぎないのかもしれない。

（どっちにせよ……先が思いやられるっていうか。重症だこりゃ）

真由美の目論見《もくろみ》では、浩一を今のポジションに置くことで、エロに対して全く耐性のないこの超草食系サキュバスに、何らかの揺さぶりをかけられるかも——と思っていたのだが。どうやらそれは当てが外れてしまったらしい。

それになりよりー—

（久坂くんがあの状態なの、美亜ちゃん由来だと思ったんだけどな。勘違いだったかな……）

内心ため息をこぼす。

「ま、いいや。とりあえず仕事に戻ろ。濃厚ミルクティーにミルクレープ、一番搾りオレとさっぱりミルクケーキだったね」

「あ、はい。お願いします」

しばらくはまあ、のんびり構えて様子見が吉だろう。

内心そんなことを考えながら、とりあえず今は何より仕事に集中だ。

ぱっと気持ちを切り替え、明るい表情を取り繕《つくろ》いながら、真由美は注文されたメニューの準備に取りかかった。

◆

柔らかな衣擦《きぬず》れの音が、やけにはっきり聞こえる。

冴香自身の手で「シャロン」の制服はあっさりと脱ぎ捨てられ、そして今度は下着の番。

手際《てぎわ》そのものは躊躇いを全く感じさせないよどみないものだったが、しかし羞恥《しゅうち》を感じていないわけではないようだ。浩一の前に自ら肌を晒《さら》すその間、ずっと冴香は目を伏せ、きゅっと唇を固く結んで、何かに耐えるような表情を見せ続けていた。

だが、それでも冴香の手は止まることがない。

ブラのホックが外され、支えを失った下着が床に落ちて——そうしてとうとう、形の良いふたつの丸みが浩一の目の前で露になった。

（……わ。うわ）

心の中で、思わず感嘆《かんたん》が漏れてしまう。

エロいよりなによりもまず、冴香の肌を見て、真っ先に浮かんだ感想は「きれい」だった。

そう——浩一は不覚にも、見とれてしまったのだ。

冴香は、美亜や凜、真由美、それに茜を含めた浩一の知り合いの女性陣の中で、もっとも長身で、もっとも豊満な肉付きをしている。

胸は大きく、腰の輪郭《りんかく》もまろやかで、腰はしっかりくびれており——それでいながら背が高いためか、太っているという印象は全くない。

そんな大人びた体型でありながら、一方で乳房の先端部を彩るのは、あくまで淡く色づいた桜色。蕾《つぼみ》の大きさもごくごく控えめで、口に含めばさわやかな春の甘さが広がりそうな愛らしい造形となっていた。

瑞々《みずみず》しい女の色香を漂わせたプロポーションと、青い少女性を強く感じさせる色合いのコントラスト。これこそが「女の肉体」だと、そういわんばかりの艶《なま》めかしさがそこにはあった。

「……変態」

そして当然、思わずガン見してしまった浩一の視線に、冴香が気付かないはずはない。

不機嫌そうに毒づいて、クリティカルな場所が彼の視線に晒されるのは耐えられないとばかりに、憤然《ふんぜん》とした様子で冴香は浩一に背を向けてしまった。

「何が『エロが嫌い』ですか。しっかり視線がスケベじゃないですか」

「す、すいません……」

しかし罵倒《ばとう》しつつ、これから始めることをやめる気はないらしい。小さくため息をつくような気配がした後、背を向けたままの体勢で、彼女は浩一に声をかけてきた。

「……どうぞ」

「え、は……？」

「さわってもいいです、と言ったんです。でもあなたに胸とか肌を見られるのは絶対嫌なので……ですからこのままでお願いします」

「……」

もはや表情も見られたくないのか、背を向けたまま、顔も向こうを向いたままの状態でそう言ってよこす冴香の言葉に、むしろ浩一の方が途方に暮れてしまった。

このままで、とはどういう事か。

要するにこれは、このまま背後から、いろいろいかがわしいことをしろということか。

（……てか、このほうが、それこそ痴漢してるみたいで変態くさいやり方なような気が）

そうは思うのだけれど、そこを突っ込むと話が余計にややこしいことになりそうなので、浩一は黙り込むしかない。

（……ええい、ままよ）

しばし迷って――覚悟を決める。

むしろこれは好機だと、浩一はそう考えることにした。

どちらにせよ冴香には何かしなきゃいけないのだ。

普通ならビンタ喰らって拒否されても仕方ないところを、こうして嫌々ながらも受け入れるつもりになってくれているのだ。

ならば今のうちに、やることをとっとと済ませてしまうに限る。

「じゃ、じゃあ……いきます」

「……い、いちいち宣言しなくて良いですから」

そういうわけにもいかないだろうに、と心の中で反論しながら、でもそれ以上は何を口にしたものかも分からなくて。だからそれ以上は浩一はもう何も言わず、冴香の背後に陣取って、後ろから覆《おお》い被《かぶ》さるようにして彼女に抱きついた。

何をすればいいのか見当もつかないので、とりあえずは抱きついて、何となくおまけというか「えっちなことしてますよ」感を出すために、その胸元に掌《てのひら》を置いてみたりして。

ただし、それが浩一に出来た精一杯。

本来ならその胸元に置いた掌で揉《も》んだりいじったりとかそういうことをすべきなのだろうが、その手の経験の全くない浩一に、いきなりそういうことをするだけの勇気と根性はない。

「う……」

そんなだから、冴香の口からかすかに漏れた、その呻《うめ》くような声が、いったいどのような感情によるものなのか、当然浩一には分からなかった。

冴香はただ浩一の抱擁《ほうよう》に耐えるかのように、きゅっと身を固くしてじっとしているだけだ。

（うわ。うわ……っ）

一方の浩一は浩一で、内心、もう、めちゃくちゃパニック状態になっていた。

だって――だってだ。よく考えて欲しい。

女の子の胸なのである。

女の子の、おっぱいなのである……！

柔らかかった。

温かかった。

なんか良い匂いがする。

ときどき耐えかねたかのように身じろぎする冴香の動きが、何だか異様に生々しく感じられて、もう本気で何が何だか分からない。

そんな具合に思考回路が完全にショートしてしまって。しばらくそのまま、抱きついたままの体勢で浩一が彫像のように固まってしまっていると――意外なことに冴香から、焦《じ》れたような言葉が飛んできた。

「……なにをしているのですか」

ほんのちょっと、苛立《いらだ》ちを含んだような声だった。

「抱きついてこうして胸触ってるだけじゃ何にもならないでしょう。何かしてくださいよ」

「な、何って……」

「……変態」

言わせる気かこのやろー、とでも言いだけな、明らかに怒気を含んだ声だった。

そうは言われても、と困惑《こんわく》しつつ。それでも悲しいかな、茜にいろいろエロ漫画を読まされたおかげだろうか、いざ思考を巡らせてみれば、やるべき選択肢は案外簡単に思いついてしまった。

後ろからおっぱい揉んだり、ちくびをくにくにしたりとか。

後ろからお尻を揉みしだいたり、お尻に頬ずりしたりとか。

後ろからぱんつの前側に指を突っ込んでくちゅくちゅとか。

後ろからぱんつの後側に指を突っ込んであぬすあぬすとか。

後ろからぱんつを下ろしてハメハメばっこんばっこんとか。

（……いや、ないな。ないわ。どこまで考えてんだ俺）

真由美あたりに言わせれば「全部やるのが吉！」とかそんな結論下されそうだが。当然、浩一にそんなことが出来るわけもない。特に後半なんかは天地がひっくり返っても無理である。

（……永宮さん、ごめんなさい。ほんとごめんなさい！）

でも、それでもずっと硬直しているわけにもいかなくて。だから心の中でひたすら謝りながら、浩一はとりあえず、冴香の胸に触れた手を動かすことにした。

とはいえ当然、力加減なんか全然分からない。

なので、できる限り優しく、ゆっくり、びっくりさせないように。そう心がけながら、そっと、おそるおそる浩一は指を動かして——

「……ぁ…っ、いう……っ」


しかしどうやら、女の子の身体は浩一が思っていた以上に繊細だったらしい。

緊張してしまった結果か、想定以上に指先に力が入って、乳首をつねるような感じの触り方になってしまったようで——冴香の口から、明らかに快楽とは質の違う苦鳴が漏れた。

「ぁ……あ！　すいません！　ごめんなさい！」

冴香のその声に、すぐに自分の失態に気付いてとっさに謝る浩一だったが——

「あ。ふ……ふぁぁ……ぁぁ……」

しかし続けて冴香が示した反応は、完全に彼の予想外ものだった。

痛そうな声を上げたのは本当に一瞬だけのこと。次の瞬間には、彼女は、何故か、まるでひどく安心したような、淡い吐息《といき》を吐いていたのだ。

どこか熱っぽく。甘く蕩《とろ》けた、切なげな吐息。

そして同時に——何かが変わったような気がした。

（な、なんだ……？）

具体的に何がと聞かれれば、浩一にもよく分からない。

強《し》いて言えば、雰囲気とか、匂いとか、そういったものだろうか。

ぼんやりと、浩一を取り囲む大気の中に、甘いような、それでいて獣《けもの》くさいような、自然界ではあり得ない何かのエッセンスが、ぽとりと一滴だけ盛り込まれたような、そんな感覚。

「ぁ……んぅ　あ、ぁ……んあ……っ」

急な変貌《へんぼう》を遂《と》げたのはそれだけではない。

腕の中で感じる冴香の感触そのものも、先程まではまるで別ものだった。

身を引きつらせたような硬さは、もうどこにもない。

浩一が強く抱きしめていないと、そのままその場に崩れ落ちてしまいそうなくらい、冴香は身体を弛緩《しかん》させていたのである。

触れる冴香の肌はどこまでも柔らかく、そしてほんのりと火照《ほて》っているような気がする。

そして――何より顕著《けんちょ》なのは、掌《てのひら》に触れる感覚。

溶けそうなくらい柔らかな冴香の胸の中で、唯一《ゆいいつ》異なった感触を示していた突起が、先程より若干《じゃっかん》ながら、芯を得て、硬く大きくなったような――

（これ……もしかして乳首が――……）

その唐突とも言える変化に、なんだこれはと一瞬困惑して。

しばし硬直した後、浩一の中で、ひとつピンとくるものがあった。

「永宮さん……もしかして、気持ちいいんですか？」

試しにそんな声をかけてみる。

思うところもあって、出来るだけ意地悪っぽく、責めるような感情を乗せて。

「……っ」

そんな浩一の演技に、冴香はぴく、と明確な反応を示した。

しかしそれは、嫌悪感ではない。なぜなら彼女の身体は未《いま》だ弛緩したままだったから。

予感が、だんだん確信に変わっていく。

「……やっぱり、痛くされて気持ちよくなってますよね？」

「ち、ちが……っ、違います、わたしは……」

言葉そのものは反論だが、しかしその口調は蕩けきっていて、完全に語るに落ちている。

これで浩一は、完全に確信した。

永宮冴香。

彼女は——Mの人だ。

いじめられたり酷《ひど》いことされてドキドキしちゃう系の女の子だ。

（……えぇぇー……マジかよ、どうすんだよこれ……）

一生懸命演技して、とりあえずそこまで分かったはいいが、正直途方に暮れるしかない。

浩一に冴香の欲求を満足させるような、女の子をいたぶって喜ぶ趣味はないからだ。

趣味は人それぞれなので、他人に迷惑かけなきゃ性的嗜好《しこう》なんざ何でも良いとは思っているが、しかしそれはそれとして、浩一個人は痛いのなんてまっぴらごめん派の人間なのである。

とはいえ、ここまで来ておいてハイおしまい、というわけにもいかないし——

（ああもう……ままよ）

立ち尽くし、懊悩《おうのう》することしばし。

結局、もう何もかもを諦《あきら》めて、浩一は開き直ることにした。

「何が違うんですか……ほら、分かりますか？」

やけくそ気味に言って、再び浩一は指先で冴香の乳首をつまむ。

こりこりと、乳首の勃起《ぼっき》具合を確かめるように弄《いじ》くりながら、浩一は冴香の耳元に唇を近づけ、吐息そのものを耳朶《じだ》に吹きかけるようにして、嬲《なぶ》る言葉を囁《ささや》いてみる。

「硬くなってますよ？」

「あ、ぁ……う……っ」

冴香はやはり、うっとりしたような吐息をこぼすのみ。

ただし身体はそれ以上に饒舌《じょうぜつ》で──今まさに浩一が指先で挟んでいる乳首が、更に大きく、硬くなって、自らの興奮具合を伝えてきていた。

「まだ硬くなるんですか。どんだけ大きくなるんですか、こうやって意地悪言われるだけで。ほんとどうしようもない変態ですね？」

「ちがう、ちが、ぁ……、あ……っ」

必死に否定しながら、しかし彼女はびくんっ、と弱々しく身体を震わせた。

まるで胎内から湧き上がってくる何かの熱い衝動に、耐えきれなくなったかのように。

「ちがう……っ、ぁ、う、ちがう、ちがうのぉ……っ　やう、あ、あぁ……」

「何が違うんですか。ほら。やっぱり感じてる」

（すいませんすいませんすいませんすいません……っ）

口では心ない言葉で罵倒しながら、浩一は心の中で冴香に対してめちゃくちゃ謝り倒す。

先程から浩一が口にしている責め台詞は、当然、決して彼の本意ではない。

今まで茜に読まされたエロ漫画にあった「それ系」のエロシーンの記憶から、必死こいてそれっぽい台詞を引っ張り出しているだけだったりする。

自分の欲求に従った行為じゃないので、浩一は完全にいっぱいいっぱいだ。

（えーと、えーと……あと、他にSっぽいことっていえば……）

必死に頭を巡らしながら、ふと視線を下げると——冴香のお尻が目に入った。

どうやら浩一の責め苦が、随分《ずいぶん》とお気に召したらしい。

白い下着に包まれたお尻が、ふるりふるりと、どこか焦れた様子で、しかしはっきりと物欲しそうに揺らめいていた。

（……Sっぽいことっていえば、尻叩きだけど……）

その愛らしいお尻を眺めながらまず真っ先にそう思いついて——でも流石にそれは却下。

いくらなんでもそんなヒドいこと、出来るわけない。

そもそも女の子のお尻に触ること自体やったことないのに、そんなのハードル高すぎる。

でも、一方で冴香のお尻は、完全に次なる「責め苦」をおねだりしているみたいで。

もっといじめて、もっと痛めつけてと、そう心待ちにしているように見えて。

（……ああ、もう……ほんとごめんなさい！）

心の中で土下座をしながら、浩一は冴香のお尻に手を伸ばしていった。

痛々しい行為は出来ないけれど——ならば別の手で「いじめる」しかない。

とりあえず、心の中で痴漢男の中年親父の人格を仮設定。

おっさん趣味のその人物がいかにもやりそうな動きで、冴香のお尻を味わっていく。

下着のラインに合わせて指の腹を這《は》わせ。

その指先の動きを印象づけるようにじっくりと、パンティラインに沿わせて動かしていく。

そろそろその奥まで手を突っ込んじゃうぞ〜、とでもいった感じで。

「あ、は。あう……っ」

幸いと言って良いものか。どうやらこの責めも冴香の「許容範囲内」であるようだった。

なんとなく首の皮一枚で助かった気分である。

「……やっぱり変態ですね」

だから内心ものすごく安堵《あんど》しながら、ここぞとばかりに、再び、耳元で囁く。

「好きでもない男にお尻触られて、こんな風に痴漢されて、それでこんなに感じちゃうんですね、永宮さんは」

「ち、ちがうの、わたし、わたしぃ……っ」

必死に否定するも、いつの間にか彼女は、息も絶え絶えになっていた。

どうやら興奮のあまり、呼吸すらもままならないらしい。

「もし永宮さんに彼氏が出来たら、大変ですね？　こんな変な趣味持ってる彼女なんて、すぐに愛想尽かされるんじゃないですか？」

「そ、そんなこと、ない……っ」

懸命な抵抗の言葉をあざけるように、お尻に左手を乗せる。

おっぱいを揉むような動きで、じっくりじっくり、ねちっこく、丸いお尻の引き締まった弾力を確かめるように、こね回していく。

「そんなことないわけないでしょ。ああ……でも関係ないかな。こうして好きでもない男に痴漢されて、こんなに気持ちよくなっちゃう女なんて、交際以前に誰もお断りですもんね？」

「ちがう、やだ。そんなこと言わないでぇ……っ」

つづいて、右手は再び彼女の胸元へ。

後ろから手を回し、揉みしだく動きを白い丸みに刻みつけていく。

そうして恥辱《ちじょく》で彼女の清らかな肌を汚し、刻み込ませ、思い知らせていく。

自分がどれほどはしたない女であるかを。

どうしようもないドM女であることを。

そうやって、びく、びく、と著《いちじる》しい反応を示す冴香の理性を、浩一は着実に穢《けが》していく。

「じゃ、一つ賭けをしましょうか」

「か、賭け？」

「これからずっと、俺は永宮さんにこういう痴漢っぽいことしかしません。永宮さんが俺の痴漢行為でイかなかったら、俺の負け。あなたは変態じゃなかったってことです。そうなったらお詫びにひとつ、なんでも言うことを聞きますよ。これでどうです？」

「……そ、そんなの」

「簡単でしょ？　それとも賭けに勝つ自信がないですか？」

「そ、そんなことない……！　わたしは、そんな、変態じゃありませんから……！」

「そうですか……じゃ、遠慮なく、いじめさせてもらいますよ」

そう言いつつも、そもそもこの物言いだって、タダの演技。

言うほど大したことが出来るわけでもなく、大見得切った以上は下手なことは出来ないと、頭の中で必死に次なる一手を組み立てていく。

（ええと、これからどうする？　どうすればいい？）

とりあえず、お尻を揉んで。

おっぱいも揉んで。

それ以外にもあちこちをまさぐっていく。

太股《ふともも》、脇腹、首筋、うなじ。その変化に富んだ肉感に、じっくり指を這わせていく。

ただただ焦らすように、意地悪に、ねちっこく。偏執《へんしつ》的に。

今まで恐らく誰も触れたことがないであろうその白磁の肌を踏みにじり、欲望の手で汚していく。

「う、ぁっ、んんん、っは。あっ、あ……っ」

どうやら冴香は、よほど感じやすいタチであるらしい。

それともあるいは、サキュバスという種族はこういうものなのか。

傍目《はため》から見れば、おそらくたどたどしいことこの上ないだろう浩一の痴漢行為に、しかし冴香は、ひどく簡単に、ぞくぞくと全身を戦慄《わなな》かせていた。

もう立っているのもやっとという感じで、足をがくがくと震わせて。

あごを上げ、うっとりと天井を見上げて、熱い塊《かたまり》のような吐息を繰り返し。

乱暴な物言いでなじられ、そしてそのまま穢らわしく全身を嬲られるその感覚に、彼女は完全に夢見心地になっているようだった。

「あ、あう、う、んんっ、ふ、はふ、あ、んぁ……っ」

そして――やがて。

快楽は、いよいよ最終局面へ。

「あ、あっ、うっ、やだ、やだ、あっ、ああっ　あっ　あッ　ああ……ッ」

声がだんだん、甲高《かんだか》くなっていく。

「や、やだっ、あっ、あっ、んんっ　や、やだっ」

呼吸も、吐き出される言葉も切羽詰《せっぱつ》まったものになっていって。

何かの予感に打ち震えながら、冴香は必死に「やだ、やだ」と繰り返す。

甘えた子供のようにいやいやと首を振りながら、いつもの冷然とした表情など見る影もなく、冴香は訳の分からない懇願《こんがん》を漏らすばかり。

「何が嫌なんです？」

だから、ここぞとばかりに浩一は彼女の耳元で囁くのだ。

彼が口に出来る精一杯の、彼女にとって一番ヒドい――彼女が一番喜ぶ言葉を。

「喜んでるくせに」

「そんなこと、ない、あっ、やだ、そこ、あ、う、っ」

右手を再び彼女の胸元へ。じっくり、じっくり、揉みしだく。

「ドキドキしてるくせに」

「う、んんっ。あ、あっあっ、あ……っ」

左手も彼女のお尻に戻して。くすぐるように、焦らすように撫《な》で回す。

「や、あっ、あっ、あっ、あっ、あっ、あ……っ」

もう、彼女は否定の言葉すら口に出来ない。

首をふるふると横に振りながら、力なく喘《あえ》ぐだけ。

それでも身体は正直で。全体重のほとんどを背中の浩一に預け、全身をくねらせ、お尻を浩一に押しつけて、全身を駆け巡るその感覚の奔流《ほんりゅう》に悶《もだ》え狂っていた。

そして――だから。今度こそ、最後の一押し。

「――へんたい」

口に出すのは、その一言だけでいい。

ゆっくり、言い聞かせるように。いままで散々その言葉でなじられたお返しとばかりに。

耳の穴から毒を注ぎ込むように、最大限の侮蔑《ぶべつ》の感情を乗せて、その言葉を耳元で囁く。

そして同時に、浩一は両手の指に、きゅっと力を込めてやった。

右手は彼女の勃起しきった乳首を挟み込んで。

左手は、熱く火照った滑らかなお尻を握り込んで。

そうして浩一は——乳首と、お尻を、同時につねったのだ。


「————〜〜〜〜〜っっ……♡」

びく、びくびくっ、びくんっ

その瞬間——冴香は、壊れた。

声にならない悲鳴が、その濡れた唇から迸《ほとばし》り。

浩一の腕の中で、全身を何度も何度も痙攣《けいれん》させて。

そんな反応をはしたなく繰り返しながら——それでも彼女の唇には、だらしのない笑みが、確かに浮かんでいた。

◆

「あ……」

まるで夢から覚めたかのように、唐突に浩一は我に返って。

しかしもうその時には、何もかもが手遅れだった。

「は……あ、あ……――――～～～ッ　う、ぁ……っ♡」

浩一の腕の中で、冴香は甲高い喘ぎ声を上げ――同時にその全身から、ふっと力が抜ける。

「わ、わっ」

辛《かろ》うじて腕に力を入れて踏ん張って、なんとかその場で崩れ落ちるのを阻止《そし》。だけど冴香は足腰に力を入れることも出来ないようで、結局とっさのことでは浩一も支えきれず、2人一緒にその場にへたり込んでしまった。

「……っ、ぁ……」

そのまま揃って床の上に座り込んで。そして沈黙が落ちる。

相変わらず冴香は浩一に背を向けたまま、こちらに視線をよこしてくることはない。

胸元に手を置き、荒くなった呼吸を整えようと、2度3度と深呼吸を繰り返すばかり。

ただ――そんな彼女の、綺麗な黒髪の合間から見える耳たぶが、熟れたサクランボのように真っ赤になっていた。

一方で浩一も浩一で、冷静ではいられるはずもない。

（……さっきのアレって、アレだよな）

自分の腕の中で彼女がどんな反応をしたか、そのことを今更のように思い出して、浩一も冴香に釣られるように顔を真っ赤にしてしまう。

いくら経験のない浩一でもわかる。

最後に冴香が見せた反応。

あれは間違いなく、性的絶頂を迎えた時のものだ。

自分の目の前で。自分の腕の中で。女の子が、イッた。

衝撃だった。

何せ自分で「賭け」にしておいて何だが、早速その決着がつくとは思っていなかったわけで。

（…………素直に喜べねぇ……）

それでもむしろ罪悪感ばかりが募《つの》るのは、やはり浩一に嗜虐《しぎゃく》趣味がないからなのだろう。

女の子にひどいことしてそれで彼女が絶頂に達しても、何より先に「やっぱりごめんなさい」な気分になってしまう。

「あの……永宮さん」

どうしていいか分からないまま、とりあえず気遣《きづか》わしげに冴香の様子を窺《うかが》う。

冴香は——浩一の呼びかけにびくりと身体を震わせ、ようやくそこで振り返ってきた。

ただ、どうやら彼女の方は、まだ快楽の余韻《よいん》の中にいるらしい。

浩一を見る冴香の視線は、ぼんやりと寝ぼけているようで。その瞳にはいつものような我《が》の強さは見られない。

なんとなしに視線が絡《から》み合う。

そうして——しかし。しばらくそうしているうちに、彼女もようやく我に返ったらしい。

「…………——————～～～～っ」

唐突に、その瞳に明確な理性が戻って。赤く火照っていた顔色が、見る間に血の気が引いて真っ青になっていく。

そして——次の瞬間。

——ぱぁんっ

浩一の頬に衝撃が走り、同時に響く、小気味良い破裂音。

「……へ？」

「あ……」

あまりに唐突なことで、浩一は一瞬、何をされたか分からなかった。

ただ、頬に若干痺《しび》れたような、熱い痛みがじんわりと広がって。冴香が見せる、腕を振り抜いたような姿勢と合わせて、浩一は、自分がビンタされたのだと、少し遅れて気がついた。

「あ。ああっ!?　す、すみません、ごめんなさい、大丈夫ですか!?」

ただただ呆然とするしかない浩一の様子に、むしろ冴香の方が大袈裟《おおげさ》に慌《あわ》てて謝ってくる。

「あ、いや平気平気。大丈夫ですから……」

ひどく動転した様子で傍に寄ってきて、頬の腫《は》れ具合を確かめてくる冴香に、浩一も赤面しながら「大丈夫だから」と繰り返すしかない。

音そのものは派手に響いたが、言うほど痛くはない。それより何より、冴香は慌てるあまり胸元を隠すことも忘れているようで、完全に乳首が見えているのが心臓に悪かった。

「ビンタされて当然のことしたので……調子乗ってました、すいません」

「あ、ええと…」

どうやら冴香の方は、まさか浩一から謝罪されるとは思っていなかったらしい。

すごく意外なものを見たような表情になって彼女は彼女で硬直してしまった。

気まずい。

「ほんと……ごめんなさい」

はっきりもう一度謝りながら、今度は浩一から目を逸らし、冴香に対し背中を向けた。

さすがにこの空気の中、乳首丸出しの姿をガン見するわけにいかない。

「………」

そのまま、どちらもかける言葉が見つからず。

しばらく2人揃って黙り込んだ後、浩一の背後で、ため息をつくような気配がして。つづいて何やら、ごそごそと衣擦れの音が聞こえてきた。

流石にもう「またもう一回！」という空気でもないし、このシチュエーションで会話を切り出すなんてことも出来るわけもない。なので冴香は、もう埒《らち》が明かないと悟り、とりあえず服を着始めているようだった。

浩一もまた、この期《ご》に及んで何が出来るわけもなく。下手に動くと事故が起きる可能性もなくはないので、とりあえずおとなしくそのまま待つことにした。

そうして、しばらく待った後。衣擦れの音が収まり、「こちら向いていいですよ」と、控えめな言葉がかけられたので、ようやくそこで浩一は再び冴香の方を振り返ることができた。

「…………」

流石、と表現して良いものか。

ウェイトレス服に再び身を包んだ冴香の佇まいは、ものすごくきちっとしたものだった。

あんなことがあったのがまるで嘘のように、衣服に乱れなど全く確認できない。

ただ一方で、表情の方はそうでもなく。若干頬を染めて、そわそわした様子で目を逸らしているその仕草が、あの激しい情事の余韻を匂わせてもいた。

「……なんですか」

浩一のなんとも微妙な視線に気付いたのか、かけられる言葉はひどくとげとげしい口調だ。

「いや、えっと」

「ええ、ええ、そうですよ。賭けに負けましたからね。認めます。わたしはどうせ変態ですよ。ひどいことされて喜ぶドMですよ。これで満足ですか!?」

「あ、いや、そんなことは……」

食ってかかるような、同時に今にも泣き出しそうな感じで、やけっぱちの物言いをする冴香の剣幕に、浩一としてもしどろもどろになってしまう。

(っていうか……何なんだろう、これ)

ようやくえっちな雰囲気が薄れていく中、浩一は浩一で、強烈な違和感を覚えていた。

最初、冴香が相手だと知って、なんなんだこの人選はと戸惑《とまど》ったものだが——結論から言えば、確かに真由美の言うとおりだった。

ツンケンした態度とは裏腹に、冴香はひどく快楽に弱かった。

何せこの手の経験も、S系の趣味も全くない浩一がテクニックに優れているはずはないのに、彼の責めであれだけ激しく乱れ、あまつさえ絶頂まで上り詰めてしまったわけで。

（どういうことだよ……これ）

達成感よりまず、話が違う、と困惑してしまう。

そもそもの前提条件として、浩一の仕事は「エロに興味がなかったり、怖がったりする草食系サキュバスをえっち大好きに調教する」ことだったはずだ。

冴香のあの乱れようを見ると、彼女に関しては改めてこんなことをする必要なんてまるでないように思える。

「…………」

とはいえその疑問を冴香にぶつけるわけにもいかないし——と浩一は思っていたのだが。

「……何考えてるか、わかりますよ」

しかしどうやら、いろいろ物言いたげな表情を見せた時点で、語るに落ちてしまったらしい。

「あ、えっと……」

言いよどんで言葉につまっている浩一を、冴香はしばし不機嫌そうにじっと睨《にら》みつけて。

やがて何か諦《あきら》めたように大きくため息をついて、彼女は浩一の疑問に答えてくれた。

「……草食系サキュバスも、人それぞれなんです。例えばお嬢様などは、あなたのイメージ通りに性的なものに全く興味がないケースですし、綿谷さんは性的なものを怖がって拒《こば》んでしまっているタイプです」

「……は、はあ……」

確かに彼女の言うとおり、普段の凜や美亜の言動を思い出すと、思い当たるところがある。

「で——わたしは、その……性行為に興味がないとか、そういうわけではないんです」

「えっと……というと……」

自分から振ってきた話題のはずなのに、冴香は再び苛立《いらだ》ったような視線で睨んできて。

そしてものすごく躊躇いがちに、ぼそりとその言葉を口にしたのだ。

「正直、性的なこと自体には、あまり抵抗がないんですが……でも、だからこそ、というか……嫌なんです、こんな性癖《せいへき》。……いたぶられることにドキドキするとか……。あなたの言うとおりです、こんなの男性に知られたら、引かれてしまいそうで……そんな自分が嫌なんです……」

「……」

おずおずとした口調で告白されたその冴香の言葉を聞いて。

何よりまず浩一は、そんな彼女の台詞に、妙なシンパシーを感じてしまった。

(意外……っていうか。なんていうか)

いや、意外というのは失礼か。

けれど実際、凜との絡みでなにかといがみ合ったり、敵視されたりすることがほとんどの冴香だが、こんな一面があるとは思いもしなかったのは事実だ。

要するに、女の子なのだ。サキュバスとか人間とか関係なく。

ドMではあるけれど——いや、ドMであるからこそ、人並みに、えっちな行為に興味を持ちつつ、でもやっぱり臆病で潔癖症で、自分の性癖に悩んでしまう女の子。

そして同時に、だからこそ、永宮冴香はサキュバスとして落ちこぼれなのだろう。

「ホントごめんなさい……」

改めてものすごく申し訳なくなって、だから浩一は、謝罪の言葉を口にした。

顔見知りとはいえそこまで親しい間柄というわけでもないのに、ここまでプライバシーをさらけ出させ、彼女にとって一番傷つく言葉でなじったのだ。

そんなの、いくら必要に迫られたからといって、やって良いことじゃない。

「……久坂さん？」

「その……そんなこと知らず、俺、浅はかでした。すごいひどいこと言っちゃって」

心から謝りながら——浩一は改めて思い知っていた。

えっちな行為というのは、すごくプライベートなものなのだ。

自分の恥ずかしい性癖を、どうしても相手にさらけ出さないといけない行為なのだ。

だからこういうことは、恋人とか、夫婦とか、互いを信頼し、自分の何もかもをさらけ出していいと合意をしているような関係でしか、実行に移してはいけない代物《しろもの》で。

浩一が引き受けたこの調教役という役割は、それを冒《おか》す、とてもデリケートで罪深い仕事なのだと──今更ながらに彼はそのことに気がついた。

冴香の言うとおりだ。こんなこと、中途半端な気持ちでして良いものじゃない。

「……」

罪悪感に打ちひしがれる浩一に、しばし呆《あき》れたような視線を送っていた冴香だったが。

ふっと小さくため息をついた後、やはりつっけんどんな様子で彼女は口を開いた。

「久坂さん……あなたはやっぱりダメダメですね」

「す、すいません……」

「まったく……」

そう言いながらも、その言葉にはいつものようなトゲがない。

不思議そうに浩一が顔を向ければ、冴香の表情はどこか緩んでいるようにも見えた。

「……わたしはどうあっても被虐趣味です。これからもあなたとは、何回もこういう行為をしていくことになるでしょう。

……なのにそんな調子じゃ、どれだけかかっても、わたしを調教しきれませんよ」

「……」

その冗談めかした物言いに、浩一は一瞬、呆気《あっけ》にとられてしまって。

「……そうですね。はい、精進します」

それが、彼女なりに彼に気を許してくれた証《あかし》なのだと、とっさに気付くことも出来なくて。

だからかなり遅れて、「しっかりしなさい」と叱咤《しった》されたということに思い至って。
慌てて冴香の言葉に頷くのが、浩一に出来た精一杯だった。

第五章　真由美先生のハチミツ授業（性的な意味で）

浩一《こういち》と美亜《みあ》は、とにかく一緒にいることが多い。

幼馴染《おさなな じ》みといえども男の子と女の子である。普通ならば成長するに従って、一緒にいることが気恥ずかしくなったり、嗜好《しこう》の違いなんかも生じてきて、自然と接点が少なくなっていきそうなものだが――何故《なぜ》だかそんな風になることもなく。高校2年生になった今でも、この2人はおはようからおやすみまで、結構な割合の時間を同じ空間で過ごしている。

例えば、美亜が「宿題しよ！」と押しかけてきて、一緒に課題の冊子《さっし》を広げてうんうん唸《うな》ったりするのも、そんな2人が慣れ親しんだ日常風景のひとつだ。

当然ながら夏休みであっても、こういった日々の習慣は変わることがない。

「んー……」

そんなわけで、窓の向こうに蟬《せみ》の鳴く声を聞きながら、今はクーラーの効いた部屋の中。

浩一に向かい合う形で座り、苦手な数学の問題を前に唸り声を上げる美亜をちらりちらりと見ながら、いつも通り過ぎるその様子に、浩一としては釈然としない気持ちになっていた。

（……なんだろうな、これ）

実のところ――「シャロン」でバイトすることになって、浩一がなにより気がかりだったのは、美亜との関係に何らかの影響がないかということだった。

いろいろと止《や》むに止まれぬ事情があるとはいえ、それでも任された仕事の内容が内容である。

美亜だって、女の子だ。

幼馴染みの男の子が「そういうこと」をするのに、思うところがあって当然だろう。

浩一としてはそう思っていたのだが――どうやら美亜の方は、大してそうでもないようで。

(全ッ然、変わんないんだもんな、態度とか……美亜のヤツ、一体何考えてんだか)

ああいうことがあってもいつも通りでいてくれることは、確かにありがたくはあるけれど。

でもだからこそ、「あれ？　変に意識してるの俺だけ？」と不安になってしまう浩一だった。

(…………はあ…………ああもう、全然集中出来ねえ……)

いや、むしろ――変わってしまったのは浩一の方だ。

どうにも、どぎまぎしてしまう。すぐ傍《そば》に女の子がいるということに。

もともと浩一の部屋には、彼が普段使っている学習机しかない。

なので美亜も勉強が出来るようにと、コタツのテーブルを常備して、そこで2人揃《そろ》って宿題とかをするのがいつものパターンなのだが――このサイズがまたどうにも小さいのだ。

普通にノートに書き込む姿勢になるだけで、顔を至近距離で突き合わす形になってしまう。

こういう時に限って、美亜の仕草が、また本当に無防備なのだ。

前のめりになっているものだから、胸元のかなり際《きわ》どいところまで見えてしまっていたり。

かなり短いスカートであぐらをかいているので、太股《ふともも》とか、その付け根の奥とか、いろいろのっぴきならないところがちらちらしていたり。

もうちょっと慎《つつし》みというものをわきまえやがれやと、逆ギレ気味に思ったりする。

もちろん今更そんなことを、浩一が口に出来るわけもない。

何せ、彼女は全然変わってないのだ。

前々からずっとそんな感じなのである。

「浩ちゃん？　どしたの？　どっか分からないトコある？」

「へぁ!?」

悶々《もんもん》としていたものだから、いつの間にか手が止まってしまっていたようだ。

宿題につまっていると判断したらしい美亜が、気付けばものすごい至近距離で、上目遣《うわめづか》いに浩一のことを覗《のぞ》き込んできていた。

「それともひょっとして体調悪い？」

「……あー。いや、ええと……」

ていうか、近い。近すぎる。

もう少し近寄ればそのまま互いの吐息《といき》が相手にかかるような距離に、美亜の顔がある。

唇の柔らかさや温かさが仄《ほの》かに感じられるこの距離感に、思わずちょっと焦《あせ》ってしまった。

「えと、ごめん、ちょっと考え事してて。だいじょぶだいじょぶ」

「そ？　ならいいけど」

素直で聞き分けの良い美亜は、苦し紛《まぎ》れにひねり出した言い訳にあっさり納得して、そこでようやく顔を離してくれた。

で――どうやら彼女の方は彼女の方で、一区切りがついたところだったらしい。

美亜は「じゃ、わたしきゅーけーい」と高らかに宣言しながらシャープペンシルをテーブルに置き、凝《こ》った身体をほぐすように、ぐっと伸びをし始めた。

（……あー……あかん、もう……）

もうなんだか、何というか。何もかもが目に毒だ。

今、美亜が着ているのは薄い白地のTシャツだ。だからそういうことをすると、控えめながらも形の良い胸の丸みがはっきりくっきり見えてしまう。

何となく、その下にある下着の柄もうっすら見えたような気がして――何だかものすごくいたたまれない気持ちになって、浩一はこっそり視線を逸《そ》らした。

一方美亜はそんな浩一に気付いていないようで、いつもどおり気楽に笑いかけてくる。

「何かいつもより夏休みの宿題、進みが早いかも。この調子だとお盆になる前に終わりそう」

「あ、ああ……去年より若干《じゃっかん》宿題少ない印象あるな」

「だねー。この調子だと思いっきり後半は遊べるね」

やったね！　と笑うその表情が、こんなとりとめもない浩一との会話も心底楽しんでくれているようで、申し訳なさを覚えるくらいに無邪気で眩《まぶ》しい。

（……修行の旅に出るか。いっそ）

半ば本気でそんなことを考えてしまう浩一だった。

「……」

でもって――そんな浩一の気持ちが、まさか伝染したわけでもあるまいが。

美亜は、ふと何かを思い出した様子で、少し言いづらそうな雰囲気になりながら、唐突に話題を変えてきた。

「あのさ……浩ちゃん」

「うん？」

「そういえば、だけどさ……『シャロン』の仕事……どう？」

「…………」

いきなりまた、何でそんな話を振ってきたのだろう、この娘は。

今こうして美亜と2人でいるだけで七転八倒しているのに、そっち方面の話題はなるべく避けて欲しいものである。

「どうって、何が」

「だって浩ちゃん、なんていうか……えっちなこと、苦手じゃん？　だからちょっと、心配？　っていうか。あとそれとね、冴香《さえか》さんが最近なんかおかしくて」

「あ……永宮《ながみや》さん、何かあった？」

流石にその台詞《せりふ》の後半部分は聞き流すことはできなかった。

「もしかしてバイト来る時に辛《つら》そうな顔してるとか……」

夏休みが始まって今に至るまで、浩一は冴香に対して結構な回数の「調教」を施《ほどこ》している。

当然ながら、彼女にしているのは相も変わらず完全に被虐《ひぎゃく》趣味一辺倒の変態行為だ。

冴香の嗜好に合わせた内容とはいえ、それがもし何か、彼女の精神状態に変な影響を与えているとしたら――

そう思った浩一だったが、どうやらその点については杞憂《きゆう》だったようで。

「あ、違うの、そういうんじゃないんだけど、なんて言うか……何だか浩ちゃんの部屋に行く前とか、妙にそわそわしてるっていうか、集中力なくしてる感じで。『何かあったんですか』って聞いても、何もないって言うし。何かすごい言い訳っぽい感じで『久坂《くさか》さんは優しくしてくれてますから大丈夫です』って。だからなんていうか……」

「……えと、どういうこと？」

「…………気になるじゃん、どういうコトしてるか」

「あー……あー……ええと」

要するにまあ、身近なところで目に見えていろいろ変化が起きたので、エロを怖がってる子といえども、ちょっと興味が出てきたってところだろうか。

あるいは単に、怖いもの見たさというヤツかもしれないが。

しかし、そんなこと聞かれても。どう答えたものだろうか。

よりによって美亜に、冴香とどんなエロいことをしたかを答えるわけにもいかないし。

「……あ」

で——美亜も流石に、浩一の何とも言えない微妙な表情にすぐ気付いたらしい。

しまった、みたいな表情を一瞬浮かべて。

その段階になって、自分がどんな質問をしていたかにようやく思い至ったらしく。彼女は今更顔を赤くして、わたわたと慌《あわ》て始めた。

「あ、あの、えと、ご、ごめん、ヘンな質問だった。ごめん」

「いや、うん……いいんだけど」

「……やっぱり大変？」

「そだね、大変」

やっぱりどこか興味津々《しんしん》な様子の美亜。

しかし彼女が口にした「大変」という単語に、むしろ助け船を出された気分になって、浩一は苦笑しながら頷《うなず》いた。

そう——大変なのだ。本当に。

冴香とやってる内容そのものもそうだし、それを引きずって、美亜のことも邪《よこしま》な目で見てしまうような時も再々になってしまって。そしてそのたびに自己嫌悪に陥《おちい》って。

役得だと考える余裕なんてまるでなく、気苦労だけがマジでホントにハンパない。

今はまだ「教育対象」は冴香だけだが、今後、他の女の子に対しても同じようなことをしなければならないと考えると——正直気が気じゃない浩一だった。

「浩ちゃんさ……えっとさ」

しかしどうやら美亜の好奇心は、それだけに留《とど》まらなかったようで。

続けて彼女は、おずおずしながらも、更にとんでもない質問をしてきやがったのである。

「……したの？　冴香さんと」

「……へ？」

「あ、えっと……だから。その…………さ、さいご、まで？　ていうか」

「……」

抽象的な物言いなので、とっさに彼女が何を言わんとしているかが分からなかった。

最後？　最後って何だ。

いや、そんなの決まっているではないか。えっちな行為で最後までと言えば、当然——

「いや、してない。絶対してないから！　ていうかそんなのできるわけないし！」

「そ、そうなの……？　わたしてっきり……その、そういう仕事内容だし」

「そうだけど！　でも、やっぱり良くないじゃんか、そういうの！　永宮さんとは恋人でも何でもないし！　そういう関係でもないのに最後までは絶対しないから。俺は！」

「そ、そうなんだ……？」

「そりゃそうだよ！　いきなり何言ってんだよもう……！」

「あはは、えと、ごめん……」

なんだかもう、まともに美亜の顔も見れない。

どっと徒労感が押し寄せて、浩一はぐったりとテーブルに突《つ》っ伏《ぷ》した。

「なんていうか……でもさ、それでも罪悪感っていうかさ……その、エロいことしてるのは変わらないし……でもなぁ。サキュバスの事情知ったらほっとくわけにもいかないし」

後半はもう、質問に答えるというか、単に浩一の愚痴《ぐち》になってしまっていた。

本当、後悔しかない。

勢いに任せて、なんで自分はこんな役回りを引き受けてしまったのか。

かといってここまで首を突っ込んで、今更やめるとか言えるような問題でもない。

毎日のように繰り返している後悔がまたぶり返して、浩一の口から大きなため息が漏《も》れた。

だけどそんな浩一の様子に、美亜の方は何か得心のいくところがあったらしい。

「…………そっか」

どこか安心したような美亜の吐息に、浩一は釈然としない気持ちになる。

見上げてみれば、浩一を見る美亜の視線は、２人がしている話題におおよそ相応《ふさわ》しくない、優しいものだった。

「浩ちゃんてさ、ホントいいヤツだよね」

「…………」

何となく嬉しそうにも聞こえるその美亜の台詞に、しかしどう応《こた》えたものか。

だって浩一は、自分がいい人だとは到底思えなかったからだ。

自分がした選択が、間違っていたとは思っていないけど、けれど正解だとも到底思えない。

そんな中途半端な考えのまま、覚悟も決めずにこんな厄介《やっかい》な役割を引き受けてしまったから、開き直ることも出来ずにこうしてうじうじ悩むハメになってしまっているわけで。

「……美亜に言われると、俺、一生、『いいヤツ』止まりな人生送りそうな気がしてきた」

「あはは、何それ。大丈夫大丈夫」

けれどその場の雰囲気を、これ以上じっとりしたものにしたくなくて。

苦し紛れに冗談半分で口にした台詞に、美亜は素直に笑ってくれた。

◆

そのまま結局、宿題に戻ることなくおしゃべりを続けて。しばらくしてバイトに出かける時間になったので、浩一たちはいつも通りに、一緒にシャロンに向かうことになった。

取り立てて何事もなく無事に店にたどり着き、そのまま「がんばってね」「おう」といつも通りに互いを励まし合って——まずは更衣室に入って手早く着替える。

もうこのあたりは慣れたものである。「調教」そのものはまだまだ慣れるものではないが。

ただ——いつもなら「仕事」に入る前に真由美《まゆみ》に挨拶《あいさつ》するのだが、今日に限っては何故か、大概《たいがい》休憩室かバックヤードにいる彼女の姿が見当たらなかった。

「……？　どうしたんだろ」

別にそうしなければならない決まりがあるわけではないのだが、バイトを始める前にはいつも真由美に一言声をかけていたので、何となく落ち着かない気分になる。

が……まあ、いないものはしょうがない。

浩一はとりあえず仕事を始めるために「調教室」へと向かうことにした。

「……さて」

何はともあれ、気の重い仕事の始まりだ。

頬を何度か叩いて気合いを入れ、めげそうになる気持ちを何とか奮《ふる》い立たせて部屋に入る。

「…………」

が、扉を開けて中に一歩足を踏み入れたところで、浩一は視界に飛び込んできたものの意味がいまいち理解できず、思わず立ち止まってしまった。

「……えーと……」

といっても、部屋の内装などに特に変化は見られない。

問題は、浩一より先に「調教室」に入っていたのが、予想外の人物だったということだ。

「……あの、一つ質問いいですか」

「うん？　なにかな？」

何度か目を擦《こす》り、目の前の光景が見間違えじゃないことを確認してから、呻《うめ》くような口調で、何とか質問を絞り出す浩一。

対して、ベッドに我が物顔で腰掛けている片瀬《かたせ》真由美は、ごくごく気楽な様子であった。

「なんで店長がここにいるんです。てか何で今日に限ってウェイトレス服着てるんです」

「今日の久坂くんの相手があたしだからだよ。えっちする前は可愛い服着たいでしょ？」

「……はあ!?」

当然！　といった様子で軽く言ってのける真由美に、浩一は思わず素っ頓狂《すっとんきょう》な声を上げる。

「何でそうなるんです!?　別に店長はそんなのやる必要ないでしょう!?」

流石に憤然と抗議する浩一だった。

彼が請《う》け負った仕事は、あくまで「草食系サキュバスにえっちなことをして調教すること」だ。普通のサキュバスである真由美とえっちなことをする必要なんてどこにもない。

タダでさえかなり無理してこの仕事を引き受けているのだ。する必要のない相手とえっちな行為をするのなんて、浩一は心底願い下げなのである。

「あるんだなー、それは。これはね、研修だよ。研修」

が、真由美は「ちっちっち。そうもいかないんだなーこれが」と、なぜだかひどく愉快そうに指を左右に振ってみせた。

「久坂くんの仕事ぶりとか見ててね、このままだと何かと不都合が出てくる可能性があるかなーって思って。ちょっとここで実践《じっせん》で訓練して、そのあたり修正しておかなきゃって思ってね」

「え、俺……なんかまずいことしてましたか」

そう言われてしまうと、思い当たることがありすぎて思わず身構えてしまう。

何せ実は、前回の冴香との「調教」では、とうとうお尻にビンタまでしてしまっていたし。

当の冴香はとても喜んでくれていたが、人道的観点で言えば問題がいろいろとありすぎる。

「やー。冴香ちゃんに対する調教に関してはすごくよくやってると思うよ？　実際、冴香ちゃんもだいぶえっちなことに対して積極的になってるようだし。まだ自分からおねだりするようにはなってないから調教完了とまではいかないけれどね」

「えっと、じゃあ……」

「ざっくり言って、問題は二つあるかな。

ひとつ目は——冴香ちゃんがああだから、久坂くん。キミの調教テクニックがかなりＳＭ寄りに偏《かたよ》ってきちゃってるってこと」

あっさり言ってのける真由美のその台詞に、浩一の思考が一瞬停止した。

「……………え、マジですか」

「マジマジ。だからね？　冴香ちゃんみたいなＭッ子の相手するならそれで十分なんだけどね。他のいろんな子を調教するなら、そういう風な偏りはあんまりないほうがいいじゃん？　だからここでひとつちゃんと、『女の子を普通の意味で気持ちよくさせる』えっちの仕方を学んだ方がいいだろう、って思ったわけ」

「……………」

正直、かなりショックだった。

(俺……ノーマルなはずなのに……)

何だか知らないうちに洗脳されていたような気分になって、めちゃくちゃ凹《へこ》んでしまう。

「でもって、もうひとつ。

ぶっちゃけさ……久坂くん、冴香ちゃんの調教で、あんまり興奮してないでしょ？」

「そりゃ……そうですよ。だって俺、そういう趣味なんてないですもん」

そう。浩一は、女の子を痛めつけて喜ぶ性癖《せいへき》は全く持ち合わせていない。

だから行為の内容自体はどんどんエスカレートしてはいるが、未《いま》だにそのネタ元は姉経由《けいゆ》のエロ漫画知識だったりするわけで。

「それだと困るんだよね。久坂くん、覚えてるかな？　女の子達の調教を完了する条件」

「そりゃ……当然。草食系サキュバスの人たちが、暴走した結果じゃなく、自分の意思で精気を吸うようになること……ですよね」

忘れるはずがない。その条件をはっきりさせておかないと、下手《へた》すれば浩一はずっと出来損《できそこ》ないサキュバスたちの「調教」をすることになりかねない。

浩一の回答に満足げに頷いて、真由美はさらに解説を加えてくれた。

「そのためには、えっちなことをして気持ちよくさせるだけじゃ駄目なの。キミの、どんなサキュバスもいちころで虜《とりこ》にするくらい魅力的な精気を目一杯味わわせて、精気はこんなに美味《おい》しいものなんだって教え込まないといけない。えっちの最中でキミ自身もちゃあんと興奮して、精気を目一杯吐き出して浴びさせないと」

「……………」

確かに言われてみればその通りだ。

でもだからといって、そこを改善しろと言われても、素直に受け入れられるものではない。

「けどそんな……俺、無理ですよ。女の人に酷《ひど》いことして興奮するなんて」

「うんうん。分かってるよ。キミに嗜虐《しぎゃく》趣味がないのは。別にそのことはいいんだ。だからね、別の方法で何とかしようってことになるわけ」

言いながら真由美は、ものすごーく愉快そうなにやにや顔。

何だかすごい嫌な予感がする浩一だった。

「……具体的には、どういうことするんです」

「ん？　ふっふっふっふ」

もうものすごく嫌そうな口調になりながら、じっとりとした視線を向けてそう問いかけた浩一に、真由美は妙に悪戯《いたずら》っぽい笑みを浮かべ、そして高らかに宣言した。

「久坂浩一くん。キミにはドスケベさんになってもらいます！」

「…………はあ？」

「ドスケベさんになってもらいます!!」

「いや2度繰り返されましても。皆目《かいもく》意味が分からないんですけど」

思わず白い目を向ける浩一に、何だか真由美はものすごく得意そうである。

「簡単な理屈だよ。女の子の下着姿くらいで最高潮にムラムラするくらいのドスケベさんになったら、趣味じゃないSMプレイとかでもふつーに精気ドパドパ出るでしょ？」

「……めちゃくちゃ嫌なんですけどそれ!?」

流石に喚《わめ》くような声を出してしまう浩一だった。

今日だってバイトに来る前、美亜が近くにいていろいろ悶々としてしまって、散々罪悪感でグロッキーになっていたのだ。

これ以上そのあたりの欲求を高められるとホントにどうにかなってしまう。

「ってか、ちょっと待ってください、だいたいそんなの研修でどうしようってんですか!?」

「パブロフの犬って知ってる？」

「……まさか」

ようやくそこで真由美の意図に気がついて、浩一の顔から血の気が引いた。

「そ、だからあたしとえっちしよってわけ♪　女の子のカラダがすごーくえっちでやらしいことを身をもって味わってもらったら……自動的にそのこと思い出して興奮するっしょ？」

「なんですかそれ、そんなん横暴すぎますまっぴらごめんすぎます!!」

喚きながら逃げようとした浩一だが――しかしそれは叶《かな》わなかった。

いつの間にか浩一のすぐ背後にあったドアはしっかり閉まっていて、しかもいつのまに鍵《かぎ》をかけられたのか、どれだけ力尽くで開けようとしても開かない。

身に覚えのある手口だった。具体的にどうやったか知る由《よし》もないが、こんなことをするのは浩一の知る限り、目の前にいる真由美しかいない。

「て、店長!?　出してくださいよ!?」

「んふふ。嫌がってもだーめ♡」

ひどく愉快そうに笑いながら、ベッドから降り、真由美はそっと浩一に歩み寄ってくる。

「だいたい久坂くん、うちの子達を殺人犯にしないためにこの仕事やってくれてるんでしょ？ここで逃げたらそれも達成できなくなっちゃうけど、それでもいいの？」

「ぐ……そ、それはそうなんですけど」

そう言われてしまえば、浩一はぐうの音《ね》も出ず立ち尽くすしかない。

困った顔をする彼を愛《いと》おしそうに眺めながら、真由美は、軽やかな足取りで近づいてきた。

「……なーんて、ね？」

近づきながら――ではでは早速、と言わんばかりに、彼女は自《みずか》らの服に手をかけ、見せつけるように、ことさらにゆっくりした手つきで脱いでいく。

「今言った理屈はね、実は建前でね？」

とんでもないことを軽ーく言いながら、エプロンを外し、ブラウスを脱ぎ捨てて。

「あたしもねえ、ちょっと、我慢できなくなっちゃったの」

スカートのファスナーが下ろされ、ほとんど衣擦《きぬず》れの音すら伴わず、はらりと腰回りを覆《おお》っていた布が床に落ちて。

そうやって、呆気《あっけ》にとられる浩一が止める間もなく、今や彼女の肌を隠すのは下着のみ。

その下着がまた、冗談みたいにアレな仕立てになっていた。

今一度強調するが、27歳とは思えないほど真由美の体軀《たいく》は小さい。

浩一と同じ学校の中等部に通う凜《りん》よりさらに小さく、はっきり言って何の前提知識もなしに見れば、どう考えても小学校も半ばくらいの年齢にしか見えない。

端的に言って、ド幼女である。

ランドセルがお似合いな見た目である。

正真正銘《しょうしんしょうめい》、完全アウトな外見である。

だというのに今、彼女が身につけているのは、言い訳もしようがないくらいにアダルティーなセクシーランジェリーだったのだ。

ワインレッドというどぎつい色合いもさることながら、それ以上に造形が大問題だった。

まずショーツ。

ガーターベルトとワンセットになっていて、全体的にレースがあしらわれ豪奢《ごうしゃ》な感じなのはまだいい。だが、布地の半分以上が薄手のシースルーになっていて、恥丘《ちきゅう》まわりの大部分の肌色が完全に見えてしまっているのはどうしたものか。

一応、肝心要《かんじんかなめ》の部分はクロッチで覆われて隠れているが——そもそもめちゃくちゃローライズな仕立てになっているために布の全体面積自体が極小で、後ろを向けば完全に尻の谷間が見えてしまっている。下手な姿勢を取れば一番デリケートな場所もがっつり露《あらわ》になってしまうような危うい形のデザインだった。

でもって上の方は、いわゆるビスチェタイプの下着なのだが。

はっきり言おう。下着になっていない。

胸のアンダーからへそ辺りまでは厚手の布地（でも所々シースルーになっている）で覆われていて、そこの露出はあまりないのだが——肝心の胸元が、全然、隠れていないのだ。

完全無欠に、丸見えになっているのだ。

じっくり目を凝《こ》らせばほんのりとだけ確認できる胸の膨《ふく》らみも。

当然、その真ん中の、僅《わず》かにピンクがかった乳輪も。何もかも。

どこでそんなもん調達したんだと思わず突っ込みそうになった浩一だったが、しかし何故だか、声が出なかった。

おそらくこの時——もう既《すで》に、浩一はサキュバスである真由美の術中にハマってしまっていたのだろう。

ふんわりと鼻をくすぐる、甘やかでどこか獣《けもの》くさい匂《にお》いに、じくじくと浩一の意識が毒を注ぎ込まれて、もはやまともな判断も出来なくなっていた。

「が、我慢できない……って」

代わって浩一の口から漏《も》れたのは、ひどく情けない問いかけだけ。

喘《あえ》ぐようなその言葉に、真由美はふっと、ひどく蠱惑《こわく》的な笑みを浮かべる。

「だぁって。久坂くんの精気、こーんなに美味しそうなのに、ずーっと、ずーっとおあずけ喰らってたんだよ？　もう、焦《じ》らし上手なんだからぁ♪」

おどけたように甘えた口調でそんなことを言いながら、その目は全然笑っていなかった。

（あ……だめだ、これ）

ぼんやりとした意識のなかで、浩一はそう確信する。

思い出すのは、夏休み直前の、凜に襲われた時のことだ。

あの時と同じだ。

これは、捕食者の目だ。

極上の獲物《えもの》を前にして、今にも食いつかんとしている肉食獣の目だ。

もはや、悲鳴も出ない。

これは、もう無理だ。手遅れだ。

逃げられない。あとはもう、目の前のこの小さい怪物に食われる運命しか残っていない。

「ね？　いいでしょ？」

「……ぁ」

囁《ささや》く甘い声。涙ぐんだ瞳。

ひどく色っぽい視線に射貫《いぬ》かれて、喘ぐような吐息が、浩一の口から漏れる。

その瞬間、つい今の今まで渦巻いていた危機感も、真由美が口にした理屈への拒否感も、まるでウソのように頭の片隅に追いやられてしまった。

かわりに全く別の情動が、腹の奥の方から圧倒的な勢いで洪水のように湧き上がってくる。

股間《こかん》が熱い。

ムラムラして、体中が熱くて、何だかぼーっとしてしまう。

そうなるともう、浩一はひとつのことしか考えられなくなってしまっていた。

——えっちなことがしたい。

えっちなことがしたい。えっちなことをしまくりたい。

今、目の前にいる女の子と、めちゃくちゃえっちなことがしたい！


恐らく、これが本来のサキュバスというものなのだろう。

視線や言葉に魔力を込め、男を誘惑《ゆうわく》して。

その情動を、性衝動を自在に操って、虜にしてしまう。

そうして男を弄《もてあそ》び、精《せい》を、魂《こん》を、文字通り一滴残らず吸い尽くしてしまう。

そんな、正真正銘の——化け物。

「ね？　いいでしょ？　久坂くん？」

「あ、う……」

もはや浩一は、「はい」とも「いいえ」とも答えられなかった。

代わりに真由美から差し伸ばされた掌《てのひら》を、それがごくごく自然なことのように、操り人形のようになりながら握り返して。

◆

そして浩一は紛れもなく自分の意思で、真由美とともに、ベッドに向かって行ったのである。

ふわりと、小さなカラダがベッドに横たえられた。

改めて繰り返すが、真由美が身につけている下着はほとんど下着の体《てい》を成していない。女の子のカラダの肝心なところをほとんど隠せていないような代物だ。

だというのに、シーツの上に寝そべり、その全身を浩一に向けて露にしているにもかかわらず、真由美の表情には羞恥《しゅうち》の色は全くない。

ぼんやり魅入られている浩一の視線を、真っ向から見つめ返すその瞳に宿っているのは——むしろ羞恥とは真逆《まぎゃく》の情動だった。

「ほら……久坂くん」

甘い声が、浩一の耳朶《じだ》をくすぐる。

ただ声をかけられる、それだけのことなのに、なぜか浩一は背筋を戦慄《わなな》かせてしまう。

「おいで？」

続けて彼女が紡《つむ》いだのは、ひどく曖昧《あいまい》な言葉だった。

（おいでって……言っても、どうしろと）

具体的にどうしろだとか、そんな指示は何もない。

代わりに彼女はその細い両足を、下着の中心部を浩一にはっきり見せつけるように、ゆっくりと開いてきた。

要するに、「何でも好きなようにして良いよ」ということなのだろう。

「……………」

とはいえ、とっさに何か出来るわけもない。

途方に暮れながら、改めて浩一は真由美の下着姿を眺めた。

いとけない身体。

おおよそ性行為の準備が出来ているとは思えない、骨盤も開ききっていない、童女の身体。

子供特有の、内臓の重みでぽっこりとおなかが膨らんだ、いわゆる「イカ腹」まで完備という徹底ぶりである。

こんな姿で欲情しろってのかって体つきだ。

だというのにそんな下着姿には、確かに匂い立つような異様な色香《いろか》が感じられる。

見るだけで理性がどこかへ霧散《むさん》し、欲望の限りを尽くしてむしゃぶりつきたくなるような、そんな艶《なま》めかしさが、真由美の肢体《したい》からは確かに匂ってきていた。

(てか……あれ?)

ふと、今更のように浩一は気がついた。

ビスチェの裾《すそ》、ちょうどおへその辺りからショーツの間の肌が露出している部分に、何やら複雑な紋様が浮かび上がっているのである。

淡いピンク色を帯びていて、いかにも怪《あや》しい感じだが——しかしさて、さっきまでこんな模様、あっただろうか。

「あ、これ。気になっちゃった?」

浩一の視線を感じて、真由美は妖《あや》しく微笑んでくる。

「これね、サキュバスが極度に発情するとね、男の子を誘惑したり気持ちよくするための魔法をすぐに使えるように、こうして模様の形で魔力を蓄えるんだよ」

エロ漫画とかで時々見かける、いわゆる淫紋《いんもん》、というヤツだろうか。

急に中途半端なファンタジー成分を持ち込まれて何だか微妙な気分だが、それより浩一は、真由美が口にした台詞の中の別の部分に反応してしまった。

——サキュバスが極度に発情すると。

つまり真由美も、浩一とすることを期待して、今、すごく欲情しているということで——

「ちなみにね、ここ、男の子のおちんちんで触るとね、すっっごい、気持ちいいんだよ？　どうお？　使ってみる？」

「へ？……あ……っ、いや、いやっ、いいです！」

頷きかけて——そこに踏み込んではいけないような気がして、すんでのところで何とか拒否。

しかしそんな拒絶も、真由美の想定内だったらしい。彼女は大して気分を害した様子もなく、むしろ慌てる浩一の様子を愉快そうに眺めながら、多分に媚《こ》びを含んだ笑みを向けてきた。

「あっはは。冗談冗談。さ、久坂くん？　そろそろおねえさん、触って欲しいな？」

「う、は、はい……」

結局、たった2度目の催促で、浩一は、それに抗《あらが》うことが出来なくなっていた。

促《うなが》されるままに、完全に無意識に、真由美の身体に指先を伸ばしていく。

「あは……♪」

得られたのは僅《わず》かな接触。

しかし真由美は笑いながら、ひどく心地よさそうな吐息をこぼしていた。

「んふふ……そこをいきなり触ってくるなんて、やっぱりむっつりさんだね、久坂くんは♪」

「あ……俺……」

「いいよ。それでいいの。好きにして？」

思わず我に返って慌てたが、もう遅い。

そう。浩一は気がつけば、初手でとんでもないところに触れてしまっていた。

シーツに手を突き、真由美にのしかかる体勢を取りながら、彼がまず真っ先に触れてしまっていたのは——真由美の下着の、その中心部だったのである。

しかしそんなことをしておきながら、彼がまず感じたのは、罪悪感ではなく、感動だった。

（あ……これ、ここ……すごい……）

実を言えば、今日までに通算4回ほど冴香に対しては「調教」をしているが、その場所に触ったことは今まで一度もなかった。

何となく、半分無意識に避けていたのだ。

冴香との行為はもっぱらＳＭ系のものだったし、だから敢《あ》えてその場所に触れる必要はない。

そこに触れるということは、冴香を気持ちよくするより、自分の欲望を優先することになってしまうから——と、そう考えたのである。

でも真由美にしてみれば、その判断こそがそもそもの間違いだということなのだろう。

浩一がちゃんと女の子のカラダで興奮して、精気を放散しないと意味がない。

「んふふ……初めて触る女の子のアソコ……すごいでしょ?」

「……どう答えろっていうんです」

「あはは、ごめんごめん」

憎まれ口を叩いたものの、浩一にできた抵抗はそこまでだ。

だって実際、その女の子の場所は、なんだかもう、ものすごかったから。

熱い。

プニプニしてる。

そして何より強烈だったのは――浩一が心奪われたのは、指の腹に僅かに感じる、下着から
じんわり滲《にじ》み出してくる粘度の高い湿り気だ。

これは、やばい。

これは、だめだ。

実を言えば、この感触を味わったのは、これが初めてではない。

先日凜に襲われた時にも、確かに浩一は、その感触をなすりつけられていた。

でも、あの時はあくまで、凜に襲われて、無理矢理、否応《いやおう》なく押しつけられたもので。

「んん……ほら、もっと、もっと、好きにして?」

ぐちゃぐちゃに理性がかき回されているその隙《すき》を衝《つ》くように、そんな甘えた声が、更なる行
為をおねだりしてくる。

身体の方は口先以上に饒舌《じょうぜつ》で、活発にひくつき、浩一の理性をぐらつかせてきた。

そう――ひく、ひく、と、ひくついているのだ。

物欲しそうに。貪欲《どんよく》に。

そんな感じで、布地越しに触れているとは思えないほどはっきりと、女の子のその場所の律《りつ》動《どう》が分かってしまって――これはちょっと、ヤバすぎる。

「ほら、はやくぅ……」

「は、はい……」

言われたとおり、指を動かす。

加減が分からないから、とりあえずじっくりと。

擦りつけるのではなく、くすぐるような感じで、柔らかく撫《な》でるように。

「んっ、ふふ……ん、いいよ、上手い上手い……♪」

心地よさそうにため息をつきながら、僅かに身じろぎしつつ真由美は笑う。

「そこ、すっごいデリケートだからね？　だからいきなり、自分勝手に触っちゃ駄目。今みたいにじっくり、優しく、ゆっくり触ってあげてね？」

「は、はい……」

そんなレクチャーを聞きながらも、浩一はもう気が気じゃなかった。

それどころじゃない。

全くもってそれどころじゃない。

だって——そうして浩一が触れているその場所が、今まさに、じっとりと粘り気を増していっているのである。

(うわ、わ……わわ……)

しかも更に——見るがいい。

浩一の指先が真由美のスジのあたりを上下するたびに、その場所が、まるで轍《わだち》を作るように、じっとりと僅かな染《し》みを作っているではないか。

そうして摩擦《まさつ》を繰り返すうちに、その染みが少しずつ広がって——薄い下着の布地が透けていって、女の子の一番大事な場所が露になってきているではないか。

なんだこれは。

本当——なんなんだ、これは。

「んふふ……♪」

生唾《なまつば》を飲み込み、思わずその場所を凝視《ぎょうし》してしまう浩一を見て——真由美は何故か、勝ち誇ったような笑みを浮かべていた。

「ね。わかった? 女の子のカラダって、えっちでしょ? すごいでしょ?」

呆然《ぼうぜん》とする浩一に、笑いながら真由美は言う。

「ね、考えてみて? 女の子はみーんな、違うんだよ? 形も、反応も、匂いも、温かさも」

そうして彼女が囁くのは、ひどく甘ったるい誘惑だ。

さらなる深淵《しんえん》へと誘《いざな》う、ぞっとするような声。

つまり——それは。こういうことか。

冴香のこの場所も。

凜のこの場所も。

そして当然、美亜のこの場所も。

感触も、反応も、皆それぞれ、女の子によって違っていて。

「すごいでしょ？　女の子ってすごいでしょ？　もっともっと、触りたくなるでしょ？

他の子のこの場所も、みーんな、弄《いじ》り回したくなるでしょ？」

真由美が囁くごとに、どろりとした衝動がわき上がってくる。

どんどん頭の中が駄目になっていく。

いやが上にも想像してしまう。

冴香の、凜の、そして美亜の、その場所の感触を。

「あ、あ……」

亡者のように喘ぐ浩一に、ふわりと真由美は、だめ押しのように囁いた。

「——好きにして、いいんだよ？」

「……て、店長……」

「あたしの身体は、今は久坂くんだけのものだから……好きにしていいんだよ？　思う存分弄くって？　思う存分おもちゃにして？

思う存分、久坂くんの欲望で、あたしの身体をドロドロに汚して？」

「――――……っ」

ぶつりと、なにかがぶち切れたような、そんな感覚があった。

ああ――もう。もう。どうでもいいや。

だって、彼女は何してもいいって言ってるんだし。

これは「研修」なんだし。

だから今、浩一が欲望に流されたって、何も問題ないはずだ。

もう、知らない。

どうなろうか、知ったことか。

「ん、やうっ、あはは、いきなり積極的ィ……ぁ、あ……はぁ、んんん　あはっ♪」

気付けば――勝手に身体が動いていた。

柔らかな肉の感触にふにふにと指先を食い込ませながら、その感触を頼りに、じっくりと彼女の秘部の造形を探っていく。

布地が薄いせいもあるのか、意識してみれば、その場所の形は手に取るように分かった。

なかでも最もはっきり分かるのは、ぷっくりとした大陰唇《だいいんしん》。

肉厚の唇はしっかり閉じていて、その奥の粘膜は全く外に露になっていない。

だというのに、ひくつくその律動に合わせ、とろりと粘度の高い体液が滲み出し、今やショーツの布地はぴっちりと肌に張りついて、下着越しにもかかわらずその造形はもはや全く隠されていない。

そして——更にとんでもないのが、そこから僅かに上の「割れ目」の端っこにある部分。

何か芯《しん》のある硬いものが、指の腹にはっきりと触れている。

（あ……ここ……）

間違えるはずもない。

そこは——ああ、そこは。

「ふふ……そう、そこが、女の子の一番、気持ちいいところ♪　ク・リ・ト・リ・ス♡」

迷子のような頼りない視線を向ける浩一に、真由美はひどく優しい笑みを返してきた。

もう、ここまでくれば、既に言葉は必要ない。


——どうぞ……めしあがれ？


——そんなの、抗えるはずがない。

前後に。左右に。円を描くように。

考え得る限りの動かし方で、布越しにその突起の感触を味わっていく。

「んぁ、あは、あはは、ん、ふぁ、んんんっ♪」

そんな、偏執《へんしつ》的で無様な浩一の愛撫《あいぶ》は、ひどく真由美のお気に召したらしい。

大してテクニックもないはずのその摩擦によって、彼女は甘い吐息を重ねながら身悶《みもだ》えし、感極まったような笑みを浮かべている。

「ん、ふふ……いいよ、いいよ……♪　クリちゃんもすっごく敏感だからね？　擦るんじゃなくってそうやってゆっくり撫でる感じで、ん、そう、あはっ♪　きもちいい……♡」

下着から滲み出してくる愛液もそれに呼応するように、どんどん粘り気を増していく。

いつの間にか透明だったその淫液《いんえき》は、ゼリーのように質感をこってりしたものに変化させ、空気と混ざり合って白濁のクリーム状になっていく。

強烈な獣の匂いを漂わせるその淫液は、愛撫を重ねるごとに指先に絡《から》みつき、その小さな突起をこねくり回すたび、粘っこい水音が奏《かな》でられ始めた。

くちゅ。にちゅ。ちゅ。くちゅ。ねちゅ。

粘っこく。ねちっこく。粘膜と粘液がかき混ぜられる音。

(あ……やばい、これ、やばい……やばい、やばい……！)

その淫音が、浩一には自分の脳をかき回す音のようにも聞こえた。

聞くごとに理性がごりごりと削られていく。

サカリのついたケダモノのようになってしまう。

「あはは……♪　ね、聞こえる？　あたしの恥ずかしい音♪」

だというのに――理性を腐らせるそんな水音の中で。自分自身も喘ぎながら、一方で真由美はむしろ、とてもとても嬉しそうに笑うのだ。

「いいんだよ。聞いて？　あたしの、女の子のえっちな音♪」

「て、店長……」

「こういうえっちな音も、呼吸も、身じろぎも、ぜーんぶ、感じて？　キミとのえっちで、あたしがどれだけ気持ちよくなったか、ちゃんと感じて？　意識を集中させて、女の子の反応全部をちゃあんと感じてあげて？　そうすれば、どうすれば女の子が気持ちいいか、どうすれば嬉しがるか、自然と分かるから。

　そうしたら、女の子は、もっともっと、気持ちよくなるから♪」

「…………っ」

――もはや躊躇《ためら》うような理性さえ、もう浩一には残っていなかった。

気付けば彼は、真由美の指示を待つことなく、その彼女の言葉を実践《じっせん》に移していた。

前後に動かし。

左右に動かし。

円を描くようにこねくり回し。

つついてみたり。

つまんでみたり。

それぞれの動きの中で強弱も変えたりしてみて。

そうやって、それぞれの愛撫による真由美の反応をつぶさに観察して。

そうして。やがて――

「ん……あ……っ　あはは、んんんっ♡」

動きをじっくり試行錯誤する中で、明らかに反応が他とは違うものを見つけることができた。

「あは……ん、ぁ。あっ。そこ、ああ……あ、んんっ　いい……♡」

「……ここ、きもちいいん、です？」

「うん、そう…ぁんっ、もうちょっと強く、そう、あっ、あっ……それ、きもちいい……っ」

彼女が特に良い反応を示したのは、円を描くようにこねくり回す動き。

それもどうやら、かなり強めに、その突起を押し潰《つぶ》すくらいの強さが特にイイらしい。

「んはっ、あ、いいよ、気持ちいいっ……ね……久坂くん、それ、もっと、もっと、して？」

「は、はい」

夢見るようにおねだりしてくる真由美。言われるままに、浩一はその動きを繰り返す。

こねくり回し。こねくり回し。ひたすらこねくり回し。

粘っこい水音を奏でながら、自分の欲望と真由美の愛液をかき混ぜて、彼女のその敏感な場所に、自分の欲望を擦《す》り込んでいくように。

「あ、んっ、あ、やだホント上手……あはっ。あ、あっ、きもちいいっ　んんんっ♡」

喘ぎながら、悶えながら、それでも愉快そうに真由美は笑う。

今までにないくらい大きく嬌声《きょうせい》を上げながら、とってもとっても楽しそうに。

でも、やがてその声も、だんだん余裕をなくしていって。

「あ、あっ　うそ、あ、すごい、やっぱり久坂くんの精気、あ、あはっ、やば、んんんっ♡」

笑いながらも、その声にどこか、驚いたような、切羽詰《せっぱつ》まった様子が滲み出してきて。

「あはは、すごいね久坂くん、あたし、もう。あっ、あ……っ　やば、ホントやば……っ」

やがて彼女は、きゅっと息をつまらせて――

そして笑顔を浮かべたまま、いきなり腕を伸ばして浩一に抱きついてきた。

「あ、うわ……っ!?」

いきなり体重を預けられて、バランスを崩してしまう。

とっさに抗うことも出来ず、浩一は真由美に覆い被《かぶ》さり、彼女を組み敷き、身体を密着させるような体勢になってしまった。

「あ……て、店長?」

「ふふ。どうお、久坂くん?　女の子のカラダのこと、少しは分かった?　あ、んん、あっ」

「え。あ……は、はい」

「そっかそっか。よかった♡　あ、うっ　んんっ」

しどろもどろになりながらの浩一の返事に、真由美はひどく嬉しそうに頷いて。

「じゃ……頑張った久坂くんに、ご褒美《ほうび》あげちゃおう♪」

「ご、ご褒美……?」

そして――フリーズしたままの思考にとどめを刺すように、彼女は耳元で囁いてきたのだ。

「んっ、ぁ……　女の子がイくとこ、しっかり感じてね?」


「え、……えっ?」

どうやらその瞬間、彼女もかなりぎりぎりだったのだろう。

その言葉の意味を理解する余裕すら、真由美は与えてくれなかった。

「あ、っや、んんっ、イく……っ──……♪」

耳元で、声にならない嬌声が迸《ほとばし》る。

真由美がきゅっと抱きつき、全身を擦りつけてくる。

かっと熱くなる体温。

じっとり汗ばんだ肌。

悶え、のたうち回る全身の筋肉。

せわしなく高鳴る鼓動。

そんな、彼女の全てが今、密着によって、浩一に全部、直《じか》に届けられて。

「……ぁ」

あるいはそれに、どこか本能の奥の奥で、共鳴するところがあったのだろうか。

「あ。あっ……あ、あ……──ッ」

律動を繰り返す真由美の肉体に釣られるようにして。

そうして——浩一の奥で渦巻いていた何かもまた、白い火花を撒《ま》き散らしながら、激しく、熱く、弾《はじ》け飛んでいた。

◆

草食系サキュバスな性格を矯正《きょうせい》するためという建前があるものの——綿谷《わたや》美亜は、実際には具体的な指導を「シャロン」でされたことはあまりない。

これは彼女がハーフということで「様子見状態」であることに加え、そもそものオーナーである真由美にあまり指導員としてのやる気がないからだったりするわけだが——ともあれ結果的に「シャロン」にいる時、ほとんどの時間を、美亜は普通にウェイトレスとして働いている。

ウェイトレスの仕事は、嫌いではない。

時給もそれなりにいいし、なによりサキュバス喫茶という性格上、お客さんが女性にほぼ限定されているというのもありがたい。

接客業をしていれば、何だかんだで不躾《ぶしつけ》な客からセクハラめいたちょっかいをかけられることもあったりするものだと思うが、店の特性上、そういった事案が起こることが皆無なのは、労働環境としてはかなり優良なのではないかと美亜は考えている。

扱っている食材が結構アレなのはちょっと気にはなるが——まあそれはそれ。

そうして結局、なんだかんだで美亜がこのシャロンに通うようになってもう半年。

最初は戸惑うことも多かったが、仕事の進め方やコツも次第に身についていき、学生のバイトとして考えるならかなりベテランになってきたと美亜は自負している。

「……なんか。今日は変ですね」

——なのだが。それでも不測の事態は起こるもので。

注文をとってバックヤードに戻った後、流石に疲労感を覚えて、美亜はため息をついた。

いったい何があったのか。特別混む時間帯でもないのに、今日はやたらと客が多いのだ。

しかもどの客も妙にそわそわしていて、ヘンな緊張感が店内に張り詰めている。

こんな状況はバイトを始めてから初めてのことである。

「ああ、それはそうでしょうね」

美亜とほぼ同時に食器を下げて戻ってきた冴香が、美亜の言葉に頷いてきた。

「それはそう、なんです？」

冴香のその言葉の意味が分からず、思わず彼女に振り返って——そこでふと気がついた。

冴香も客と同様に、なんというか、妙にそわそわしているのだ。

ついでに言えば何やら微妙に頬も赤くて、おしっこを我慢しているように、何かもどかしそうにしきりに太股を擦《す》り合わせたりしている。

「……綿谷さん、もしかして分からないんですか？」

「？　何がです？」

首をかしげる美亜。

しかしむしろ冴香は、何も理解していない美亜の様子に驚いたようだった。

少し目を丸くした後、何やら微妙に気まずそうに視線を泳がせて――やがて小さくため息をついて、彼女は事の次第を説明してくれた。

「ええと……ですね。今、久坂さんが店長に『指導』を受けてますよね」

「そうですね、そう聞いてますけど」

美亜はちらりと浩一達のいる方向を見ながら、冴香の言葉に頷く。

「それでだと思うんですが……今、この店の周りに相当濃厚な精気が充満してまして。それでお客さんも皆そわそわしてるんです」

「は、はぁ……」

よく分からないまま曖昧に頷いて、遅れてはたと気がついた。

「え、じゃあそれ、浩ちゃんの精気が充満してて、それでお客が増えてるってことです⁉」

「そういうことになります……」

冴香はため息をついて、複雑そうな表情を浮かべながら美亜の言葉に頷く。

「で、でもわたし、そんなの全然分からないんですけど……！」

「綿谷さんはハーフですから。そのあたりの感覚器官があまり発達してないのかもしれませんね」

「そ、そうなんですか」

「多分ですけどね」

言いながら冴香が再びついたため息は、何やら変にトゲがあるような気がした。

何なのだろうか、妙に苛立《いらだ》っているというか、悔しそうというか。

「全く……わたしとの時はそんなでもなかったのに、何で店長との時だけこんな……」

「な、永宮さん……？　どうかしました？」

「なんでもありません！」

「ひゃ、ひゃい!?」

どうやらそわそわしているだけでなく、相当ご機嫌斜めらしい。

冴香は冴香で、かなり大きな声を出してしまったことに後から気付いて、慌てて「すいません」と謝ってから、しかしやはり、どうにも落ち着かない様子。

三度めのため息をついてから、冴香は取りなすように抑えた口調で話題を変えてきた。

「……ともあれ、久坂さんの精気の宣伝効果はちょっと予想以上ですね。このままではお客を捌《さば》ききれなくなります」

「それは……そうかもですね……」

頷きながら美亜は、改めてフロアを見る。

テーブルもカウンターも満席。

基本的に「シャロン」の店内はいつもにこやかな雰囲気で満たされているが、それが今日に限っては、客の全員が浩一の精気に中《あ》てられて、異様な熱気が立ち込めている。

飢えた猛獣が寿司詰めで檻《おり》の中に放り込まれているような、何だかそんな感じ。

対して今、キッチンに入っているのは別のバイトさんが1人だけ。

小さな喫茶店だし、メニューの数もそう多くないので普段なら混んでいてもそれで事足りるのだが、流石に今回のこの混みようだとそろそろキャパシティオーバーになりそうだ。

もともと客を待たせるのは良くないことだが、特に今日は精気に釣られて皆殺気立っている。

これ以上待たせると、どんなクレームが飛んでくるかも分からない。

「しかたないですね……綿谷さん、店長を呼んできてくれますか。久坂さんの指導中ですが、この状況は流石にやむを得ません。一時的でもキッチンに入ってもらわないと」

「あ、はい。わかりました」

確かにそうでもしないと、このままでは下手をすれば暴動でも起きかねない。

美亜は注文票を冴香に手渡し、バックヤードの奥へと足早に向かっていった。

浩一の仕事場――真由美からは「調教室」と呼ばれているその部屋は、フロアから見て一番奥、更衣室の更に向こう側にある。

扉の前に立ち、早速ドアノブを摑んで開けようとして――しかし美亜は、ふと妙に難しい顔をしながら、不思議そうに首をかしげた。

「んー？……わからん」

冴香が言うには「浩一の放散している精気がそこら中に充満している」のだそうだが。そしてそうなれば当然、この辺りが一番その濃度が高いはずなのだが。

その精気とやらが、美亜にはまったく感じ取れないのである。

鼻をひくつかせて意識的に匂いを嗅《か》いでみても、何も分からない。

耳を澄ませてもこの部屋は完全防音となっているため、中で何をやっているのか、その気配すらも読み取れない。

「むーん……」

何というか――複雑な気分である。

他の人がこれだけ盛り上がっているのに自分だけがまるで認識できないというのが、何となく仲間はずれにされているような気持ちになってしまう。

いや、美亜としては正直、えっちなことなんて怖いし、やりたくないし、浩一の精気が嗅ぎ取れたとしても何にもメリットなんてないのだけれど。

（……結局、ハーフだからってことなのかなぁ）

というかそもそも、そんなものは嗅ぎ取れない方が、美亜にとっても都合が良いのだ。

何せ、真由美が言うには浩一の精気は相当強力な媚薬効果があるらしい。

もし自分が浩一のそんな精気を嗅いでしまって、いろいろいけない気持ちになってしまったとしたら――それから先、彼に対してどう顔を合わせればいいか分からなくなる。

でも、そういった理屈は理屈として、一方で、一番浩一と付き合いの深い自分が、彼にまつわる要素を認識できないのは、何となく寂《さび》しいような、悔しいような。

「……ああもう、いいや。こういうことはあとで考えよ！」

悶々とした思いを振り払い、気持ちを切り替えて、美亜は「調教室」のドアを開け放った。

「真由美さん、すいません、今ちょっと、お客さんがすごいたくさん来ちゃってまして。ヘルプとしてキッチンに入って欲しいんです……け、ど……」

でもって──努めていつも通りにそう言いかけて、しかし美亜は呆然としてしまった。

最後まで台詞を言うことが出来ず、立ち尽くしてしまう。

「あ、やうっ、っは、あっ　すごい、久坂くん、上手……っ　きもちいい……っ♪」

「う、俺も、なんか、わかんなくって……あ、うっ」

そこにあるのは、異常な光景だった。

いや、あくまで「調教室」なのだから、冷静に考えれば、そこで行われていることそのものは不自然でも何でもない。

ただ、そうであっても、美亜にとってそれは、あまりに衝撃的すぎる光景だった。

部屋を満たしているのは、異様な熱気のようなもの。

浩一と真由美の2人は、その熱気の中心で、ベッドの上で、半裸で抱きしめ合い、互いに身体を震わせていた。

よく見ると、浩一の掌《てのひら》は真由美の股間《こかん》に宛《あて》がわれ、まるで別の生き物のように嫌らしく蠢《うごめ》いていて──それがおそらく、この部屋の空気を異様なものに変えている震源地。

その接触で生まれた何らかの熱が、2人を互いに悶えさせていた。

身体をくねらせ、擦りつけ合って。

ナメクジのようにうねうねと絡み合いながら、２人は、２人の間でしか分からない、大きな大きな何かを高めていって。

そして——美亜がドアを開けたのは、クライマックス直前のタイミングだったらしい。

「あ、あっ……♪　あ、また、イく、あっ、——————……っ♡」

そう。

よりにもよって。今。美亜の目の前で。

真由美は、絶頂感に身体を大きく震わせたのである。

びく、びく、びくんっ、と何度も痙攣し、その痙攣の様子を余すことなく浩一に伝えようと、きゅっと腕に力を込めて密着を強くして。

「あ、店長、う、ぉ、俺……」

一方そして浩一も、身悶えする真由美に共鳴するように、感極まった様子で熱い息を吐き、身体を断続的に震わせている。

そして、同時に——

「……ぁ……」

目に見えない何か、しかし確かにそこにあると感じられる何かが、浩一を中心に、ぶわりと音を立てる勢いで辺りに撒き散らされたような気がした。

匂いでもない。熱気でもない。

どちらでもあるようで、どちらでもない、敢《あ》えて言えばオーラのようなもの。

──美亜は、唐突に理解した。

これだ。

これが冴香の言っていた、精気というヤツだ。

けれど、せっかく、ようやく感じ取れたその感覚に、美亜は浸《ひた》ることが許されなかった。

というのも──あまりの事態に美亜が呆然としているうちに、どうやら2人の間で最高潮に達した熱は、しだいに収まってきたらしく。

「ふ……ぁ……ん？　あれ、美亜ちゃん？」

熱い呼吸を繰り返しながら、真由美が美亜に気がついたからである。

先程までどろどろに快楽に蕩《とろ》けていたのがまるでウソのように、けろりとした明るい表情で美亜に視線を向けてきた。

「あ……」

遅れて浩一も気がついたようだ。

こちらは真由美と対照的に、ぞっと顔色を青くさせながらであったが。

「何、お客さんが多くなったからキッチンに手伝いが必要な感じ？」

「あ、え、えっと、そうで……す」

「そっかそっか。いやあすごいな、久坂くんの精気効果。ちょっと待ってね、すぐ行くから」

言うが早いか真由美はするりと浩一の下から抜け出して、さっと手早く服を着て部屋を出て行ってしまった。

当然そうなると、浩一と美亜のみがその場に残されることになるわけで。

「……」

「……」

自然と、重い沈黙がその場に落ちる。

目を合わせることも出来ず、２人はベッドの上と、ドアの傍《そば》で、それぞれ固まるしかない。

「あ、えっと……」

流石にこんな空気は耐えられないと、どうにかしてこの場を取り繕《つくろ》おうとしたのだろう。

浩一が何事かを言おうとして口を開いて――しかしもう、それが美亜の限界だった。

「ご、ごめん！　ごめんね！」

「み、美亜？」

申し訳なくて恥ずかしくて、自分が何に謝っているか分からないけど、謝るしかなくて。

何よりも今、浩一に合わせる顔がなくて。

「ごめんなさい！　ホント、ごめん！」

だから美亜はただひたすら謝罪の言葉を繰り返しながら、その場から逃げ出していた。

とにかく今は誰にも顔を見せたくなくて、とりあえずトイレの個室に駆け込んで。

便座に腰掛けるような余裕もなくて、閉めたばかりのドアにもたれかかって。今更高鳴ってきた鼓動を何とか抑えようと両手を胸に置いて、美亜は何度も深呼吸を繰り返した。

「……なにあれ、なにあれ、何なの、もう！」

正直なところ――サキュバスのハーフという身の上でありながら、美亜はいまいち、性行為というものを理解していなかった。

勿論、男性器と女性器をどうすれば良いとか、前戯としてどういうことをするものだとか、そういう基本的なことは当然知っている。

でもそれは、あくまで表層的な知識に過ぎなくて。

それに伴って行為中の男女がどういう気分になるかとか、どういう雰囲気になるかとか。そういう具体的な「情景」については、今までぼんやりとした、「何となく恥ずかしいもの」というイメージでしか想像できていなかったのだ。

（えっちって、ああいうことなんだ……）

だから、それを今、不意打ちのように見せつけられて。

もう何が何だかわからなくて、美亜は頭が真っ白になってしまった。

ものすごかった。

想像してたのより遥《はる》かにとんでもなかった。

えっちなことって、あんなに生々しくて、恥ずかしくて、すさまじい行為なのか。

それに――衝撃的だったことがもうひとつ。

（あれが……浩ちゃんの精気……）

ごくごく一瞬だったけれども、でも確かに、美亜はそれを感じ取ってしまっていた。

理屈ではない。誰かに聞かなくても分かる。本能が「それだ」と告げている。

肌に感じるわけでもなく、音や温度として感じられるものでもない。

そうでありながら、確かに感じ取れる、粘っこくて、ねちっこくて、濃厚なエネルギー。

直接脳髄《のうずい》と胎《はら》の奥が炙《あぶ》られているような感覚だった。

「あ、う……」

その「味」を思い出すだけで、ぞっとする。

膝《ひざ》ががくがく震えて、自分の中の、よく分からない感情が爆発しそうになってしまう。

かっと全身が熱くなって、ぼうっとして、まるで自分が自分じゃないみたい。

もう何が何だか分からなくて——けれどただひとつだけ、確かなことがある。

それは、今まで感じたことのない、強烈な欲求が美亜の中で生まれたということだ。

あんなのをじっくり嗅いでしまえば、虜にならずにはいられない。

——もっと、欲しい。

——もっともっと、アレが欲しい。

——何が何でも、どんなことをしてでも、アレが欲しくて堪《たま》らない!

その飢餓感に、鼓動が一向に収まらない。

むしろ浩一の精気を思い出すたび、あの二人の絡み合いを思い出すたび、呼吸が速くなる。

「……あ、あれ?」

ふと、美亜は、自分の下半身にわだかまる違和感に気がついた。

「……ぁ」

反射的にスカートの中をまさぐって――その違和感の正体はすぐに分かった。

指先に触れるのは、ぬるりとしたねばっこい湿り気。

「……うそ」

慌てて手を引き抜いて、自分の指先を汚すその粘液を、信じられない気持ちで眺める。

ほとんど無意識に指を動かし、開いたり閉じたりしてみると、人差し指と中指の間に、つう、と、粘っこくていやらしい銀の糸が引いていた。

つまり――これは、要するに。

美亜は今、浩一の精気に中てられて。彼と真由美の行為を見て。

「…………あ、う……」

1度自覚をしてしまえば、もう、我慢なんて出来るはずもない。

どうしようもない衝動に突き動かされて、美亜は自分でも訳の分からないまま、再び自らの指を、スカートの中へと潜《もぐ》り込ませていた。

「……ぁ。あ……っ」

そうして――美亜は。

バイト先のトイレの中で。

生まれて初めてのその感覚に、快楽に、密《ひそ》かに身悶えた。

第六章　そして彼女は覚醒する（サキュバス的な意味で）

窓を閉め切り、カーテンもがっちり閉じて、クーラーもガンガンにかけまくって。

しかしそこまでやっても、それで外界から完全に隔絶されるわけではない。

耳を澄ますまでもなく蟬《せみ》の鳴き声がはっきり聞こえてきているし、カーテンから漏《も》れてくる陽《ひ》の光も、くっきりと部屋の中に光の筋を落としていて、外の強い日差しとうだるような暑さが容易に想像出来る。

まさに夏真っ盛り。夏休みの昼下がりである。

友達と連れ立って海にでも遊びに行ったり、あるいは夏の長い休みを利用してバイトに精を出したり、そういったことをするのにうってつけのお天気だ。

——ではあるのだが。

そしてかくいう浩一《こういち》も、昨日まではそういう生活をしていたはずなのだが。

「……何やってるんだろな、俺」

クーラーの効き過ぎで寒気すら感じるような部屋の中で、浩一はため息をこぼした。

「こら、浩一くん。早く手を動かして。時間ないんだから」

「……へいへい」

天井を見上げて世の中をはかなんでいると、横からお小言をもらってしまった。

うんざりしながら視線を目の前の机の上に戻し、憂鬱《ゆううつ》な気分になりながら浩一はタブレットペンを握りしめる。

「そうそう。頑張ってね」

諦《あきら》め気味に作業に戻った浩一を見て嬉しそうに頷《うなず》いているのは……浩一の姉、茜《あかね》である。

ちなみに今日の茜は、タンクトップにショートパンツという出《い》で立ち。着崩れてかなりだらしのない格好をしていてもブラ紐《ひも》が全く確認できないので、恐らくノーブラだ。

傍《そば》には自分しかいないとはいえ、完全無欠に女を棄《す》てた無防備な姉の格好に、何とももの悲しい気持ちになってしまう浩一であった。

そんな茜は、暢気《のんき》に笑顔を浮かべながら、一方で手の方はまるで別の生き物のように、浩一と同じタブレットペンを持って、せわしなくしゃかしゃかと動かしている。

ものすごく活《い》き活きした感じで仕事を進める姉に、目一杯の恨《うら》みがましい視線をくれてやりながら——改めて自分用のＰＣの画面に映されたものを見て、浩一は何というか、つくづくこの世の無情さを味わっていた。

ディスプレイに映されていたのは——もう言うまでもない感じだが、エロ絵だった。

もっと正確に言えば、エロ漫画の１ページ。

まあ……当然ではある。

何せ茜はエロ漫画家なわけで。

当然その手伝いをするとなれば、エロ漫画の原稿作業をすることになるに決まっている。

例年どおりの作業ではあるのだが、年々その内容が過激になっている気がする。今日の前にある原稿も「体中から触手を生やした主人公が複数のヒロインキャラ相手に快楽種付け無双する」という内容で、「うちの姉は果たして大丈夫なのだろうか」と思わずにはいられない。

「もう一回確認するけど。今日はベタだけでいいんだっけ」

「うん。お願いねー」

「……了解」

暗い返事をしながら、しかし遺憾《いかん》なことに、浩一にとっては慣れた作業でもある。

「×」マークを付けられたところを、指示通りに塗り潰《つぶ》しコマンドで黒に塗り潰す。線が繋がっていなくて指示以外の場所まで塗り潰し処理がされてしまったら、アンドゥして修正してやり直し。

延々その作業である。

地味だし眠くなるしで面倒くさい作業だが、デジタルトーンを貼る作業よりはまだ「今自分が手伝っている原稿がどのようなシーンなのか」を考えずに済むだけマシと言える。

「いやあ、助かるなー。浩一くんみたいな弟がいてくれて、おねえちゃん幸せだぁ」

「姉ちゃんみたいな姉を持って、俺は心底不幸せだよ……てかさ。前々から言ってるじゃんか、もう手伝うのは嫌だって。なんで自分の作業量考えて仕事しないの」

「だって……しょうがないじゃない」

苛立《いらだ》ち交じりの口調で言うと、茜はちょっといじけたような仕草をしてくる。

もう二十歳《はたち》を完全に越えているのだから、そんな媚《こ》び媚びモーション本気でやめて欲しい。

「商業だけじゃなくって夏コミにだって本出したいじゃん」

「いや心底知らねえし」

あくまで手を止めることはせず、それでも心底不機嫌そうな態度で浩一は悪態をついた。

まあこれも、浩一にとっては大変不本意なことに、夏の日のお約束となりつつある風景だ。

基本的に茜は、エロ漫画家としての仕事を、アシスタントも使わず全部1人でこなしている。

曰《いわ》く趣味でやっている仕事なので、全部自分でコントロールしたいから、ということらしい。

普段ならそれでも締め切りを破らずちゃんと仕事をこなせているので問題ないのだが——夏と、そして冬の一時期になると、決まってそのスケジュールが破綻《はたん》してしまうのだ。

理由は単純。

この季節に決まって開催される同人誌即売会があるからだ。

これに出るための原稿も商業誌の原稿と並行して作業をするせいで、もともと仕事のキャパシティにそれほど余裕のない茜は、いつも首が回らなくなってしまうのである。

で——人付き合いの壊滅的な茜が、誰かに急にお手伝いを頼むようなことが出来るわけもなく。結果、いつもこうして、茜に泣きつかれた浩一が渋々手伝うことになるのである。

実を言えばこれが、浩一がエロいことを苦手にしている最大の要因のひとつであったりする。

血の繋がった姉のエロ妄想《もうそう》の結晶を見せつけられ、あまつさえその手伝いをさせられるなど、そんなの拷問《ごうもん》でしかない。

そして――更に浩一にとって、屈辱《くつじょく》的な要素がもうひとつ。

（……う、この触手の先っぽについてるちんこの形、見たことある……）

そう――茜の描く男の子キャラのうち、少なくない割合の股間《こかん》の造形が、実は浩一の股間のものをモデルにしているのだ。

いつだったか不意打ち気味に、「資料だから」といって写真を撮られてしまったものが、いまでも茜の資料として現役で使われまくっているのである。

つらい。

死ねる。

漫画的誇張の結果とはいえ、だいたいの場合実物より2割増しで大きく描かれているのも正直かなり殺意が湧いてくる。竿役《さおやく》がショタでサイズ据え置きの場合は倍率ドンである。

「……俺、ホントになんでこんなことしてるんだろ……」

「こんなことって何よお。おねーちゃんのだいじなお仕事だよ？」

「今これ書いてんの思いっきり夏コミ原稿じゃねえかめっちゃ趣味じゃん！」

言いつのっても全くこたえた様子がないのが心底腹立たしい。

こういう時の茜は本当に何を言っても無駄だ。絶望的な徒労感を感じながら、浩一はため息をつくしかなかった。

（……本当はこんなことしてる場合じゃないんだけどなぁ……）

何せ昨日、真由美《まゆみ》との「研修」の現場を美亜《みあ》に見られてしまって、そのまま美亜が早退した関係で、結局今に至るまで、彼女とは何も話せずじまいになっているのだ。

昨日、去り際《ぎわ》に美亜が見せていた表情が脳裏にこびりついて離れない。

悲しそうで、途方に暮れたようにも見えて、そして何より、何かに裏切られて、ショックで呆然《ぼうぜん》としているような顔だった。

今まで喧嘩した時ですら、美亜のあんな顔は見たことがない。

勿論《もちろん》──浩一だって分かっている。

こんなエロ原稿の手伝いなんかにかかずりあっている場合じゃない。

茜のお願いなんて捨て置いて、さっさと美亜に会って何とかフォローすべきなのだ。

だけれど……情けない話、どうにもそれをする踏ん切りがつかない浩一だった。

だって、会ったとして、ではどんな言葉をかければいいのか分からない。

自業自得《じごうじとく》と言われれば、浩一も返す言葉がないのだけれど。

「……うん？」

どうしたものか──と、機械的に作業を進めながら懊悩《おうのう》していると、いきなりポケットに突っ込んでいたスマホから着信音が鳴りだした。

「電話？　いったい誰だろ」

浩一の知り合いで電話を使うような人間はあまりいない。いろいろと多機能なスマホを使っているのだからと、タイミングを気にしなくていいトークアプリを使う人が大多数だ。

訝《いぶか》しみながらスマホを取り出し、画面を見てみて、なおさら浩一は困惑《こんわく》した。

「え、あれ？　おばさん？」

電話をかけてきたのは、美亜の母親、佳奈《かな》だったのである。

いったい何の用事なのか。

隣に住んでいるのだから、いちいち電話をかけるより家に顔出す方がよっぽど手っ取り早いはずなのに。

目配せで傍《そば》にいる茜に電話に出る許可を取ってから、受話器ボタンを押して通話を開始。

「はい、浩一です」

『あ、やっほー。浩一ちゃん？　今ちょっといいかな？』

「いいけど、どうしたの、おばさん？」

何か緊急の用事でもあるのかと若干《じゃっかん》身構えてしまったが、聞こえてきた口調は、いつも通りの能天気なものだった。

『ちょっとお願いしたいことがあって。実は美亜がさ、ちょっと体調崩しちゃって。今ベッドに横になっててさ』

いきなりの話に、一瞬、浩一の思考が停止した。

「え、そうなの？　大丈夫!?」

思わず慌《あわ》てた口調になってしまう。

美亜はアレで、かなり丈夫な子だ。病気をすることなど滅多《めった》にない。

記憶を辿《たど》ってみても、身体を壊して寝込んだことなど、それこそ幼稚園児の時にインフルエンザにかかった時くらいしか思い当たらないくらいである。

『ああ、大丈夫大丈夫、ちょっと気分悪いだけっぽいから。でもやっぱり心配だしさ。わたし、もうちょっとしたらお仕事で出かけるから、ごめんだけど美亜の面倒見てくれないかな』

「あ、うん。勿論」

『ありがとね、じゃ、よろしくねー』

あくまで気軽に佳奈はそう言って、通話は終了。

（いったいどうしたんだろ、いきなり……）

少なくとも昨日は調子悪そうな感じはほとんどなかったし、別に体調崩すような無茶をしでかしたわけでもなかったはずだが。

心配だが——何にせよ、これは良い機会だ。

これで美亜と顔を合わせるきっかけが出来た。

どう切り出したものかまだ分からないけれど、いつまでも現実逃避もしていられない。

「姉ちゃん」

「ん、なあに？」

「悪い、今から出かける」

「………ええええええええええええええ!?」

まあ当然の反応ではあるが。浩一のいきなりな発言に、茜は世界中の何もかもから裏切られたような絶叫を上げた。

全くもって予想通りのリアクションだが、今回ばかりはそれで怯むわけにいかない。

「出かけるってか、美亜が体調崩したらしくて。おばさんに看病頼まれた」

「え、そうなのっ!?　いや、じゃあ、それはしょうがないけど……けど……」

「けど、なんだよ」

「……その場合、おねえちゃんの原稿はどうなるのでしょう……？」

「あとは1人で頑張ってくれ」

「うわあああああんんっ!!　そんなの絶対落ちるううううううっ!!」

力一杯嘆《なげ》きつつも「行っちゃヤだあ!!」とゴネないあたり、聞き分けが良くて大変助かる。

ともあれ——やると決めたらとにもかくにも善は急げだ。

最低限の片付けをしてから家を出ると、するといったいどういうことか、仕事に出かけると言っていたはずの佳奈が浩一を待ち構えるようにして、隣の玄関先に立っていた。

「あれ、おばさん？　出かけたはずじゃ」

「や、今から出かけるんだけどね」

確かに、一応きちんとした服装をしているので、出かけるのは間違いないのだろう。

何か伝えたいことがあるから、浩一を待っていた——ということだろうか。

でもそれなら、さっきの電話で一緒に伝えておいてくれれば良いはずなのだけれど。

「ちょっとね。こっちこっち」

で、いったい何なのか。内緒の話でもあるのか、佳奈に有無《うむ》を言わさず首根っこを摑まれ、浩一はフロアの端まで引きずられるようにして連れて行かれてしまった。

どういう了見なのかと、ちょっと不満そうに浩一が視線を向けると、佳奈は何やら妙に真剣そうな表情でじっと浩一の目を見つめてきていた。

「あのさ、浩一ちゃん」

「えと、なに？」

「最近知ったんだけどさ。今、美亜と同じ店でバイトしてるんだよね？」

「え？　ああ、えっと。そうだけど……」

困惑しつつも素直に頷いてしまって、しかしその反応はちょっと軽率だったかもしれない。

何せ——そのことが何を意味するのか、不覚にも浩一は失念してしまっていたからだ。

「美亜と一緒にバイト行ってるってことはさ……わたしたちの秘密、知ってるんでしょ？」

「……ぁ」

思わず、しまった、という顔をしてしまう浩一だった。

というより、間抜けなことに、言われて初めて気がついた。

（てか、そうか。美亜がサキュバスってことは、おばさんもそうなんだ……）

美亜がそうなら、その親である佳奈だって当然同じ種族のはずで。

そんな浩一の表情に、佳奈は「あ、やっぱり」と得心したように頷いていた。

「あ、えと。不可抗力というか……美亜がそういうのだからって、俺は別に……」

「ああいや、そこらへんは最初っから心配してないんだけどね」

「……はぁ」

てっきり美亜と佳奈がサキュバスなのは絶対秘密にするように——だとか、そういった類《たぐい》の釘を刺されるのかと思ったのだが、そういうわけでもないらしい。

でも、じゃあ、いったい何の用事なのか。

「まあ……なんていうか。浩一ちゃん相手とはいえ、親としてはね？　いちおう、ちゃんと言っとこうと思って」

「え、えと、何を？」

佳奈はぽんぽん、軽く浩一の背中を叩いた後、やけにいい感じの笑みを浮かべてびしりと力強くサムズアップをしてみせてきた。

「がんばれ」

「………は？」

「親としてわたしが許す。何の心配もしなくていいから。相手が浩一ちゃんならおばさんも大賛成だから。人間がサキュバスの相手するのって相当きついけど、浩一ちゃんなら大丈夫だって信じてる」

「…………………いやあの。おばさんホント何の話をしてるの!?」

「はっはっは。まあ健闘を祈る！」

思わず喚《わめ》く浩一に、もう一度がっつりサムズアップした後、笑いながら佳奈は去っていった。

真剣な顔して何を言うかと思ったら、これである。

なんだかもうぐだぐだな気分になりながら、浩一は呆然と佳奈の背中を見送るしかない。

何だか、やっとで固めた決心を混ぜっ返された気もしなくはないが。それでもこのまま立ち尽くしているわけにはいかず、ええいままよ、と浩一は美亜の家に入ることにした。

ちなみに、美亜にとって浩一の家がそうであるように、浩一にとっても美亜の家は勝手知ったる幼馴染《おさなな じ》みの家である。というより実質的に、自分の家の一部と言っていい。

流石《さすが》に最近はいろいろ遠慮も働いて、美亜の部屋に入ることはなくなったわけだが、それでも今でも、リビングとかにはしょっちゅう入り浸《びた》っている。

なのでそのあたりは今日も全く気負いもなく、チャイムすら鳴らすことなく浩一は玄関に入り、美亜の部屋に向かっていった。

最低限のエチケットとして一応ノックすると、ドアの向こうから「はあい」とあまり病人っぽくない明瞭《めいりょう》な返事があった。

「美亜？　入るよ」

訝《いぶか》しく思いつつ、ドアを開けて中に入る。そんな彼を出迎えてくれた美亜の表情も、確かにあまり――というか全く体調を崩している様子はなかった。

血色はいいし、表情も全くもっていつも通り。

若干《じやっかん》どこか疲れているような印象もあるが、それだって学校行事のマラソン大会を終えた後の方が、よっぽど疲弊《ひへい》した顔をしているといった程度のもの。

「……何だ、めちゃくちゃ元気じゃん」

「あはは。お母さんが結構大袈裟《おおげさ》に言っちゃって……もうだいぶ楽になったから」

「そっか。なら良かった」

ひとまず安心しつつ、ちょっと途方に暮れてしまう浩一だった。

元気そうなのは本当に何よりだけれど、これでは看病しようにも、何もやることがない。

（要するに、ずっと傍にいておしゃべりとかしてくれってことなのか……？）

佳奈は、実の娘である美亜と同じくらい、浩一のことをよく見てくれている。実質的に、第二の母親とも言うべき存在だ。

具体的にどういうことがあったかまでは把握していなくても、美亜と浩一の間に何かあったのだと察してくれていて、それでこういう場を用意してくれたということなのかもしれない。

「……………」

とはいえ、どう話しかけたものか分からなくて。

所在なさげに浩一は視線をさまよわせてしまう。

久しぶりに入った美亜の部屋の様子は、記憶の中のそれとほとんど変わったところがない。

いわゆる女の子らしい装飾とかはあまりなく、ぬいぐるみが何個かある程度で、目につくのは漫画とかテレビ、パソコンなど。前はゲーム機もこの部屋にあったが、浩一が美亜の部屋を避けるようになってから、一緒にするために美亜が自分の手でリビングに移してしまった。

変わったところといえば、本当にそのくらいのものである。

そもそも、久しぶりといっても一年ぶりくらいのものだ。その程度の時間で大して趣味が変わるわけでも無し、当然といえば当然のことなのだけれど。

でも、やっぱりそれでも、前みたいにくつろいだ気分ではいられない。

けれどいろいろ意識してるのはどうやら浩一だけみたいで。むしろ美亜の方は何故《なぜ》だか嬉しそうに表情を緩《ゆる》ませていた。

「えへへぇ」

「……何？」

「や、何かね……浩ちゃんがわたしの部屋に来るの、久しぶりだなって」

「ああ……そりゃな……」

彼女が着替えてるところに何度もバッティングしちゃったりすれば、流石に遠慮だってするというものである。

「結構寂《さび》しかったんだよ？　お風呂だって一緒に入ってくれなくなったしさ」

「いやそりゃ……そりゃそうだよ何言ってんの」

気まずさも一瞬忘れて呆《あき》れた声を上げてしまう浩一だった。

「そんなの、出来るわけないじゃん」

「理屈は分かるけどさ。でもだって……寂しいんだもん」

「エロいこと怖いとか言ってるくせに……」

「だって別に、一緒にお風呂入るのはエロじゃないじゃん。スキンシップだよスキンシップ」

「お前はいったい何を言っているんだ」

いやまあ言いたいことは、浩一としても分からないではないけれど。

確かに子供の頃は、一緒にお風呂入るのも、美亜の言うとおりスキンシップというか、お遊びの延長のようなものだった。というか完全にプール遊びと同じノリだったような気がする。

要するに美亜は、未《いま》だにその時の気分を引きずっているということなのだろう。

理解は出来るが、しかしそれは流石にどうなのだろうと思ってしまう。

思春期を迎えたからって全員が全員それらしい感性を持たなきゃいけないなんて法は、確かにない。ないが——美亜だって昔に比べれば胸元も確実に膨《ふく》らんできたし、多分他にも、男の子に見せるには憚《はばか》られるような、いろんな変化があるだろう。

そこら辺について、こう……恥ずかしいとか、そういう感情はないのだろうか。

「てかさ、てかさ、浩ちゃんこそどうなのよう」

しかし浩一の呆れた顔を見咎《みとが》めた美亜は、どこか拗《す》ねたような顔を見せてきた。

「どうって、何が」

「浩ちゃんこそ寂しくないの？　ってこと」

「……」

正直なところを言えば……言われてみれば、ちょっと寂しい気もする。

ふたりの仲が変わったわけでもないのに、昔は普通に出来ていたことが今は出来ていないというのは、確かになんだか、ちょっといやだ。

(……てか、何だこれ。何だこのやりとり)

今日の美亜は、何だかヘンだ。いつにも増して甘えたがりになっている。

あるいは、ひょっとしてこれも、昨日のあれこれが関係してるのか。

「……うん?」

対処に困って浩一が黙り込んでいると、タイミングがいいというか何というか、何やら玄関の方からチャイムの音が聞こえてきた。

「……誰だろ。俺、出るわ」

「あ、うん。ありがと」

ちょっと救われた気分になりながら、席を立つ浩一。

こうやって、美亜の家への来客に応対するのもいつものことである。

そもそもこんな時にだれか来るとも思えないし、宅配便とかそのあたりだろう。

「はーい、どなたです……か……?」

そう見当をつけながら浩一が玄関に出ると、しかしそこにいたのは、予想外の人物だった。

「……店長!?」

「はいはい、店長さんですよー。美亜ちゃんの具合どう?」

そう言いながら気軽な様子で「おっす」と挨拶《あいさつ》してきたのは、他でもない。片瀬《かたせ》真由美だ。

別に彼女だって美亜や浩一の住所は知っているわけで、何の連絡も無しにここ来るのも、確かに不思議ではないが。

「なんでここに」

「何でって、可愛い可愛い店員ちゃんの見舞いだよ。美亜ちゃんのお母様から話を聞いてね。っていうか様子見？」

しれっとそう言いながら、真由美は「おじゃまー」と気軽に断りを入れつつ、しかし有無を言わせず勝手に家に入ってくる。

「美亜ちゃんの部屋、どこ？」

「ああもう……こっちです」

ため息をつきつつ、浩一はしかたなく真由美を美亜のところまで案内することにした。

でもって真由美は流石というか何というか、美亜の部屋に入るのも全くもって躊躇《ちゅうちょ》無し。

「やほ、美亜ちゃん、平気ぃ？」

「ま、真由美さん!?」

「あっはっは。久坂《くさか》くんと同じ反応だねえ」

真由美は笑いながらずかずかと部屋に入り、ベッドに横になったままの美亜に近づいて、思《し》案顔《あんがお》で美亜の瞳を覗《のぞ》き込んだり、額《ひたい》に手を当てたりしはじめた。

いったい何をしているのか。

突然の行動に意味が分からず、黙り込む美亜を前に、真由美は「ふむ」とひとつ頷いた。

「美亜ちゃん。ちょっといいかな」

「は、はい」

何やら思うところがあったのか、ちょいちょい、と手招きして部屋の外に連れ出していった。

どうやら何か内緒内緒の話があるらしいのだが……

「美亜ちゃん。あのさ。ちょっと確かめたいんだけど」

「えと、はい」

間抜けなことに、部屋を出てすぐのところで話しているらしく、声が完全に丸聞こえだ。

（……耳とかふさいでたほうがいいだろうか……）

と思う浩一だったが、残念ながら実行に移すのが、ちょっと遅かったようで。

結果として、おおよそ男の子が聞くべきでない台詞《せりふ》を、浩一はがっつり聞くことになってしまった。

「美亜ちゃん……昨日、オナニーしたでしょ」

…………………

「…………ふぇぇぇぇぇぇぇぇぇぇっ!?」

美亜、大絶叫である。

……いや、というか。何というか。

（この状況でなんて話をしてるんだよ……!?）

なんなのだ、その発言内容。いくらなんでもちょっと斜め上過ぎる。

「正直に答えなさい。大事なことだから。オナニーしちゃったんでしょ、昨日？」

「おっ、だ、あう。あううう……っ」

「てか見た感じ10回くらいしたでしょ!? でもって13回くらいイったでしょ!?」

「しっ、知らない！ 回数なんて数えてないもん!!」

「しらばっくれても駄目だし！ 見たら分かるし！ ああもう、なんてコトしてんの全く！」

声の様子からすれば、どうやら真由美は完全に怒っているらしい。

（っていうか、聞こえてるから聞こえてるから……！ そんな大声で話すと聞こえるから!!）

呆れるべきか怒るべきか、耳をふさぐのも忘れて呆然《ぼうぜん》としてしまう浩一だった。

で——どうやらそこで内緒話……というかお説教はとりあえず一区切りついたらしく、強引な手つきで真由美は美亜を引き連れ、部屋の中へと戻ってきた。

「久坂くん！ いきなりですが緊急指令です！」

「え、は？ お、俺ですか？」

先程の会話に「これは俺が参加していい話題じゃないな」と知らぬ存ぜぬを決め込もうと思っていたところにいきなり名前を呼ばれ、ちょっとびびってしまう浩一だった。

「久坂くん、美亜ちゃんと明日1日、デートしなさい！」

「…………は？」

「デートだよデート！ 逢《あ》い引きしなさいって言ってるの」

「…………いや、いろいろいきなりすぎて意味が分からないんですけど」

今日の真由美はいつもに増してフルスロットルだ。

流石にちょっと理解の許容量をオーバーしすぎていて、頭痛を感じてしまう。

「なんでそんな話になるんです」

そこでようやく、勢い任せに言っても伝わらないと真由美も悟ったらしい。「ああもう」とため息をついた後、すこし語調を落ち着かせて、改めて事の次第を説明してくれた。

「サキュバスって要するに、精気をエネルギー源として吸収する生き物でしょ、むやみにやっちゃうと精気を無駄に放散しちゃうことがいくつかあってね……だから、わかるでしょ？」

（あー……なるほど）

そこでようやく浩一も合点《がてん》がいった。

話の前後から判断して、つまりそのひとつが、自慰《じい》行為ということであるらしい。

精気が不足すると深刻な影響を及ぼすサキュバス……しかも自主的に精気を吸う気のない草食系にとって、自分の精気を浪費するだけの自慰は致命的な行動だということだ。

おそらくは、自《みずか》らの意思で暴走しようとするのと、ほぼ同義と言っていいくらいに。

そりゃ真由美だって怒ろうというものだ。

で——どうやら美亜もそのあたりのことは知らなかったらしい。自分のしでかしたことの重大さにようやく気がついた様子で、無言のまま、ひどく狼狽《ろうばい》しているようだった。

そんな美亜の様子を一瞥《いちべつ》し、改めて真由美は浩一に振り返ってきた。

「たぶんね、今、美亜ちゃん、すっごい精気不足になってるよ。だから出来るだけ早くたくさんの精気を、無理矢理にでも吸収させなきゃ」

つまりそれで、デートしろ、という話になるらしい。

確かバイトを始める直前の説明で、サキュバスは本格的な性行為をしなくても、スキンシップなどから精気を吸収できるとか何とか、そういう話を聞いたような気がするが。

「いや、でも、美亜とデートなんて……」

それでもやっぱり、了解しましたデートします、だなんてすぐには言えない。

理屈は分かるけれど、でもいきなりそんなことを言われても。

心の準備がとっさにできるわけもなく、流石に躊躇《ためら》いを覚えてしまう。

「いやね、他にも一応選択肢はあるよ？　意地悪してるわけじゃなくってさ、これでも一番難易度低いのお願いしてるんだから」

「……ちなみに、他の選択肢ってどんなのです？」

「ぱっと思いつくのは、ふたつかな。

ひとつめは　美亜ちゃんの前で3時間くらい久坂くんがオナニーすること。

ふたつめは、美亜ちゃんと1時間くらいずっとえっちをしまくること」

「……よろこんでデートさせていただきます……」

どうやら結局、選択肢は無いということらしい。

いくらなんでも、残りのふたつは問題がありすぎる。

ため息をつきながらも、浩一としては、真由美の指令に従うしかなかった。

◆

そんなわけで——浩一は美亜とデートをすることになってしまったのだが。

流石に即日今すぐ行け、というのも、それじゃ単に一緒に出かけるだけになってしまうということで、準備をするために決行はその翌日ということになった。

とはいえ、諸々《もろもろ》の物理的な準備は出来ても、心の準備の方はそうも言ってはいられない。

(てか……デートって、なんだ)

いざ改めて考えてみると、そもそもそれが、浩一には分からなかったのだ。

何せ、美亜とは一緒に2人だけで外出して遊ぶなんてしょっちゅうなのだ。

もちろんキスとかはやってないが、手を繋いだり腕を組んだりご飯を食べ合いっこくらいのことはもうごくごく日常的に、「デートだから」という申し合わせも無しにやっているわけで。

そういうことをするのを「デート未満」の範疇《はんちゅう》に入れてしまっている浩一と美亜にとって、では、どうすればデートしたことになるのかといえば、これが皆目《かいもく》分からない。

思い詰めていっそのこと茜に聞くべきかと考えて、しかしそんなことしたら「そんなの、キスで愛撫《あいぶ》でセックスだ!!」とかどうしようもないことを言いだすのが目に見えるので、すんでのところで思いとどまったりして。

そうしているうちに、心の準備が整わないままに一夜が明け、デート当日となってしまった。

「……はぁ」

待ち合わせの時間として指定されたのは、昼前だ。

なので今日は久しぶりに遅くまで布団《ふとん》の中でうだうだゴロゴロして、10時を過ぎたあたりでようやく浩一は布団から出て、歯を磨いて外出用の服に着替え始めた。

そろそろ良い時間になっても、浩一の口から漏れるのはため息ばかり。

何かしなきゃいけないような気がするのだが、結局、何も出来ないまま時間切れ。仕方なく浩一は家を出るべく玄関に向かい——どういう間の悪さか、そこでいつものように寝起きの茜と鉢合《はちあ》わせてしまった。

「あれ——浩一くん、もう出かけるの？」

「もう、ってか、もう昼だけどな」

先日の晩の時点で「ちょっと出かけるから」という話は既《すで》に通しているので、茜も今更、浩一を引き留めるような真似はしてこない。

が——どうやら姉としては、浩一が浮かべている表情がどうにも気になったらしかった。

「……今日、デートするんじゃなかったっけ？　何でそんな暗い顔してるの？」

「いやデートってわけじゃ……いやデートだけど」

別に昨日の時点では「デート」なんて言葉は一言も口にしていないはずなのだが。

こういうところの空気の読み取り方は何だか妙に鋭くて、茜は本当に油断できない。

「ほほー。訳ありデートかー」

「訳ありっていうか……まあ」

隙《すき》あらばネタ収集しようという魂胆《こんたん》が丸見えの茜の表情に内心うんざりしながら、下手《へた》にはぐらかしても余計面倒くさくなるので、浩一はかいつまんだ説明だけはすることにした。

「相手は友達なんだけど。周りに言われて結構無理矢理する感じだから……」

「おおー、漫画とかでよくあるパターンだね！」

「いやだから弟の人生をコンテンツ化しないでくださいよ……！」

「ちなみに相手って、もしかして美亜ちゃん？」

絶対からかわれると思って名前は伏せていたのに、察しが良すぎて困る。

「そこまで言う義務はない！」

「そっかー。いやー、いいねえ幼馴染みで兄妹同然の仲なのに訳ありデート……何も起こらないはずはなく……！　やるじゃん浩一くん！」

「とりあえず会話をしてくれ、勝手に察して納得しないでくれ……！　そしてそもそも何も起こす気はねえ……!!」

本当……こうも勝手にいろいろ見透かされては参ってしまう。

しかも困ったことに、こういう時に限って、茜は逃れようのない正論を吐いてくるのだ。

「じゃあ、浩一くん、そんな顔してたら駄目じゃない」

ぼんやりした顔に、ほんの少し真剣な雰囲気を漂わせながら、茜はそう言ってきた。

「……姉ちゃん？」

「浩一くんは、美亜ちゃんのこと、大事だよね？」

「そんなの……聞くまでもないだろ」

デート云々《うんぬん》はどうとして、そこだけは恥ずかしがることもなく即断言だ。

だって、美亜なのである。

一緒に育って、一緒にいつも行動してきた、何より近しい家族なのである。

大事でないはずがない。世界で一番大事な女の子だ。

「だったら経緯《いきさつ》はどうあれ、せっかくデートするんだから、いっぱい楽しもうって思わなきゃ。じゃないと美亜ちゃんかわいそうだよ。ちゃんと笑顔でいないとだよ」

「……………」

浩一は一瞬、呆気《あっけ》にとられて。

何とも言えない気分になって、ため息をつくことしかできなかった。

「あれ？　……なんかおねえちゃん、変なこと言ってる？」

「いや……そんなことないんだけどね……」

妙な敗北感を抱いたりして、何だかちょっと拗ねたような口調になってしまう。

本当に……正論だ。腹立たしいくらいに。

全くもってその通り。せっかくデートするのだから、せっかく美亜と一緒に過ごすのだから、開き直って楽しんだ方がずっといいに決まってる。

そんなことは分かってる。いや、分かっていたはずだ。

悶々《もんもん》としたり混乱したりして、そんな簡単なことも忘れてしまっていた自分が恥ずかしい。

「あー……、もう。何か、すっごいいろいろ馬鹿らしくなってきた……」

徒労感にどうしようもなくなって、ため息ひとつ。

そうして結局姉に向けるのは、少し苦い笑顔である。

「……ありがと、姉ちゃん。ちょっと気が楽になった」

「なんかよく分かんないけど、そっか……うん。楽しんでおいで」

そう言って、自分の漫画原稿を手伝ってくれる唯一の弟がこれから出かけるというのにもかかわらず、茜は満面の笑みで浩一を送り出してくれた。

ほんとう、敵《かな》わない。何だかんだで、やっぱり彼女は浩一の良き姉なのである。

「あ、あとそうだ、帰ってきたらどんなことが起こったか説明してね？」

「それネタにする気だろエロ漫画のシチュエーションの参考にする気だろ絶対イヤだ!!」

まあ……芯《しん》までエロ漫画家なところはどうにかしろと、そう思わずにはいられないけれど。

◆

茜に背中を押されて家を出て、浩一が向かった先は、待ち合わせ場所としてあらかじめ申し合わせておいた駅前の交差点だった。

隣同士なのだから、玄関先で待ち合わせてもいいのだが……それは「いくらなんでもデートっぽくないから」ということで真由美から直々《じきじき》に禁止されてしまったのである。

「うーん……」

いざ待ち合わせの場所に着いて美亜の到着を待っていると、やっぱり、何だかんだで緊張してしまう。

そういえばどこに行くかも決め切れていない。

美亜の好みは当然知り尽くしているので、彼女のお気に入りの場所、彼女が気に入りそうな場所をいくつか候補には考えているが……結局絞り切れないままになってしまっていた。

そんな感じで懊悩《おうのう》しながら、しばしそうして、そわそわと美亜を待って――

「……お、おまたせ」

「うあひゃ!?」

どうやら思ったより深く考え込んでしまっていたらしく、不意打ち気味に真後ろから声をかけられたものだから、思わず浩一は素《す》っ頓狂《とんきょう》な声を上げてしまう。

「えと、待った？」

「いや、ええと、大丈夫大丈夫！　俺もさっき着いたところ――」

きょどりながらお決まりの台詞を言い、振り向いて――浩一は一瞬、固まってしまった。

普段はラフっぽい服装でいることがほとんどの美亜が、今回に限って、ものすごく気合いの入った感じでおめかししていたのだ。

清潔そうな白のブラウスに黒地のコルセットスカート。

すらりと伸びた足を覆《おお》うのは、黒のストッキング。

どちらかというと凜《りん》が普段身につけていそうな感じの、いかにもお嬢様風な服装である。

顔の方も、普段は化粧っ気がほとんどないのに、今日はよくよく見るとナチュラルメイクではあるものの、いつもと雰囲気がほんのり違っていた。

睫《まつ》毛《げ》がいつもよりはっきりしているし、唇の潤《うる》みもいつにも増して艶《なま》めかしい気がする。

思わずその柔らかそうな唇に視線が吸い寄せられそうになって、妙な気恥ずかしさを覚えて目を逸らしてしまう浩一だった。

「あ……えと、に、似合ってないかな」

ほんの少し不安げな様子で、美亜はそんなことを言ってくる。

「いや、なんて言うか……」

まさか妙な色っぽさを感じて、目のやり場に困ってしまった、とは言えない。

「いつもと雰囲気違っててびっくりしたけど。けどなんていうか。似合ってるよ、うん」

素直に、見て思ったまま「可愛い」と言えるような度胸があれば良かったのだが……あいにくそんなものは持ち合わせていない。幼馴染みという関係による気恥ずかしさもある。

それでも「似合ってる」の言葉が効いたのか、美亜は照れたような笑みを浮かべてくれた。

「あ……そ、そう？　実はこの服、冴香《さえか》さんから借りたの。『せっかくのデートなんだから、ちゃんとおめかししなきゃ駄目です！』って」

「ああ……そうなのか」

「すごいよね、この服。こんなの着るの初めて。なんか馬子《まご》にも衣装って感じがする」

「自分で言うかそういうこと……そんなことないって。大丈夫大丈夫」

「そ、そうかな」

フォローしてみても、やっぱり美亜の顔は不安げだ。その表情はいつも彼女が見せてくれる快活なものからはほど遠くて……「ああ、やっぱりな」と浩一は内心ため息をついてしまう。

彼女もきっと、浩一と同じような気持ちなのだろう。

浩一とデートしろと言われて。

相手は浩一なのもあって、なおさらどうして良いか分からなくて。

いきなりのそんな指令に、それでも逆らうわけにはいかなくて。

気持ちの整理が出来てないままに、とりあえず、浩一を待ちぼうけにさせるわけにもいかないからここに来たと……おおかたそんなところなのだろう。

（……むしろ今まで普通に一緒に遊びに行ってた時の方がデートっぽいよな、これ……）

そう思い至って自分のことながら呆れてしまう。

「ええと……とりあえず、移動しようか」

「あ、う、うん」

そう言い合って、なんだかめちゃくちゃ、らしくないくらいにぎくしゃくして。

そんな調子じゃ、当然デートといっても、手がつなげるわけもなく。

何だかいつも以上に、ちょっと距離を取ってしまいながら、２人はひとまずその場から移動することにした。

◆

待ち合わせが昼前という時間だったので、とりあえず腹ごしらえ……ということで、まずは昼食を摂《と》ることになった。

とはいえ、さてどうしたものか。どこで食べるかも当然ながら打ち合わせていない。

いっそ駅前で適当に喫茶店かファストフード店に入ろうかとも考えた浩一だったが、ありがたいことに、美亜が「あ、それならさ」とひとつ提案してきてくれた。

「お昼食べるんなら、行きたいところがあるんだけど……いいかな？」

「お、そりゃ勿論」

とりたてて良い案があるわけでもないので渡りに舟である。

というわけで美亜のリクエストにより、向かった先は——しかし何故か、待ち合わせ場所から20分ほど歩いた先にある河川敷公園だった。

町のほぼ中心部を流れるこの川は住宅地に近いこともあり、河川敷のかなり広い範囲が市民の憩《いこ》いの場として利用出来るよう、運動公園として整備されている。芝生が綺麗に整えられ、遊具の他にサッカーや野球のグラウンド、テニスコートまで揃っている、かなり規模の大きな公園だ。それらをぐるりと囲む形で遊歩道もあり、今日も眩《まぶ》しい日差しの下で、談笑しながら散歩をしたりジョギングに励む人々の姿をそこかしこに見かけることが出来た。

近くに良い店でもあるのかと思ったが、そういうわけでもないらしい。

美亜は公園内をきょろきょろした後、いい感じに日陰にあるベンチに腰掛けた。

「ほら、浩ちゃんも」

「お、おう」

いまいち飲み込めないまま、促《うなが》されるままに、浩一も美亜の隣に腰掛けて。でもって未《いま》だに困惑《こんわく》顔の浩一の目の前で、美亜は、肩にかけていたバッグをごそごそし始めた。

「……何か持ってきたの？」

「あ、えっとね。どっか行って遊ぶだけじゃ、今までとあんま変わりないでしょ。デートって感じしないでしょ。どうやったらいいかなって思って考えたんだけどさ……」

そんなことを、ちょっと恥ずかしげに言いながら。

美亜が、「じゃん！」といった感じで、バッグから取り出してきたのは――可愛い柄のハンカチで包まれた、小さな何かだった。

「ということで！　お弁当、作ってみました！」

「………おお」

その場の反応としてはあまりふさわしくない、感心したような声を漏らしてしまう。

「なるほどこの手があったか……」

「あはは、もう苦肉の策ですけどね！」

対する美亜も美亜で、何だかその声は若干やけっぱち感がある。

「たしかに手料理というのはポイント高いかも。デートっぽい感じがする」

「だよねだよね？　思いついた時は『これだ！』って思ったもん」

何だかいかにして「デートっぽくするか」が主眼になっている感じで、会話の内容もいまいち妙な感じになっている気もするが、それはさておき。

「てか、いや真面目《まじめ》にびっくりした。よく用意できたな」

感心すると同時に、ちょっとテンションが上がってしまった浩一だった。

お弁当の用意をして、更に凛の家に行っておめかしして、となると、かなり慌ただしい午前中だったはずである。

いったい起きたのは何時だったのやら。

（……あ、これ、ちょっとやばいかも。なんかドキドキしてきた……）

何せ、手作り弁当なのである。

女の子が朝早く起きて自分のために作ってくれた、手作り弁当なのである……！

確かに子供の頃には、美亜もクッキーなんかを焼いてくれていた気はするが。そもそもあまりお菓子作りや料理は趣味としてハマらなかったらしく、10歳を越えてからは、その手のものを美亜から貰《もら》うことはなくなっていたのだ。

そんな状況なので、何だかなおさら、ちょっと嬉しい。

「……開けていいかな？」

「あ、でも急いで作ったから。あんま期待しないでね？」

そわそわした声でそう許可を求めると、念を押すようにそんなことを言ってくる。

いちいちそういうこと言わなくても、と若干呆れながら、それでもワクワクを隠しきれない。

早速浩一はハンカチを解き、弁当の蓋《ふた》を開けてみて——

「……おお……」

思わず歓声が漏れてしまった。

その中身は、いったい何で予防線を張っていたのかと思えるほど、しっかりした「お弁当」だった。

二段重ねになっていて、片方はご飯、片方はおかず。おかずはハンバーグにウインナー、卵焼き、きんぴらゴボウにブロッコリーとプチトマト。

これで文句を言ったら怒られる。１２０点満点のお弁当である。

「めちゃくちゃ豪勢じゃん……」

「あ、これでよかった？」

「これで文句言ったらバチあたるって、マジで」

「あはは……何それ大袈裟。あ、お茶もあるからね」

「お、ありがと。てかアレだな。美亜は良いお母さんになるな」

「奥さんとかじゃなくっていきなりお母さんまでぶっ飛んじゃうんだ、そこ」

言い合いながらも、美亜もようやくいつものノリで、浩一に突っ込みを入れてくれた。

続けて彼女は、自分の分のお弁当を取り出すためだろうか、再びバッグの中をごそごそして。

そして何やら「……ぁ」と小さく声を上げた。

見ればいったい何があったのか、美亜は「しまった」な表情を浮かべている。

「？　なに、どしたの」

「あ、えっとね。大したことでもないんだけど」

と言いながら美亜がバッグから取り出したものは、何故《なぜ》か三つあった。

美亜の分のお弁当と、水筒と。

そして最後に彼女が取り出したのは、なぜか一冊の文庫本だった。

やたらと使い古した感じの表紙で、文庫の背には見覚えのあるシールが貼られている。

「……それ、もしかして資料室の？」

「うん。借りっぱなしにしちゃってたみたい」

「あちゃ。マジか」

資料室の本は図書館のものと同様、生徒にも普通に貸し出しているが、紛失《ふんしつ》防止の目的もあって、基本的に夏休みなど長期休み中の持ち出しは禁止されている。

規則を破っても少々お小言を喰らうくらいで特にお咎《とが》めがあるわけでもないのだが、とはいえ放置するのもあまり居心地の良いものではない。

「あー、じゃあご飯食べたらさ、一緒にこれ返しに行こっか」

「……いいの？　付き合ってもらっちゃって」

「だいじょぶだいじょぶ。問題なし」

どうせ明確なプランがあるわけでもなし、申し訳なさそうな顔をする美亜に快《こころよ》く頷く浩一。

……いや、浩一だって分かっている。

せっかくのデートなんだから、そんなではいけない。もっとこう、遊園地とか動物園とか、ちゃんと遊べるような所に行くべきだ。

だけどぶっちゃけた話、今までのやりとりからして、いかにもな「デート」っぽい行動をしようとすると、いろいろ意識してしまっていつも通りレベルにすら楽しめないのは明らかで。いつもの調子を取り戻すために、そんな寄り道をするくらいは良いではないか。

「じゃあ……ごめんだけど、後でよろしくね」

「りょーかい。……まあ何にせよ、とりあえず腹ごしらえだな」

「あ、うん。そだね」

というわけで、手を合わせ「いただきます」と合唱。

浩一がお弁当に箸《はし》をつけ、美亜もそれにならって自分の分の弁当を開けて食べ始める。

少し迷って、浩一は、まずは卵焼きから食べてみることにした。

見たところ、夏場ということでだいぶ固めの焼き加減。

美亜はずいぶん自信なさげな様子だったが、形そのものはかなり綺麗だ。

さてさてお味の方はいかほどか、と一口食べてみて——思わず「……お？」と声が出た。

「……おいしい」

　ほとんど無意識に、浩一の口から、素直な感想が漏れた。

　砂糖を入れずシンプルに塩での味付け。しょっぱすぎることもなく、薄すぎることもなく、塩味と卵本来の甘さがしっかりある。固く焼いているのにぱさぱさしておらず、しっとりした舌触りで食べやすい。

　母親も弁当によく卵焼きを入れていたが、こちらの方がよほど浩一の好みの味付けだった。

　続いてきんぴらをつまんでみたが、これも絶品。辛《から》さもほどよくあって、ゴボウのしゃきしゃき感、にんじんの仄《ほの》かな甘さと相まって食欲をそそる味付けだ。

　正直、めちゃくちゃご飯が進む。

「ん、これも美味《うま》い」

「……ホントに？　大丈夫？」

「ていうか、だから何でそんな自信なさげなの。美味《お》しいよこれ」

「や、だって、浩ちゃんが好きな食べ物は知ってるけど、好みの味付けの仕方とか、よくよく考えたらあんま知らないし」

「……そういやそうだな」

　一緒に食事することはしょっちゅうで、辛いものが好きとか大ざっぱな好みは知っていても、確かに細かい味付けは、何度もご飯を作ってあげたりしないと分かるものでもない。

　言われてみれば、浩一だって、美亜の味付けの好みを詳しく知っているわけではない。

どれだけ一緒に過ごしていても、案外ちょっとしたところで知らないことがあるものである。

「てか、そういえばさ、こうやって浩ちゃんと外でお弁当食べるのも久しぶりだよね」

「あー……言われてみれば確かにそうだな」

勿論学校ではいつも一緒に食事をしているわけだが。

でもこうして「どこかにお出かけ」をして、一緒にお弁当を広げるのは、確かにずいぶんとやっていなかった気がする。

「もう何年ぶりだっけ……小学４年が最後くらいか、もしかして」

「昔はよくやってたよねえ。お母さんに作ってもらったりして」

「そうそう。公園に持ってってプチピクニックとか。いつだったかな、雨上がりで無理にそんなことするもんだから、泥遊びでどろっどろになっちゃったり」

「あははは、あったあった。そのあと一緒にお風呂入ったりね。楽しかったな〜」

懐《なつ》かしそうに上機嫌に笑いながら、美亜も自分の弁当をつついて。

が……そこでふと、何かを思い出したらしい。

美亜は「……あ」と小さく声を上げて、何やら思案顔《しあんがお》で箸を止め、そして俯《うつむ》いてしまった。

「………」

いったい何を思い出したのか。

とんでもないことに気付いたような表情で、顔色が青くなったり赤くなったりしている。

「……美亜？　どした？」

まず浩一が心配したのは、何より美亜の体調のことだった。

昨日、見舞いに行った時はけろりとしていたが、彼女が倒れたのは事実なわけで。

精気不足が、暴走以外にどんな影響をサキュバスに及ぼすかを浩一はよく知らないが、そもそも搾精《さくせい》は栄養補給だという話だから、他に何かと不都合があっても不思議じゃない。

「あ、えっと。い、いや、何でもない！　何でもないから！」

でも美亜は、真っ赤にした顔をぶんぶんと振りながら否定するばかり。

「……美亜ってなにか隠し事してる時いっつもその顔するよな」

「そ、そうだっけ？　気のせいじゃないかなっ!?」

「昨日の今日だし、体調とか悪くしてる？　こういう時隠し事されると、心配になる」

「う……えと。いや、そうじゃないんだけど」

唸《うな》るような声を上げて、彼女が見せるのは、何故か困り果てたような顔。

で……美亜は、項垂《うなだ》れながらため息をついたあと、ものすごく恥ずかしそうに口を開いた。

「……えっと。さっきも話してたけどさ。昔よく遊んで泥んこになってたじゃん？」

「え、あ、ああ」

いきなり話題が昔話に戻って、少し混乱する。

確かに彼女の言うとおり、幼稚園児の頃なんかは今以上に男の子とか女の子とかの区別なんて全くなくて、狭い公園の中で2人一緒に、夕方近くになるまではしゃぎまわっていた。

晴れの日でも雨の日でも、そんなの活力の有り余った子供には関係なくて。結果的に泥んこになるまで遊び倒したことも、数え切れないほど何度もあった。

「でさ……これもさっき話したけど、一緒にお風呂に入ったこともよくあったじゃん……？」

「……まあそうだけど」

で——当然、泥んこになったら後始末としてそういうことになるわけで。

確かに彼女の言うとおり、一緒にお風呂に入ったこともよくあった。

というか実際には、他のタイミングでも彼女とは一時期までよく一緒にお風呂に入っていたのだけれど。

「でね……その……ね？　それで思い出しちゃったんだけど」

そうして縮こまりながら、美亜はなおいっそう恥ずかしそうに、ぼそぼそと言葉を続けた。

「その泥んこになった時のお風呂だったと思うんだけど……あの……浩ちゃんの、その、アソコ……がね？　すっごい間近に見えちゃった時があって……でさ、なんかそのとき、ソレがおっきくなってて……それがなんていうか、ショックだったというか……結構トラウマになってるっていうか。そのこと、ちょっと思い出しちゃって」

………

「……いや待て。ちょっと待って!?」

思わず手を上げて待ったをかける。

そこか。

よりにもよってそこなのか。

「何でそんなこと思い出しちゃうかなあ!?」

「だ、だって、すっごいショックだったんだもん！　びっくりしたしすごい怖かったんだもん!!　男の人のその、アソコがああなってるの見るの、はじめてだったんだもん!!」

「…………えええええー……？」

さすがにちょっと混乱して訳が分からない。

が、ふいに浩一は、美亜の言葉に、ひとつの可能性に思い至った。

「……いや。待て。ちょっと待てよ……そうだとすると」

こめかみを押さえながら必死に浩一は状況を整理する。

一緒にお風呂に入って。そこでも当然じゃれ合ったりして。

で、何かの拍子《ひょうし》に美亜は浩一の股間部分をガン見してしまって。

「……ええと、その。じゃあ……まさか。美亜がその……エロいこと怖がったりするのって……もしかしてその思い出のせい……？」

「……あ、もしかすると……そうかも……」

「……マジか」

つまり——こういうことか。

『だってだって、その、アレが、アレが身体の中に突き刺さるんだよ!?　おなかの中にだよ!?　なにそれ串刺しじゃん！　干し柿じゃないんだから！　イモリの串焼きかよって話じゃん！

怖いってそんなの！　死んじゃうって！』

美亜が、道ばたでそんなことを大声で力説するレベルで男性器を怖がっているのは、子供の頃に浩一の性器を見てしまったから？

何と間抜けな話か。

美亜が草食系サキュバスになったその理由は——他でもない、浩一だったのだ。

「っていうか！　話は分かったけどそもそもさあ!?　食事中にそういうこと言う!?」

「あ、それひどい！　ひどいひどい！　言えって言ったの浩ちゃんじゃん！」

「後で話すって言えよ！　ごまかさずに言ってくれりゃ美亜ちゃんのことだから信じるよ!!」

「その条件の後出しずるいよ！　てかてか、いきなり子供の頃の『ちゃん』付けの呼び方しないでよ！　懐かしすぎてドキッとしちゃうでしょ!!」

などと恥ずかし紛れにふたりで言い合いながら——しかし浩一は、心のどこかで、なんだか、ちょっとほっとしている自分に気がついていた。

いやそれどころか、ナイス昔の俺、とか思ってしまっている自分がいる。

なんでそんな気持ちになったか、少し不思議に思ったが——しかし浩一は、すぐにその理由に気がついた。

だって——そうではないか。

もし、そんな過去がなければ。

浩一のことがトラウマにならず、美亜が普通にサキュバスとして成長していれば。

彼女は、とっくに浩一以外の、それも不特定多数の男と関係を持っていたかもしれないのだ。

そんなの、絶対イヤだ。

そんなの、絶対耐えられない。

普通に家族なら――彼女が血の繋がった姉や妹ならば、そんなことは考えないはずだ。

姉妹に恋人が出来ることを喜びこそすれ、拒絶感を覚える感性は浩一にはない。

たとえば実際、仮に茜に恋人が出来ても、祝福こそすれ拒絶する気にはさらさらならない。

だとすれば要するに、つまり――そういうことなのだろう。

（……そっか。俺……）

何のことはない。

何でこんなことに、今まで気がつかなかったのだろう。

久坂浩一は、男の子として、綿谷《わたや》美亜という女の子を、好きなのだ。

◆

サキュバス喫茶「シャロン」に客が来る時間帯は、だいたいいつも決まっている。

具体的に言えば、朝のオープンしたてから午前11時くらいまで、それに昼過ぎのちょっと遅いランチタイム、そして最後、閉店間際《まぎわ》の夜遅くが、客の比較的多い時間帯だ。

このなかでも特に混むのは閉店間際の頃合いで――逆に言えば、それ以外の時間帯は結構ヒマなことも多かったりする。

そんなわけで、今日も今日とて朝一の忙しい時間帯を乗り切り、今は午前11時半過ぎ。

客の姿は完全になくなり、今日「シャロン」に出ているスタッフは皆、とりあえずひと区切り、と休憩モードに入っていた。

ちなみに今「シャロン」にいるのは、店長の真由美、それに冴香、凜の3人である。

いつもに比べればやや少ない面子《メンツ》だが、比較的忙しいといっても午前の混み具合は大したことがないので、この人数でも何とかこなせるレベルだ。午後になってからは他のバイトの子も入るシフトになっている。

休憩室に引っ込んで休むのも手だったが、テーブルを拭《ふ》いたりして軽く掃除した後、何となく皆の気もゆるんで、自然とフロアでくつろいだまま、おしゃべりをする形になっていた。

でもって当然――面子が面子なので、自然と話題は、浩一と美亜のことになるわけで。

「あーもお、気になる気になる～、あの2人、今どうしてるかなぁ」

なかでも一番落ち着きがないのが、一番年長者であるはずの真由美だった。

「……少しは落ち着いたらどうです」

「そんなわけには！　こんな面白いことそうそうないよ!?　冴香ちゃんは気にならないの？

あたしね絶対今回はデートだけじゃ済まないと思うんだ！　どこまで進展するか賭けない？」

「お断りします。見世物気分で扱って良いものじゃないので」

そんな感じで野次馬根性出しまくりの店長の様子を呆れたように眺めつつ、椅子に座ってくつろいでいた冴香は、ふと「そういえば」と、ひとつ思い出すことがあった。

「……店長。ちょっと気になったことが」

「ん？　何かな？」

「先日久坂さんから、『店長に淫化蟲《いんかちゅう》を寄生させられた』と聞きました。そのとき、久坂さんには淫化蟲のことを、人間の男性を隷属化《れいぞくか》して精気供給装置にするためのもの、と説明したって聞いたんですけど……」

「ああ、うん。そのこと？」

いったい何を考えているのか。にやりと意地の悪い笑みを深める真由美を見て、冴香はじっとりとした、すこし責めるような視線を送った。

「嘘ですよね、その説明」

「そうだね」

その場に浩一がいれば目を剝《む》くような冴香の指摘を、真由美はあっさりと認めて頷いた。

「てか、よくそのあたりのこと知ってたね、冴香ちゃん」

「調べたんですよ」

罪悪感を欠片《かけら》も見せない真由美を前に、少し責めるような目で見ながらため息をつく冴香である。

淫化蟲自体があまり知られたものでもないので、冴香も浩一からその話を聞いた時にはあっさりそういうものだと飲み込んでしまったが。

その後、少し気になって大原《おおはら》家の書庫にあった歴史書をひっくり返して調べてみたところ、淫化蟲が生まれた経緯《けいい》は、聞いていた話とは全く正反対の性質のものだったのだ。

人間を隷属化する？　とんでもない。

人間に寄生し、宿主の精力を増強させるという点は間違いないのだが、実は淫化蟲は、ヒトとサキュバスの間を取り持つために作り出された存在だったのだ。

そもそもの話――サキュバスは、根本的にはヒトと相容《あいい》れない存在だ。

姿形が似通っているためにぱっと見はそうは思えないが、この2者の関係の実態は、要するにざっくばらんに言ってしまえば、「被捕食者」と「捕食者」でしかない。

サキュバスは、ヒトを見れば、まずその精気が美味しいかどうかを判断基準に見てしまう。美味しそうな精気を持つ相手を見れば、その精気をどうやって吸おうかをまず考えてしまう。

ヒトがトマトを見れば、その色合いやツヤで、美味そうかどうか、どうやって料理すれば美味しいかをまず考えるのと同じように。

そもそも――サキュバスの優れた容姿だって、それこそアンコウの頭部に備えられた提灯《ちょうちん》のように、人間の心を惑《まど》わし情欲を誘うための、いわば擬態でしかないのだ。

一般的なサキュバス像で思い描かれるような、角や羽根や尻尾が彼女たちに生えていないのもそのためである。

そんな不自然なパーツがない方が、人間の男に違和感を与えず誘惑できるから——それだけのことに過ぎない。

基本がそんな関係でありながら、しかし不幸なことに両者は同じ程度の知性を持ち合わせていて。そうであるが故《ゆえ》に、心を通わせてしまうようなことも、当然ながら起こってしまう。

人間の男と女が恋に落ち、愛を育《はぐく》むように、ヒトの心と体を模倣したサキュバスも、時として人間の男に恋をする。

でも、本気で心を通わせ、そしてそれ以上の関係に進もうとした時——サキュバスが生来持っている、人間の生命力を糧《かて》とする性質が、何より大きな壁となって立ちふさがってしまう。

サキュバスにとってのセックスとは、あくまで単なる捕食行動であるからだ。

本気で愛せば——本気で肌を重ねれば、相手の男の生命力を吸い尽くして殺してしまう。

どれだけ心では恋しようと、サキュバスは人間の男に本気で入れ込むことを許されない。

有史以来、歴史のなかでそんな悲劇が何度となく繰り返されて。

そしてある時、そのジレンマに苦しんだ1人のサキュバスが、自分と同じ苦しみを味わう同族が2度と生まれないようにと作り出したのが、淫化蟲という魔法生物だったのだ。

宿主の精力を増強させ、そしてサキュバス好みの、サキュバスが虜《とりこ》になってしまうほどの美味しい味わいの精気を生み出す「別の何か」に変えてしまう寄生生物。

これを寄生させれば、どれだけサキュバスと愛を育もうが、精気を吸い尽くされて死ぬことはない。そしてサキュバス側も、その極上の精気の味の虜になって、「昨日はカレーだったから今日はラーメン」みたいなノリで浮気をして、男を裏切ることもない。

いささか荒療治《あらりようじ》ではあるが――少なくともそんな、切実で前向きで、そして優しい理由で生まれたのが淫化蟲なのだ。

だというのに、なぜ真由美は、全く正反対の嘘をついたのか。

「だって、その方が楽しいじゃない？」

「……楽しいって」

「特に理由はないよ。単純に慌てふためく久坂くんが見てて可愛かったからっていうのと……あとはまあ、美亜ちゃんには、実際の事情を伝えたくなかったんだよね」

「それはまた……どうして」

「んー……えっとね。……まあ、いいか」

珍しく、少し悩むようなそぶりを見せた後、小さくため息をついて。

しかしすぐに真由美はいつもの感じの気軽な笑顔を取り戻して、しかしとんでもない事実を口にしたのだった。

「実はね……久坂くんの淫化蟲、あたしが寄生させたってこと自体、真っ赤な嘘」

「……え？」

言いながら真由美がひらりと手を振ると、何もない空間からグロテスクな虫が姿を現した。

しかもそれは、なぜか羽根もないのに、空中に浮いている。

「これね、単なる幻術」

そして次の瞬間——もう1度真由美が手を振ると、今度は元から何もなかったかのように、すうっとその虫っぽい生物は、音もなく、跡形もなく消えてしまった。

「ど……どういうことです？」

「こーいち、ずっと前から、すごい美味しそうなにおいしてた」

呆気にとられる冴香の横から、それまで黙りこくっていた凜が、急に口を挟んできた。

「あ、やっぱり凜ちゃんは気付いてたんだ。さすが高貴の血筋」

「ん……前々から、ずっと気になってた」

自信満々に頷く凜の言葉に、そういえば、と冴香も思い出す。

確かに言われてみれば、浩一の全身から普段から放散されている精気に、シャロンで仕事を始めた前後で目立った違いはないような気がする。

いざ「調教」を受けて、改めてその精気の美味しさを味わって、淫化蟲に寄生された男の精気とはこうまで魅力的なものかと驚愕《きょうがく》したのは確かだけれど……むしろその衝撃のせいで、そのあたりのことまで意識が回らなかったのだ。

しかし——これはいったい、どういうことなのだろう。

飲み込めない表情をする冴香を、真由美はことさらに可笑《おか》しそうに眺めながら、事の次第を説明してくれた。

「多分ね、ずっと前から……すっごい子供の頃から、久坂くんには淫化蟲が寄生してたんだよ。この街にかけられた幻術が効かなかったのも多分そのせいだね。アレ、人間にしか効果がないから。淫化蟲に相当侵食されてた久坂くんは対象外って認識されたんでしょ」

「……」

それは。つまり——要するに。

「……確か淫化蟲って、人間の男性に寄生するタイミング、決まってましたよね」

「そだね。サキュバスが自分の意思で誰かに寄生させるか……あるいはサキュバスが本気で誰かに恋した時点で、それを察知して自動的に対象に寄生する……って感じかな」

「…………」

いったいどのタイミングで、と言いかけて、しかしそんなもの、考えるまでもない。

現時点で、久坂浩一が関《かか》わりを持っているサキュバスは、美亜と美亜の母親、凜、冴香、そして真由美の５人だけ。

一番最近知り合った真由美は論外だし、冴香と凜は当然同時期から浩一と付き合いを持っているが、冴香の覚えている限りでは、知り合った当初から彼には何も変化なかったはずだ。美亜の母も、特定個人に入れ込むような人ではないらしいので、対象外。

となると——浩一が淫化蟲に寄生されるきっかけとなった人物は、１人しかいない。

綿谷美亜。

そして、サキュバスとして未熟もいいところの彼女が、誰かに淫化蟲を寄生させる術《すべ》など知るはずもない。知っていたとしても実行する力もないだろう。

つまり——自分ではまったく認識できていないけれど。

美亜は、浩一のことを男の子として意識していて。

そうして、自分でも知らないうちに、彼に淫化蟲を寄生させてしまっていたのだ。

それも、多分、ずっとずっと昔――子供の頃に。

「……やっぱり、それ、本当のこと全部言った方が良かったんじゃ」

「うん、それは駄目」

「何でです」

「美亜ちゃん人が好《い》いからね。真実知ると……責任感じちゃって、久坂くんから距離取ろうとしちゃうかもしれないし」

「………」

確かにそれは、その通りだ。

自分で知らなかったこととはいえ、美亜が原因で浩一の身体を変質させてしまったのは事実なわけで。そしてエロが苦手な浩一にとって、それは決して歓迎できるものではないはずで。

「だからね、そんな経緯がどーでも良くなるくらい、もっとも一っと、2人が親密になってからじゃないと、本当のことを言うのはちょっと酷かな……ってね。そう思ったんだよ」

「……結局ちゃんといろいろ考えてるんじゃないですか、2人のこと」

「あはは、うんまあ、それなりには、ね」

少し安堵《あんど》したようなため息をつきながらの冴香の言葉に、真由美はらしくなく、ちょっと恥ずかしそうに笑った。

だけどその最後、真由美はふいっと目を逸《そ》らしてしまって。

その妙に気まずそうな仕草に、いったい何だろうと首をかしげて——冴香はふと、ひとつ不自然な点があることに気がついた。

「……いや、あれ？　ちょっと待ってください。そのこと初めから知ってたなら、じゃあ、なんで久坂さんに私達の調教役なんて仕事を依頼したんですか」

「だって……恋は多少の障害があった方が燃えるじゃない？」

「いやそれ多少じゃないですし、お嬢様と私、完全に当て馬じゃないですか……！」

「いいじゃん別にー。堅いこと言わないでよ。久坂くんが調教役に適任なのは事実だし。それにあたしの立場からすれば、そろそろあんた達にもきちんと更生してもらわなきゃ困るし。どうせ、久坂くんとくっつきたい、って気持ちは冴香ちゃんにはさらさらないんでしょー？」

「それは……っ　そうです、けど」

意地悪な物言いをされて、何故か歯切れが悪くなってしまう冴香だった。

「凜ちゃんはどう？　気分悪くさせちゃった？」

何とも言えない表情を浮かべる冴香を尻目に、真由美は今度は、これまでずっと傍観者《ぼうかんしゃ》に徹していた凜に話題を振った。

ぼんやりした仕草をすることが多い凜だが、むしろ頭の回転は速い方だ。

今までの話を理解していないはずはないのだが……しかしそれでも、凜は別段気分を害した様子はない。

「凜は……好きとか、恋とか、よくわからない」

小首をかしげながら、ただただぼんやりと、凜はそう口にした。

「でも、美亜ちゃんがこーいちのこと好きなら、いいんじゃないかとおもう。恋人になるまでに凜はえっちなことしてもらって、凜がふつーのサキュバスになれば、じゃまにならないし」

「……」

要するに凜としては、当て馬上等、ということだ。

彼女の世話をする身の冴香としては、どうしても苦々しい顔になってしまう。

サキュバスとしてはそう間違った台詞でもないかもしれないが、凜の場合は単に性的なものに対する無関心からそう発言しているだけだ。

何より、サキュバスであっても現代日本の日常の中で生活する身である。

こんな考え方を持っていて、この先このお嬢様は大丈夫なのだろうかと、そう思わずにはいられない。

「まあ、もし上手《うま》くいかなかったらあたしが久坂くんをゲット！　とか考えてたのは事実だけどねー。あははははは」

「……やっぱ店長、最悪です」

「なあに言ってんの。あんな素敵な精気野放しにするわけないじゃん……って、ありゃ」

勝ち誇ったように笑い声を上げた後、何かに気付いた様子で真由美は窓の外に目をやった。

釣られて冴香も窓の外に視線を向けて、僅かに顔をしかめる。

「雨だ……」

凛の言葉通り、気持ちよく晴れていたはずの外はいつの間にか薄暗くなり、しとしとと降りだした雨粒が、窓ガラスを濡らし始めていた。

先に降り始めた小雨《こさめ》に少し遅れて、今度は窓の外が激しく明滅。間を置かず大きな雷の轟音が激しく鳴り響いた。

にわか雨だ。予報では終日晴れると言っていたはずだが。

「運が悪い……」

せっかくのデートなのに。なんと巡り合わせの悪いことか。

すこし気の毒そうに思う冴香の横で、しかし真由美は「んーん、そんなことないよ」と相変わらず余裕の表情を浮かべていた。

「むしろこれは、好機だね。面白くなりそうだ」

それはいったい、どういう意味か。

窓の外を眺めながら呟《つぶや》く真由美は、やはりどこか愉快そうに笑みを深めていた。

◆

昼ご飯をおいしく完食して。そのままベンチで思い出話に花を咲かせたりして。

その後浩一たちは予定通り、借りっぱなしになっていた本を学校に届けようと移動を開始したのだが——そのタイミングでいきなり雷が鳴り始めてしまった。

傘を用意しようにも近くにコンビニの類は全くは無し。

いつの間にか空は完全にどんよりと曇ってしまっていて、頬に触れる湿気にこれはまずいと学校に向かってダッシュするも、結局全然間に合わず。雷はすぐに止《や》んだが、代わりにバケツをひっくり返したような土砂降りの雨が降りだして、学校に着く頃には２人は濡れ鼠《ねずみ》になってしまった。

「あー……ひどい」

「あはは、びしょびしょんなっちゃったねぇ……」

下駄箱に駆け込んで、鍵《かぎ》を借りて資料室へと転がり込んで。そこでようやくひと息つく。

「本は？　大丈夫？」

「それだけは死守したけど……あとは割と全滅かなぁ」

言いながら、濡れた服が身体にへばりつく不快感に、２人揃《そろ》って呻《うめ》き声を上げた。

雨に降られたのはせいぜい5分くらいの短い間だったが、だいぶ雨脚が強かったせいで下着まで完全にぐっしょりだ。

ため息をつきつつ浩一が窓の外を見ると、雨の勢いはますます強くなっている様子。

「……すごいにわか雨」

グラウンドには練習に来ているはずの運動部の姿は既《すで》になく、さらにその向こう、フェンスの先にあるはずの街並みは、雨のベールで霞《かす》んで、ほとんど見えなくなってしまっている。

食事をしていた頃には日照りに熱く火照《ほて》っていた空気も、今や雨水に晒《さら》されて、ほんのり肌寒さを感じるほどになってしまっていた。

この調子ではまだまだ止みそうにない。

「……ちょっと冷えてきた」

「う、わたしも……」

しばらくここで雨宿りするのは良いとして、問題は濡れた身体をどうするかだ。

持ってきたハンカチも服と一緒にぐっしょくしょ。

絞《しぼ》りながら何とか水気を拭《ぬぐ》ってみるも、服を着たままでは拭える範囲も限られるし、ほとんど焼け石に水である。

「タオルとか……持ってきてないよな」

「流石《さすが》に持ってきてないよー」

「……ですよね」

顔を見合わせ、揃ってため息をつく。

（あー……参ったな）

正直内心、気が気じゃない浩一だった。

目のやり場に困ってしまう。

何せ、美亜の着ているブラウスは薄い生地《きじ》なので、雨に濡れ、もう完全に服としての機能を果たせなくなっていたのだ。

湿った生地がへばりつき、その下の肌が言い訳しようもなく透けて見えてしまっているし、更に言えば、男の子が見てはいけない白い下着の形もはっきり浮き出ていて——もう浩一はまともに美亜の方に顔を向けていられなくなってしまっていた。

とはいえ、どうしたものか。

このままでは2人とも風邪《かぜ》をひいてしまう。

となれば——残された選択肢はそう多くない。

「……しかたない、服、脱ごう」

「へ？」

「や……だってこのままじゃ風邪ひいちゃうだろ？　だからさ、本棚挟んで反対側同士で服脱げばお互い見えないし。まずはしばらくそれで身体乾かそう」

「あ、ああ……そういう手があったかー……うん、まあ。確かにそれしかないよね」

苦笑しながらも、拍子抜《ひょうしぬ》けするほど素直に美亜はそう頷《うなず》いてきた。

もうちょっとこう……恥ずかしがるとかあってもいい気がするが。まあ、もともと浩一の前で普通に着替えを始めるような子なので、今更と言えば今更なのかもしれない。

ともあれ、とにかく、そうと決まれば善は急げだ。

誰かが資料室に入ってくると大問題なので、とりあえず鍵は閉めて。

本棚を挟んで陣取って、2人は揃って服を脱ぎ始めた。

「う……」

水気を含んだ服が、重いしへばりつくしで気持ち悪い。

シャツを脱ぎ、ズボンを脱ぎ、靴下も引っぺがすように足から引き抜き、全部乾きやすいように、傍《そば》にあったパイプ椅子にかけていく。

「……」

そうして次々に濡れた服を脱いでいって、最後に残るのはトランクスだけ。

ここは美亜からは見えない位置にあるとはいえ、やっぱりいろいろ気まずいものはあるが
——

（ああもう……ままよ）

意を決して浩一はトランクスも脱ぎ捨てて、資料室で完全無欠の全裸になった。

いつも利用している資料室で全裸。

何だかヤバいことをやらかしてしまった感があるが、背に腹は代えられない。

「……なんか」

そのタイミングで、浩一と同じく服を脱いでいるはずの美亜が、ぼそりとした声を上げた。

「その、ちょっと……恥ずかしいかも」

「そ、そういうこと言うなよ、こっちも恥ずかしくなるじゃんか」

「だ、だって。そりゃ……ハダカだし……こんな場所だし……」

どうやら向こうも脱ぎ終わったらしい。

妙に弱ったような、彼女らしくないしおらしい台詞《せりふ》に、ドキッとしてしまった。

（……ああ、くそ）

心の中で悪態をつく。

自分の意志の弱さがつくづく嫌になる浩一だった。

そう——浩一は一瞬、考えてしまったのだ。

自分はこの通り全裸になってしまったが、美亜はいったい、どこまで脱いだのだろう、と。

ブラウスとかスカートとか靴下なんかは、まあ普通に脱いでいるだろうが。では他の場所はどうだろうか。

ブラとショーツはどうなっている？

やっぱり恥ずかしいからそのまま？

それとも「いくらなんでもそこだけは」ってことでブラだけ脱ぐ？

あるいは——「どうせ見られるものじゃないし」ってことで、全部脱いでいたり？

（……アホか俺。死ね。ホント死ね）

自分自身を罵倒《ばとう》する。

ついつい数週間前までは、美亜が服を脱いでもこんな感覚になることなんて全然なかった。

それこそ、目の前で服を脱がれても「みっともない」という気持ちが先に立ってしまって——欲望を覚えるとか、そんなことは微塵《みじん》もありはしなかった。

だからこそあんな距離感で、目の前で着替えられるようなことがあっても、幼馴染《おさななじ》みであり家族であるという関係性を、今まで2人は維持できていた。

それが今や、どうだ。ご覧の有様である。

美亜の肌を想像するだけで、ムラムラしてしまう。

触ったらどんな感触なんだろうとか、どんな反応を見せてくれるのだろうと、そんな最悪で下卑《げび》たことをどうしても考えてしまう。

全部、シャロンでの仕事のせいだ。

冴香に触れて、真由美に触れて。

女の子の身体に触れることがどういうことかを、身をもって知ってしまったから──

「……あ、あのさ。浩ちゃん？」

「お、おう!?」

よりにもよって、絶妙に過ぎるそんなタイミングで美亜から声をかけられて、浩一は素《す》っ頓《とん》狂《きょう》な声を上げてしまった。

「な、なに？　どした？」

「や、なんていうか、その……あの、ね？」

で、何か言いたいことがあるはずなのに、彼女は異様にもじもじした様子。

相当躊躇《ためら》った様子でしばらく何事かをもごもごと呟《つぶや》いた後、おずおずと、何故《なぜ》だかすごく申し訳なさそうに、それでも彼女は、とんでもないことを尋《たず》ねてきた。

「もしかして浩ちゃんさ……いま、えっちなこと、考えてる？」

「………………な、え？」

「…………考えてる、よね？」

「い、いやっ、考えてない！　考えてないから！」

「う、ウソだよ！　今の台詞で確信した！　絶対考えてる！　浩ちゃんがそういう物言いする時は絶対考えてる！　そ、それにわたし、わかるもん！」

「な、何がだよ!?」

「こ、浩ちゃんの精気！　すっごい濃いの、伝わってきてるもん！」

「……へ」

しまった、と。浩一は思った。

そう。そうだった。

こういうことに関して、隠し事なんて出来るわけがないのだ。

何度も説明されたではないか。サキュバスは、男が性的に興奮した時に放散される精気を感じ取る、特殊な感覚器官を持っているのだと。

「ぐ、具体的にどういうこと考えてるかは分かんないけど！　すっごいえっちな気分になってるの分かるんだから！　てかもうこれ絶対、わたしとしちゃうこと考えてるでしょ!!」

「か、考えてない！　ていうかごめん！　なんか、ごめん！　正直その、ドキドキはしてるけど！　エロいことも想像しちゃったけど！　そこまで酷《ひど》いことは考えてないから！」

じゃあどのラインまでなら「酷い」ことじゃないのかという疑問はさておき。

エロいこと考えたのは事実なわけで、程度の問題じゃないと言われたらそこまでなのだが、
それでも男として、美亜の幼馴染みとして、そこは譲れないとばかりに力説する浩一だった。

だけれど、美亜は全然納得してくれなかったようで。

「う、うそだよ！　絶対ウソ！」

「なんでそんなこと断言できるんだよ!?」

「だって、なんかその……その……」

そこでしばし恥ずかしそうに言いよどんだ後、彼女はやけくそのように言い放ってきた。

「だって！　真由美さんと浩ちゃんがえっちなことしてた時より、精気、すっごいもん！」

「…………え」

それは。いったい、どういうことか。

「え、うそ、だって」

「だって、って何よ！　だってってって！」

だって、美亜でえっちなことを妄想《もうそう》したのは事実だけれど。

でも真由美に「指導」を受けた時の方が、今の妄想よりずっと過激なことをしたわけで。

なのに、あの時よりよほど濃い精気を放ってしまっている？

（……あ）

何で？　と思いかけて――でもすぐにその理由に気がついた。

そんなの、決まっているではないか。

美亜だからだ。

どうでもいいと思っている相手とのどんな過激なエロ行為より、好きな相手のちょっとしたエロい姿を妄想する方が、そんなの、何倍もドキドキするに決まってる。

（マジか……マジか俺……）

よりにもよってこんな形で、自分自身の彼女への気持ちを、改めて客観的な形で突きつけられるとは思ってもみなかった。

ホント……間抜けもいいところ。

そしてそんなふうに打ちひしがれる彼をよそに、しびれを切らしたように、隣の方で何かが動く気配があった。

「もう……ホント無理」

聞こえてくるのは、ぼそりとした、もう我慢の限界と言わんばかりの、そんな呟き。

「み、美亜？」

「もう、駄目！　無理！　もう我慢できない！」

明らかにやけっぱちのそんな台詞を美亜は言って。どうしたんだと浩一が聞く前に、あろうことか彼女は、本棚の陰から浩一の目の前に姿を現した。

「な、み、美亜!?　なにして……」

さすがに狼狽《ろうばい》してしまう。

だって美亜は——下着一枚も着けていない、正真正銘の素っ裸になっていたから。

彼女は、大事なところを隠そうともせず、ただただ激情に耐えるかのように、両の拳を強く握りしめ、浩一を睨《にら》んできていた。

顔を真っ赤にして。今にも泣きそうになって。

くやしそうな、ふてくされたような表情で、頬を大きく膨《ふく》らませて。

そして——何より無視するわけにいかないのが、彼女の滑らかな下腹部まわり。

へそのもう少し下の辺りの白い肌に、薄ぼんやりとしたピンク色の、複雑な模様のようなものが浮き出ていたのである。

それは先日、真由美とえっちなことをした時に見たのと同じものだ。

淫紋《いんもん》。

サキュバスが本気で発情した時におなかに描かれる、魔法の模様。

「もう駄目、無理！　我慢できない！　こんなの、こんなの反則過ぎるもん！」

呆気《あっけ》にとられる浩一に対し、彼女は喚《わめ》くように、そんなことを繰り返して。

そして何を思ったか、彼女は浩一にタックルするように詰め寄って、そしていきなり、ぎゅううううっと、強く強く抱きついてきたのである。

「な、え。え……っ!?」

美亜のその行動には、浩一でも流石に混乱せずにはいられない。

僅《わず》かに雨の香りの漂う肌を押しつけられる。

その柔らかさ、温かさが伝わってきて、もう浩一は気が動転するばかりだ。

（やばい、やばい、やばい、やばい……っ）

困り果てた浩一に対し、彼女は瞳を潤《うる》ませ、懇願《こんがん》するような視線を向けてきた。

「……ね、浩ちゃん。もういいじゃない？　もう勘弁してよぉ」

そして美亜は――きゅっと唇を結んだ後、震える声で、確かに言ったのである。

まるで、許しを請《こ》うように。

「わたし……浩ちゃんと、えっち、したい」

◆

「み、美亜……？」

「いいじゃない、もう我慢なんてまっぴらだよ。ね、ね？　えっちしよ？　いっしょにいっぱい、きもちいいこと、しよ？」

美亜は、そんな懇願を、切なげに繰り返してくる。

けれど、彼女が口にすべきではないその台詞に、浩一はどう反応すればいいか分からない。

「あ……え。な、なんで。そんないきなり」

「なんでって、いきなりって！　いきなりじゃないし！　こんなすごい精気出しといてひどいよ浩ちゃん！　こんなの嗅《か》がされたら……わたしだって、我慢できるわけないじゃない！」

そう。そうだった。

確かに真由美は言っていた。浩一の放散する精気は、ものすごい強力な媚薬《びやく》作用があると。

だからこそ大したテクニックもないのに冴香への「調教」や、真由美との「指導」の場で、彼女たちを絶頂まで導くことが出来ていたのだろうし——そもそも元はと言えば、そんな彼の特性が、こんな役割を依頼された一番の理由になっていたはずで。

正直なところ、その効果についてあまり実感がなくて、今まで半分くらい「実は担《かつ》がれてるんじゃないか」とか半信半疑になっていた浩一だったのだけれど。

でも、そんな希望的観測は、あまりにも甘すぎるものであったらしい。

だって——見るがいい。

あれほど強硬な姿勢で、誰かとえっちなことをするのを拒否していたはずの美亜が、今、こうしてこんなおねだりをしてきている。

見たことのないような切なげな顔をして、裸のまま抱きついて、行為を望んできている。

「ね、お願いだよ浩ちゃん、ね、ね？　えっちしよ？　もうホント駄目なの、あたまおかしくなりそうなの。ね、みんなにもえっちなことしたんでしょ？　だからわたしにもしてよ、助けてよお。何してもいいから。何だってしてあげるからぁ。ね、お願い、お願いだからぁ」

「み、美亜……」

たたみかけるような彼女の台詞に、浩一はますますついていけなくなるばかりで。

でも──しかし。

「だから、ね？　浩ちゃんのおちんちん、ちょうだい？」

「…………──ッ!?」

──しかし、最後に美亜が口にしたその言葉に、冷や水をぶっかけられた気分になった。

今、彼女はなんて言った？

おちんちん──おちんちんが欲しいって、そう言ったか彼女は!?

ありない。こんなの絶対おかしい。

『だってその、えっちなことっていたら……その、アレが、アレが身体の中に突き刺さるんだよ!?　おなかの中にだよ!?　なにそれ串刺しじゃん！　干し柿じゃないんだから！　イモリの串焼きじゃないんだから！　怖いってそんなの！　死んじゃうって！』

あまりにも衝撃的だったので、もう完全に一言一句覚えてしまっている。

そんなことを大声で主張してしまうくらい、彼女は男性器というモノが苦手なのだ。

彼女のその主張は、自分がサキュバスであることを告白するのにあれだけ羞恥《しゅうち》と躊躇《ちゅうちょ》を覚えていた美亜が、思わずそう絶叫してしまうほど、彼女の中で強固な恐怖心となっていたはずで。

なのに今、美亜は、情欲に任せて、それほど怖がっていたはずの男性器を欲しいと言った。

まるでそれが、ものすごく魅力的なご褒美《ほうび》であるかのように、おちんちんを欲しいと。

こんなの間違ってる。

こんなの絶対変だ。明らかに、今の美亜は正気じゃない。

おそらくこれも、サキュバスが飢餓《きが》状態に陥《おちい》って起こる変化のひとつなのだろう。

同時に、だから浩一は確信した。

駄目だ。駄目だこんなの。流されたら、絶対駄目だ。

「……しないよ。絶対しない」

思わず抱きしめ返そうとしていた両腕を引っ込め、強く拳を握りしめて。

腹に力を込めて、美亜を真っ直ぐ見て、決然と浩一はそう宣言した。

「なんでよぉ、1回くらいしてくれたっていいじゃないっ」

「なんだよ1回くらいって！　ああもう決めた、今日は絶対しない！」

浩一のその言葉に、美亜はいよいよ余裕をなくしたのか、ほとんどキレ気味に喚いてきた。

「何でよ意地悪！　てか、てかてか、なによ浩ちゃん！　よく見たら勃起《ぼっき》してんじゃん！　めっちゃ勃起してんじゃん！　だったら別に我慢しなくていいじゃん！　したいんでしょ？　浩ちゃんだってえっちなことしたいんでしょ!?」

「だあもう、勃起とか女の子が軽々しく口にしてんじゃねーよ!!」

美亜のトンデモ発言に、思わず浩一も大声で叫ぶような口調で突っ込んで。

それでもう——何だか、浩一の中で何かがぶち切れた。

「そりゃ正直、俺だってな！　美亜ちゃんとしたいよ！　めちゃくちゃえっちしたいよ!!」

思わず、子供の頃に使っていた「ちゃん」呼びを使ってしまったが、もうどうでもいい。

最近は恥ずかしさもあって呼び捨てにすることも多いが、そもそもむしろ、浩一にとっては、昔から馴染んだ「美亜ちゃん」呼びの方が自然なのだ。

「ていうかな、もう最近、ずっとエロいことしたいの我慢してたんだぞ、俺!!」

シャロンで仕事を始めるようになって。

冴香や真由美とえっちなことをするはめになって。

そんな生活の中で、浩一はひとつ、気がついたことがある。

楽しくなってしまっていたのだ。

えっちなことをすることが。女の子を気持ち良くさせることが。

気がつけば自分から、ものすごく積極的に、冴香や真由美のえっちな場所を触るようになってしまっていた。えっちな行為の回数を重ねるたびに、彼女たちをどうすればより気持ちよくよがらせられるか、そのことを真剣に考えるようになってしまっていた。

認めたくないけれど。罪悪感が一緒について回っているのも事実だけど。

でもそれでも、そうやってえっちなことを楽しんでしまっているのも、紛《まぎ》れもない真実で。

そして——だからこそ、最終的に欲求が美亜に向かってしまうのも、当然のことだった。

「もうバレてるかもしれないから全部言っちゃうけど！　ちょっと前から普通に思ってたからな！　美亜ちゃんのおっぱい気持ちよさそうだなーとかいい匂《にお》いだなーとか、あわよくばえっちなコトできたらいいよなーとか！　それだけじゃなくって、俺、美亜ちゃんのいないところでめちゃくちゃいろんな妄想してたからな!?　学校でそういうのしたり！　通学路の路地裏でそういうのしたり！　『シャロン』の更衣室でもそういうコトできたらいいなーとかふっつーに想像してたからな!?」

つまるところ——そういうことなのだ。

えっちが嫌いというのは、単なる方便。

スケベで、イヤらしくて、そんなあさましい自分を認めたくなくて、理性で反発したからそういう物言いになっていただけ。

えっちなことは、実は大好き。でもそんな自分は大嫌い。

そんな責任転嫁《てんか》の末の——「えっち嫌い」。

「だったらいいじゃない！　えっちしようよ！」

「ちっげーよ！　だからこそ駄目なんだ！」

今日一番の大きな声で、美亜のおねだりを拒絶して。

大きく深呼吸をして、改めて自分の考えを整理しながら、ゆっくり言葉を紡《つむ》いでいく。

「……さっき言ってたような妄想ってさ。結局ただの身勝手な願望だろ。美亜ちゃんの気持ちとか全然考えてない、俺の欲望しか考えてないもんだろ。だっていうのにさ……俺、いざ美亜ちゃんとそういうことする関係になったら、多分、絶対我慢出来なくなる気がするんだ。歯止めが利《き》かなくなって、妄想したこと全部したくなる。嫌なんだよそんなの。だってそんなの……美亜ちゃんに、自分の欲望押しつけてるだけになっちゃうじゃん」

何せ大してえっちしたくもない冴香や真由美相手でもあれだけ興奮してしまったのだ。好きな女の子とそういうコトしちゃったら——どうにかなってしまうに決まってる。

自分の欲求を自覚したからこそ、それは確固たる確信として浩一の中にあった。

「でもわたし、浩ちゃんだったら、何でも受け入れられるよ？　だって浩ちゃんだもん」

「だから違うって！　逆だよ逆！　だからこそなんだよ！　親しき仲にも礼儀ありだよ！」

確かに、今から実際にそういう行為をするとして。その最中にどんなどす黒い欲望を美亜にぶつけたとしても、彼女ならそれを受け止めてくれるだろう。

今の関係のままでセックスまでしてしまっても、浩一と美亜の関係なら、例えば一緒にお風呂に入ったり、くすぐり合いっこをしたり、そういったスキンシップのひとつとして処理することは、多分、容易なことなのだ。

それだけの積み重ねが浩一と美亜にはある。

でも、そんなの、浩一自身がイヤだった。

「だって今の美亜ちゃん、普通じゃないじゃないか！　今最後までやっちゃったら、単に美亜ちゃんを性欲のはけ口にすることになっちゃうだろ！　そんなの絶対イヤだからな、俺！」

そこまで言って、1度、ひと呼吸を入れて。

そうして——全身全霊で腹の奥に力を込めて、浩一は思いをぶちまけた。

「だから！　そういうことするなら！　ちゃんと責任持ちたいって言ってんだよ！　まともでいる時の美亜ちゃんと、ちゃんと合意の上で、そういうことしても誰からも咎《とが》められない、誰にでも胸を張れる関係になってからしたいんだ!!」

あるいは、——その浩一の台詞が、何かのきっかけになったのか。

——ぱきん、と。何かが割れたような音が、どこかで聞こえたような気がした。

「………………」

浩一の言葉に、美亜はしばらく、惚《ほう》けたような、間の抜けた表情を浮かべて。

「……ぁ」

ふいに何かに気付いたように、今日一番の恥ずかしそうな、耳まで真っ赤にした顔を逸《そ》らしてしまった。

「…………あの、えと」

美亜の表情は、さっきまでの熱に浮かされたようなものとはうって変わったものだった。

恥ずかしくて、どうしていいか分からなくて、なんだかめちゃくちゃテンパっている。

同時に彼女から放散されていた淫靡《いんび》な雰囲気も、どこかに霧散《むさん》してしまったようにも思えた。

どうやら美亜は、理性を取り戻したようだ。

無論、それも一時的なものに過ぎないだろうが――

「その……」

挙動不審にそわそわと、逃げ場を探すように視線をさまよわせる美亜。

そんな彼女の様子を見て――浩一自身も今更のように、自分が何を口走ったか気がついた。

『最後までするなら、ちゃんと誰にでも胸を張れる関係になってからしたい』とか。

そんなの、もう完全に告白をしてしまっているようなものではないか。

けれど後悔しても、何もかもがもう遅い。

そして――その言葉が何を意味してのものなのか。当然、もう美亜が理解しないはずもなく。

「……………浩ちゃん、てさ」

「な、何だよ」

「ときどきさ、すっごい恥ずかしいこと言うよね。このタイミングでそういうこと言う？」

「ご、ごめん……」

「……もお」

そんなことを言う美亜も、ひどく動揺して、いじけたような口調だった。

上目づかいで見せるのは、ちょっと拗《す》ねたような表情。

美亜は何事か言いかけて、しかし結局何も言うことはなく。自分の気持ちの処理が追いつかないのか、しばし視線を彷徨《さまよ》わせ、そして小さくため息をついて。

心底困ったように、途方に暮れたように顔を赤くしたまま俯《うつむ》いて。

そうして——しばしそのまま固まったあと。

美亜は「うん」と小さく頷き、何かを決心したようだった。

「あ……あのさ、浩ちゃん」

改まった表情で、浩一の方を振り返って。

恥ずかしくて堪《たま》らなくて、顔を逸らしたくなるのを必死にこらえている様子で。

それでも浩一の方を真っ直ぐ見ながら、美亜は言ったのだ。

「わたしね、最後まではしなくていいから……やっぱり浩ちゃんと、えっちなこと、したい」

「……美亜ちゃん？」

「あ、あのね？　わたし……浩ちゃんがそういうこと考えてくれるの、すっごい嬉しい。だからね……わたしも、浩ちゃんの言うとおり、浩ちゃんと最後までするなら、胸を張れる関係になってからがいいなって思った。最後までする時は、その……ちゃんと、２人とも納得できる形で、最後までやりたいなって思った」

そうすれば、一時のあやまち、単なるスキンシップの延長ではなく。

浩一としか出来ない特別な行為として、一生に1度の思い出を作ることが出来るから。

「でもほら、わたしサキュバスじゃん？　このままだと、いつまた暴走するか分かんない。だからね？　その……わたしが暴走して、間違ったタイミングで浩ちゃんと最後までしないように……その……」

「…………」

なんて無茶な理屈だろう。

ちゃんと2人が、いつか心から互いを求め合って、後悔しないセックスをするために。

勢いでセックスまでしちゃわないために、セックス未満のえっちをする。

それが一般的な目から見れば、どんな不自然なものか分かっている。

浩一は人間で。美亜はサキュバスで。だから2人は、こんなにも関係が歪《ゆが》んでしまった。

けれどそれでも、こうして2人で本音をぶつけ合って、そしてこれから進むべき道を2人で導き出せたなら——それもまた、ひとつの答えだ。

「……わかった」

ようやく——心の底から決心をすることが出来た気がする。

しっかり美亜の目を見て、浩一は力強く頷いて。

一方で美亜の方は、やっぱりものすごく恥ずかしそう。

決然とした浩一の態度で、とうとう逃げ場がなくなったことを悟ったようで、ひどくおどおどした態度をとり始めた。

「あの、えっと。でも、でもね？　わたしこういうの初めてで、恥ずかしいし……それにやっぱり、ちょっと怖くて」

そんな前置きをしたあと。

「だから……優しくしてね？」

美亜が続けて告げてきたお願いの言葉に、浩一は、つくづく思うのだった。

ああ——これは、敵《かな》わない。

やっぱりこいつは、サキュバスだ。

えっちで、男の子を惑《まど》わさずにはいられない女の子だ、と。

◆

雨はまだ上がらない。

それどころか、窓の外は、分厚い雲に覆《おお》われてますます暗くなり、雨の勢いもどんどん増して、グラウンドが沼地のようになっている。

街の喧騒《けんそう》は、それ以上に騒がしい雨の音にかき消され、もはや全く聞こえない。絶えず雨音がして、それ以外の物音が耳に届かないためか、むしろ世界全体が静まりかえって、時の流れから自分たち2人だけが取り残されたような、そんな感覚すらあった。

無論、そんなの気のせいだ。

今日だって運動部の連中が練習に来ていただろうし、だから雨から逃れるため、自分たち以外にも少なくない数の生徒が校舎の中に避難して、雨が上がるのを待っているはずだ。

そんな中で、浩一はえっちなことをするのである。

幼馴染みの綿谷美亜と。家族同然の女の子と。

「……え、えっと」

流石にいつも座っているソファを使う気にはならなかった。

まだ身体は完全に乾いていないから、場合によっては下手《へた》をすれば汚してしまうだろうし

——何よりえっちをした、そのソファに誰かが座るのが、何となく嫌だったから。

なので、窓の外や資料室の入り口付近から自分たちの姿が見えないように、本棚の並ぶ奥の方へと、とりあえず移動してみたりして。

ただ、そうやって場所を変えてみたはいいけれど。それからどうすればいいかといえば、全然分からなくなってしまって。

浩一は前を隠して。美亜も胸元と股間《こかん》を隠して。何もせず向かい合って立ち尽くしていた。

傍目《はため》からは、なんとも間抜けな構図に見えることだろう。

「……ね、ねえ」

目を逸らしたまま、美亜が耳まで真っ赤にして口を開いてきた。

「あの、ね？　わたし……えっちなこと、全然やったことないから。その……浩ちゃんに、リード、してほしいんだけど」

「リードって、言ったたって」

「だ、だって、そういうの、お仕事でしてるじゃん」

「………そりゃそうだけど」

確かに美亜の言うとおりではあるのだけれど。

冴香の身体も、嗜虐《しぎやく》系のプレイの一環とはいえ何度も触ったことはあるし、ノーマル系の男女のえっちについても、つい一昨日、真由美にレクチャーを受けたばかりだけれど。

でも、だからこそ、浩一はどうしていいか分からなかった。

だって、美亜なのだ。

大事な大事な、幼馴染みの女の子なのだ。

彼女の身体は、今まで通りの気分で触れてはいけないような気がする。

でもだからといって、いつまでもこうしているわけにもいかなくて——

「………っ」

意を決して伸ばされた指先を前にして、美亜がきゅっと目をつぶる。

それは果たして羞恥によるものか、それとも性的な行為に対する恐怖からなのかは分からない。

だから浩一は、できるだけ優しく、できるだけ優しくと、心の中で何度も繰り返しながら、まずは胸元とかのデリケートな場所じゃなく、二の腕に指を這《は》わすことにした。

「………あ……う……っ」

けれどそれだけのことで美亜はぴくりと肩を震わせ、唇から恥ずかしげな吐息《といき》を漏《も》らす。

「……」

やばい。

そんな僅《わず》かな美亜の反応に、浩一も異様にどぎまぎしてしまう。

恥ずかしそうに口を噤《つぐ》みながら、それでも甘い声を我慢できない様子の美亜。彼女のそんな初々《ういうい》しい仕草に、浩一はもう、完全に心が奪われてしまっていた。

だから——次なる一手は、ほとんど無意識のもの。

指先を動かし、二の腕から肩を撫《な》で、そして首筋に。

「う、……っ　んぅ……っ」

くすぐったそうに微《かす》かに身をよじる美亜。

しかしそれでも、彼女に嫌がる様子はない。少なくとも明確な拒絶の意思は感じられない。

初めての性的な接触に驚いているようではあったが、それでも彼女は、浩一の愛撫《あいぶ》を、健気《けなげ》に、必死に受け止めようとしてくれている。

「は。……ふ」

しばらくそんな触れ合いを続けていくうち、美亜の様子も、だんだん変化してきた。

多分に緊張を孕《はら》んでいた息づかいが、僅かながらも落ち着いたものへと変わっていく。

そろそろ——頃合いだろうか。

「え、えと……その。おっぱい、触るけど……」

「え、お、えあっ、お、おお、おっぱい!?」

「いや、そりゃ……その、えっちなこと、してるんだし。だからその……」

「——〜〜〜〜……っ」

いきなり触って嫌がられないように断りを入れてみたが、逆効果だったかもしれない。

けれど、こういう時に勢い任せになるのは、ある意味、美亜の美点だ。

躊躇いがちではあるものの、ずっとその場所を隠していた腕を、ゆっくり下ろしてくれた。

(………うあ)

一瞬、頭が真っ白になってしまった。

勿論《もちろん》、この目でおっぱいを見たのは、これが初めてじゃない。

冴香との行為で何度も見ているし、一昨日は真由美のも見たし。

もっと言えばそもそも美亜本人のだって、子どもの頃から何度も見てるし、今日だってさっきから見えちゃっているわけで。

でも——それでも、だ。

控えめな膨らみの曲線も、淡い桃色の乳首も、細かな違いはあれど大まかな造形は他の女の子のおっぱいと大差ない。

なのにここまで心がざわめいてしまう。いてもたってもいられない。

幼馴染みのおっぱいを見てしまって、たまらないくらいにテンション上がりまくっている。

だって浩一はもう、美亜のことが大好きだって自覚してしまったから。

「こ、浩ちゃん……」

思わず浸《ひた》っていると、横やりを入れるように美亜から声がかけられた。

見れば彼女は酷くもじもじした様子で、ものすごく気まずそうに目を逸らしている。

「浩ちゃんの目つき、なんか、すっごいえっちぃんだけどぉ……」

「……す、すいません……」

「ていうか、精気、なんかめちゃくちゃ濃くなってるし……」

「……本当に申し訳ありません……」

「いやいいんだけど。いいんだけど、さ。ちょっと……生殺しはきついっていうか……」

「あ、わ、わるい……」

確かに見入ってしまうあまり、完全に手が止まってしまっていた。

ますます手を出しづらくなった感があるが、でも一方、触りたいという本音もある。

ほんの少し罪悪感を覚えながら――浩一の指先がいよいよ、彼女の乳房に触れた。

「……、う……はぅ……」

まずは様子見にそっと、その膨らみに掌《てのひら》を添える程度に触れ合わせ――拒絶される様子がないのを確かめてから、指先を滑らせて、乳輪へ。

小振りな蕾《つぼみ》にいきなり触れるようなことはせず、肌の色と乳輪の桃色の境界線を指先でなぞるように動かしていく。

「……、ぁ。あっ、や、やばいやばいやばい、……それ、やばいよぉ……あ、うう……」

彼女をむやみに刺激しないようにと注意しながらの愛撫のつもりだったが、しかしそれでも、美亜にとっては相当強烈な刺激であったらしい。

細い身体をびくりびくりとしきりに震わせ、あうあうと口から漏れる呟きも動揺を露《あらわ》にしている。

けれど——どうやらそんな反応を示しつつも、彼女も満更《まんざら》ではなかったようで。

「は……う……ん……」

次第に彼女の吐息に、何かに浸っているような、どこか甘いものが交ざりはじめた。

生まれて初めて感じる刺激に戸惑《とまど》いつつも、それを快楽として受け取り始めているのだ。

（……あぁ……これは……）

何故だか浩一は、絶望的な気分になった。

ただ胸に触れるという、今まで他の女の子にやってきたことに比べれば児戯《じぎ》に等しいこれだけの愛撫で、美亜はこんなにも感じてくれている。

そして自分も、今までにないくらいドキドキしてしまっている。

無理だこんなの。

溺《おぼ》れずにはいられない。

のめり込んでしまう。彼女の虜《とりこ》になってしまう。

こんなものを味わってしまっては、もう、今まで通りの幼馴染みではいられない。

いつものように朝起きて学校へ行く時、玄関先で朝の挨拶《あいさつ》をするだけで、浩一はきっと、彼女のこのおっぱいの感触を、愛撫した時の息づかいを、反射的に思い出してしまうだろう。

今自分がしているこの行為は、今まで彼女と培《つちか》ってきた関係を完膚《かんぷ》なきまでに破壊して、別のものに塗り替えてしまうものなのだ。

でも――だというのに、指先が止まらない。

「う、ぁっ。やぅ……っ」

次の標的は、薄く色づいただけで本当に控えめな造形の、乳首。

もはや自制心も働かず、そのまま乳首を指先で弄《いじ》り回してしまう。

こねるようにくにくにさせて。

ほんの少しつまんでみたり。

あるいはちょんちょん、とつついてみたり。

「あ、や、ちょ、その手つき、ほんと、あ、えっちすぎ……や、浩ちゃんてばぁ……っ」

抗議めいた台詞を吐いても、本気で嫌がってないのはバレバレだった。

だって、身体の反応はどんどん良くなっている。

吐息にはどんどん甘やかなものが交ざっていって。瞳は潤み、表情はだんだんうっとりとしたものになっていって。

何より掌に触れる彼女の胸の感触の変化が、もうとんでもなかった。

（う、わ。うわわわ……）

掌に触れる乳首が、花開くようにだんだん大きく、硬くなっていくのだ。

それは美亜が、大好きな女の子が、浩一の愛撫で感じてくれている何よりの証《あかし》。

そんなのもう、舞い上がらざるを得ないではないか。

「……………う」

自分の中の劣情が止められない。

もっともっと、彼女のえっちなところを見たいと、ごくごく自然にそう思ってしまう。

そう――だから。このまま同じ場所を愛撫するだけでは物足りない。

もっといろんなところを触りたい。

彼女の身体を隅々までまさぐって、彼女がどんなところで気持ちよくなってくれるかを、もっともっと深く知りたい……！

彼女の身体を触って、目に焼きつけて、匂いも、鼓動も、何もかもを自分のものにしたい！

（あ……ていうか、そういえば美亜ちゃん、下も脱いでたんだ……）

欲望のままに美亜の姿をガン見して、浩一は本当に今更、そんなことを再認識した。

（あー……やばい。これ、マジやばい……）

かっと頭の裏の方が熱くなった気がした。

だって、これは、まずい。ヤバすぎる。

実は、初めてなのだ。女の子のその場所が、浩一に向けてさらけ出されたのは。

冴香の調教をする時も、真由美にレクチャーを受けた時も、ずっとその場所だけは下着に覆《おお》われていた。

あれだけ日常的にえっちなことをしておいて、だから、そこだけは浩一にとっても完全に未知の領域なのである。

いや、厳密に言えば、女の子のその場所を見るのは初めてではない。

子供の頃――他ならぬ美亜と一緒にお風呂に入った時、互いの股間部の形の違いが何だかおかしくて、何となく見せ合いっこをしたことは、確かにあった。

おぼろげな記憶ではあるが、それ以上の――例えば触り合いっこみたいなことをしたような記憶も、正直なくはない。

でもその時は、男の子と女の子の違いなんて、互いに全然意識してなくて。

無邪気な好奇心でしか、互いの裸も、互いの秘所の部分も見ていなかった。

でも、今は違う。

美亜のアソコは今、浩一とえっちなことをするためにさらけ出されているのだ。

勿論この体勢では、浩一からは今、最もデリケートな場所ははっきりと見えていない。

今、浩一から見えているのは、その場所が確かにあることを示す、ぷっくりと二股《ふたまた》に膨らんだ、陰唇《いんしん》の輪郭《りんかく》だけだ。

けれどその造形はあまりにも生々しくて。思わず食い入るように見つめてしまう。

「…………う、あう……」

浩一の視線に、もじもじと、恥ずかしげに美亜の腰が揺れ始めた。

その反応は、浩一から放散されている精気に中《あ》てられてのものか。

――ふと、目が合う。

すぐに美亜は、ふいっと恥ずかしげに俯いてしまったが――でもその一瞬で、お互いに何を言いたいか、これからどうしたいか、もう十分以上に通じ合ってしまった。

だから、これ以上は何も言わない。

浩一は無言で、彼女にとって、女の子にとって、最も大事なその場所に手を伸ばした。

「ん。……ぁ……ッ……ぅ……っ」

予想に反して美亜自身は、大して大きな声を上げなかった。

恐らく相当身構えていたのだろう。小さく驚いたような吐息をこぼしただけ。

しかし一方で——指先が触れた場所の感触は、もう、本当にものすごいの一言だ。

恐ろしいほどに、その場所は熱くて柔らかい。

ほんの少し指先を押し込むだけで、閉じきった唇が綻《ほころ》び、ぬるりと酷く粘っこいぬかるみからこぼれ出るいやらしい粘液が、浩一の指に絡みついてくる。

指先を動かすたびに触れる、少しくすぐったい感触は、柔らかな和毛《にこげ》のもの。

唇状になった入り口の端っこでは、小さな突起《とっき》がひくついているのも確かに分かった。

それら全てが、ひくつき、熱く滾《たぎ》り、濡れそぼり、全身全霊で浩一を歓迎してくれている。

こんなの、もう——もう。

「……み、美亜ちゃん」

「う、え……?」

「ごめん、俺、もう……」

その次の言葉を口にする余裕は、もう浩一にはなかった。

もう、無理だ。もう、我慢、出来ない。

「あ、やうっ!?　こ、浩ちゃ、あ、っや、あ　う、あ。んんっ、あぁ。あ……っ」

そうして結局――謝罪の言葉もちゃんと言えず。

どうしようもなくなった情動に突き動かされて。浩一も全身全霊で美亜を味わい始めた。

◆

――本当のところを言うならば。

美亜は、えっちな行為に対する恐怖心を克服出来たわけでは全くない。

自分がえっちなことをするのを想像すると、たとえ浩一が相手であってもまず拒絶感が前に出てしまう。怖い、無理、そんなの絶対したくない、と思ってしまう。

本当――さっきはどうかしてたのだ。思い出すと冷や汗が出てしまう。

けれど一方で、浩一とそういうことをしたいという憧《あこが》れも確かにあって。

だから「本番しない形でえっちなことをして欲しい」と望んだのも、言わば予行演習をすることで、なんとか拒絶感を克服したいという思いもあったりしたのだけれど。

（あわ……あわわ……なにこれ、なにこれ、なにこれぇ……!?）

でも、いざえっちなことを始めてみると、これが何もかも、想定外だった。

正直、えっちな雰囲気の中で浩一におっぱいを見られるだけでも、もう限界って感じだったのに――自分でも全くもって予想外なことに、それが何だかすごく、ドキドキしてしまった。

浩一に触られると、何だか訳が分からなくなるくらい、気持ちよくなってしまった。

（やばいやばいやばい……これ、どうしよう、ほんとどうしよう!?）

気持ちよくて、すごくて、気持ちよくて、頭がいっぱいになっちゃって。

いっそのこともっと気持ちよくなりたいとか、ずっと気持ちよくなりたいとか、そんなことすら考えちゃってる自分がいて。

だからだろうか、今のように浩一が興奮のあまり暴走しちゃって、欲望に任せていろいろ恥ずかしいところを撫でくり回されても、怖いとかは全然感じなかった。

それどころか、むしろ——

（あ、やだ、うそ、浩ちゃんの手……すごいえっちだよぉ……っ）

浩一の愛撫が激しくなるほどに、美亜は、ますます夢見心地になってしまう。

その手つきは美亜自身よりよっぽど上手《うま》くて、にちにちと粘っこい音を伴《ともな》いながら、着実に美亜を追い詰めてきているのに——それが何だか、すごく幸せに感じてしまう。

「あ、う、んんっ　や、やぁぁ……っ」

でも、やっぱりそんな反応をしてしまう自分が恥ずかしくて。たまらなくて。

彼と目を合わさないよう下をずっと見て、それでも落ち着かなくて、視線を泳がせて。

そうして——不覚にも美亜の視界に、とんでもないものが入り込んでしまったのだった。

「……へ？」

美亜が見てしまったのは、浩一の腰の中心部だ。

いや、よくよく考えてみれば、先程どうにかしちゃってた時に、がっつり見てはいたのだけれど。でも改めて素面《しらふ》でその場所を目《ま》の当たりにして、美亜は目が点になってしまった。

「こ、こ、こここ……こ……」

あまりにも信じがたい、衝撃的な光景に、思わず口をぱくぱくさせてしまって。

びっくりしすぎて、美亜は思わず、あらん限りの大声で叫んでしまっていた。

「こ、浩ちゃんヤバいこれヤバい！　浩ちゃんの、え、なにこの黒いコケシみたいなの!?」

「おまっ、そういうことこの局面で言うかよっ!?　てか声が大きいっ!!」

「だ、だって、だってだって!?　え、何で？　顔とかそんな変わってないのに何でソコだけ別物になってるの!?　10年経《た》ってないんだよ!?　何で面影《おもかげ》すらなくなってるの!?」

前見た時は、色も肌色で、全体が皮をかむっていて、大きさも親指くらいだったのに。

それが今や、「これ、根元から切り取って別のもの植えつけたんじゃないの!?」と思ってしまうくらい、全く意味不明な変貌《へんぼう》を遂《と》げていたのである。

太さも長さも数倍以上にでっかくなって、色も綺麗な肌色ではなく全体的に黒ずんで。

そしてなにより様変わりしたのは、その先端部分の形状だろう。

いったいどこにそんなものが隠れていたのか、ずるりと皮が剝《む》かれ、その中身が——何だかつるつるしたキノコの傘みたいなものが、にゅいっとグロテスクに突き出している。

色も腫《は》れ上がったみたいに赤黒くて、しかもその先端にある縦《たて》スジみたいな穴がひくひく動いて、妙に生々しく開閉を繰り返していた。

何だこれは、いったい何なのだ。

ていうか、本当、ちょっと待って欲しい。

これは流石に、長すぎないか。太すぎないか。

(……えっと、たしか、えっちなことって……)

何となく、反射的に想像してしまう。

自分の股間にあるその器官と、目の前にある浩一のそのモノのサイズを比べてみたりして。

「……ねえ浩ちゃん」

「な、何だよ」

浩一も美亜の視線には気付いているようで、ちょっと居心地悪いらしい。

彼の返事は、何となくちょっと拗ねたような声音になっている。

そんな浩一に向かって、思わず美亜は真顔を向けてしまった。

「……これ、無理じゃないスかね。死んじゃいませんかね」

「は？　何の話だよ」

「いやえっと、サイズ差的に」

「……ほんと何の話だ何の!?」

とかなんとか、そんなアホな会話を挟みながら、それでも美亜は、そのエイリアンの頭部チックなその造形から、目が離せず釘付けになってしまっていた。

(あ………あれ？)

そうして見入っちゃっているうちに、美亜はふと、奇妙なことに気がついた。

（あれ。あれえ？　あんまり、怖く、ない？）

そう。トラウマになった元凶の物体なのに。成長した浩一のその部分の形は、はっきり言って想像していたのよりずっとずっとエグいものなのに。

だというのに、怖くない。気持ち悪くも感じない。

でもって——

「……あ、うっ!?」

「あ、ご、ごめんっ、て、あ、わわ、わ……!?」

続けて聞こえてきた浩一の悲鳴に、とっさに謝りつつ、自分が無意識にしでかしたことに気付いて、内心めちゃくちゃ慌《あわ》ててしまう美亜だった。

何せ——好奇心に負けちゃって、何だか自分でもよく分からないうちに、美亜は、浩一のその部分に、指先で触れてしまっていたのである。

（うわ、うわわわわっ、わたしっ、なにしちゃってるのー!?）

美亜は反射的に手を放そうとして——でもなぜか、それが出来なかった。

浩一のその部分は、熱くて、人間の一部とは思えないほどごつごつしてて、妙に硬くて。

それが何だか、すごく——

「……」

何となく好奇心に突き動かされ、今度はそっと、竿《さお》の辺りを撫《な》でてみたりして。

「う、っ、あ、わ……っ」

すると、思ったよりずっと大袈裟《おおげさ》な反応が返ってきた。

「ご、ごめん、痛かった……?」

「あ、え、い、いや、痛い……っていうか……」

とっさに謝る美亜だったが、もごもごと言い訳して、気まずそうに目を逸らす浩一。

その仕草に、流石に美亜もピンとくるものがあった。

「浩ちゃん……もしかして……気持ちいい?」

「も、黙秘権を行使させていただきます」

声を上擦《うわず》らせながらそんな台詞を言う時点で、完全に語るに落ちている。

(そっか……そっか。浩ちゃん、気持ちいいんだ……)

浩一のその反応に、何だか奇妙に感慨《かんがい》深い気持ちになっちゃって。

(あ……そっか)

そして美亜は、不意に、自分の中のいろんな思いが、腑《ふ》に落ちた気がした。

——多分、今まで美亜は、ずっと勘違いをしていたのだ。

確かにえっちをするのは怖い。男性器を見るのも怖い。

でもそれは、男性器自体が怖いとか気持ち悪いとか、そういうわけじゃない。

浩一のアソコがトラウマになったあの日、美亜は、考えてしまったのだ。

――「おいしそう」と。


家族同然に育った、世界で一番大切な男の子のことを、そう思ってしまった。

食べたいと。組み敷いて、思う存分彼の生命力を、一滴残らず吸い上げてしまいたいと。

それが美亜は、怖かったのだ。

彼のことを当然のように、単に食べ物と認識してしまった自分が怖かったのだ。

だから、美亜は逃げた。

そんなことを考えてしまう自分自身から。自分がサキュバスであるという現実から。

でも――それから月日が経ち、思春期を迎えて。心も体も大人になって。

そして久しぶりに浩一の股間のものを直視してみると、確かに昔と同じように「おいしそう」と考える一方で、全く別な感情があることに、美亜は気がついていた。

きもちよく、してあげたい。

今、浩一のその部分は、気持ちよくなりたくて、めちゃくちゃそわそわしている。

早く気持ちよくして欲しくて、切なくて堪らなくなっている。

それを見て、美亜は今、何とかしてあげたいと、ごくごく自然に考えてしまっていた。

だって、その興奮は、美亜とえっちなことをして、昂《たか》ぶってくれた結果だから。

それが、嬉しくて、愛《いと》おしくて。

だからその思いに、今、美亜は全力で応《こた》えたくなってしまう。

（そっか……わたし、そうなんだ……）

何でこんな単純なことに、今まで気付かなかったのだろう。

（わたし――浩ちゃんのことが……好きなんだ。大好きなんだ）


1度自覚してしまえば、何だかすごく気持ちが楽になった。

同時に何だか、ものすごく気が抜けたというか、がっくりもしてしまったが。

（……………………いやいやいやいやいや。何なのわたし。アホなの？

おっきくなったアソコ触るのがきっかけで、浩ちゃんのこと好きって自覚するとか……）

恋心の目覚めのきっかけとしては世界最強レベルに間抜けなんじゃなかろうか。

でも、だからせめて、今彼と出来ることを一生懸命したいと、そういう気持ちにもなって。

だから美亜は、恐る恐る、指を動かしてみた。

加減なんて全然分からないから、そっと、浩一の棒の竿の部分を緩《ゆる》く握って、撫でる感じ。

「あ、うっ……お、おい!?　美亜ちゃん!?　な、何を……っ!?」

流石に驚いた声を上げる浩一。でも、美亜も、ここで逃げ腰ではいられない。

「だ、だって、わたしだって、浩ちゃんに、気持ちよくなって、ほしい、し？」

浩一は浩一で、美亜の台詞で更に追い詰められたような顔をした。

そのいっぱいいっぱいな表情が、なんだかやっぱり、すごく愛おしいものに思えてしまう。

「それにさ……えっちって、２人で一緒に、気持ちよくなることでしょ？」

「それは……そうだけど」

「だから……ね？」

美亜の言葉に、浩一は心底参ったような顔をしたが、結局半分やけっぱちの台詞を吐いた。

「ああもう、分かったよ……確かにその通りだ」

「えへへ、じゃあ、そういうことだからよろしく……て、っひゃ、あ、やっんんんっ!?」

途端、股の間でぼっと火のついたようにねっとりした熱量が膨れ上がりはじめた。

やりとりが終わりきるより先に、浩一の指が再び激しく動き始めたのだ。

くちゅりくちゅりと水音が股間で奏《かな》でられるのが、もう堪らないくらいに恥ずかしい。

「あ。っや、こ、こ、浩ちゃんっ、そんないきなり……っ!?」

「うっさいよ、やるとなったら本気で行くからな、覚悟しとけ」

「……────〰〰〰っっ」

こんなフライングはいくらなんでも無しだ。反則だ。恥ずかしさをごまかしたいのは分かるけど。

なんだかすっごく悔しいので、だから美亜もお返しをしてやることにした。

浩一のアソコを、ほんの少し強く握ってみて。そのまま搾るように上下にしごいてみる。

「あ、わわっ!?　うっ、こ、この……っ」

想像以上に効果覿面《てきめん》。浩一は、美亜の不慣れな愛撫にかなりたじろいでいる。

「へへん、お、おかえし、だよ？　わたしだって負けてばっかりじゃないんだから！」

「……ああ、くそ、このやろ！」

「あ。あっ、う、っや、こ、浩ちゃんっ!?　待って待って、まって、あ、ひぁぁっ!?」

——結局それからは、もうぐだぐだの泥仕合だ。

調子に乗って挑発してみたら倍返しされて。こっちも反撃して、また反撃を喰らわされて。

「あ、やら、それ、いじわるっ、あ、ずるい、すごぃ、あっ　んぁぁぁっ♡」

でも、やっぱりそこは、経験の差というヤツか。浩一の方が圧倒的に強かった。

浩一の指に触れられているところを震源地に、何もかもが曖昧《あいまい》に、熱く、白く溶けていく。

そのくせ、どういう触られかたをしてるかだけは、やけにはっきり分かってしまう。

指先が陰唇の割れ目に押し込まれ。

漏れた愛液が指に絡まりつつ、そうしてぬるぬるになった指の腹で割れ目をまさぐられ。

そうしてその動きの中で、時々、割れ目の端っこの突起を触られて。

くにくにと、一番敏感なその先端もこね回されて。

そのたびに電流が走るような刺激が全身に走って、同時にびくびくっと震えてしまう。

「あ、あっ、や、うっ、っは、あ、あ、う、んんんんっ」

にちゅりにちゅりと、美亜の股間で聞こえる粘っこい音が、どんどん大きくなっていく。

（ああ……やばい、この音、ヤバいよお）

泣きっ面《つら》に蜂とはこのことか。いやどうだろう、なんだかもうよくわからない。

だってこの音は、ヤバすぎる。

だってこれは、浩一の指と、美亜がお漏らしりしてしまったえっちなお汁が混ざり合う音で。

美亜が浩一に、気持ちよくしてもらった証の音で。

（……セックスする時も、こんな気分になるのかなぁ）

気持ちよさにぼんやりした頭で、ふとそんなことを思う。

だからついつい、美亜は想像してしまった。

美亜の手の中で今も自己主張している、浩一の勃起の感触。

これを自分のアソコで受け入れるって、いったいどんな感じなんだろう、と。

手の感覚に集中する。ためしに軽く1往復させてみる。

つるっとした先端が滑らかに潜《もぐ》り込み、狭い美亜のナカを優しくかき分けながら、奥へ奥へと入り込んで。

血管が浮き出てごつごつした竿の部分が、変化に富んだ起伏《きふく》でもって、何とも言えない摩擦《まさつ》を美亜の掌に与えてくれて。

そして引き抜く時は——大きく張り出したキノコのカサの部分が、ぞりぞりとひっかくように、強い抵抗をみせてくれて。

たった1往復で、ここまで変化に富んだ刺激がある。

セックスすると、これを美亜は、股間の敏感な粘膜で、何度も何度も味わうわけで——

（あ……これ、駄目だ。わたし死んじゃう）

確信した。

こんなのアソコに入れられたら、そんなの、ものの3往復でこっちがダウンだ。

絶対負ける。屈服させられる。言いなりの虜になってしまう。

でも——何だかそれも、全然いやじゃない。

むしろ、そうなりたい、と思ってしまった。

浩一のアソコで気持ちよくなりたい。自分のアソコで、浩一を気持ちよくしてあげたい。

手が止まらない。妄想が止まらない。

自分のナカで、浩一のアソコをしごくのを想像しながら。その感触を、自分のナカで味わうのを想像しながら。美亜は、手を自分のナカに見立てて、浩一のアソコをしごいていく。

入れて、抜いて、入れて、抜いて。

当然、その一方で、おまたを浩一にものすごくイヤらしく弄《いじ》くり回されながら。

そうしてどんどん、股間の奥に蓄えられた熱が暴れだして、抑えが利かなくなってくる。

「こ、う、浩ちゃん、っ、浩……あううっ　あっ、あっ、あ……っ♡」

それでもなんとか必死に自分を保とうと、彼の名を呼んで。彼のことを意識して。

何が何だか分からなくなりながら、もう必死に手を動かして。

(あ……)

気持ちよさにぼんやりした頭の中で、おぼろげに気がついた。

あるいはそれも、サキュバスの感覚というモノか。

熱烈な愛撫を浩一から受けながら、それでも必死にしごき続けていた美亜の手の中の彼のものが、何だか急激な変化を見せ始めたのだ。

熱くて。痛いくらいに強張《こわば》っていて。

ひくりひくりと激しく脈動して。

その火傷《やけど》するくらいの熱量のど真ん中で、じくじくと、何か大きな衝動が少しずつ、着実に膨れ上がっている。

その情動に煽《あお》られてか、彼のおなかの奥にある何かの器官が、猛烈な勢いで何かを精製しているのが、何故だかはっきりと感じ取れた。

間違えるはずもない。

それは、精気の塊《かたまり》。

男の子が一番気持ちよくなった時、吐き出しちゃうモノ。

女の子を、お母さんに変えてしまう、赤ちゃんの素《もと》。

ふと顔を上げると——浩一は、なんだか、ぼんやりしていた。

間抜けな感じに表情が緩んで、息をするのと、気持ちよさを堪《こら》えるのでいっぱいいっぱいみたいな顔。

（ああ……そっか。そっかぁ……浩ちゃんも、なんだぁ……わたしと一緒、なんだぁ……）

なんだか、嬉しくなった。

「浩ちゃん……」

「み、美亜ちゃん……」

気持ちが溢《あふ》れて、２人は残りの気力を振り絞って、互いの身体に抱きついた。

鼓動が聞こえる。汗ばんだ肌が熱い。

汗と、雨と、体液の匂いが嗅覚《きゅうかく》を刺激する。

互いの息づかいが、肺の動きすら分かる気がする。

まるで気持ちよさを通して、細胞レベルで互いが融《と》け合っているような気すらして——


——好き。だいすき。


全身全霊で気持ちを伝えて——そしてどうやら、それがもう、限界だったらしい。

「………あ……っ」

ぞくぞくした。

かっと熱くなった。

高まって。溜《た》まりまくって。熱く滾《たぎ》って。

「あ、あっ、あっ、あっ。う、あ……——〜〜〜ッッ♡」

「——……っ……」

どく、どく。びく、びくんっ。

呻《うめ》き声と同時に、2人は、弾《はじ》けた。

脈動して。

吐き出して。

自分の嬌声《きょうせい》も、彼の呻くような声も、どこか遠い。

ただ、びく、びくっ、びくびくびくっ、と、互いの身体の激しい律動《りつどう》だけが、肌を通して確かに伝わってきた。

（……、あ、これ、浩ちゃんの、……）

そして——何もかもが霞《かす》んで見える意識の中で。

美亜は自分の掌の中で、浩一のものが、自分と同じように震えて、何か熱いものを吐き出しているような——そんな感覚を感じ取っていた。

おしっこの穴から吐き出されたその粘液を、でも、汚いなんて全く感じない。

「あ……」

限界が来た。

膝《ひざ》に力が入らなくなって、美亜はがくりとその場で崩れ落ちてしまう。

「……っ、っ」

へたり込んだまま、ぼんやりと、無意識のままに見上げる。

ほんの少し顔を突き出せば、鼻が触れてしまうくらいの位置に、浩一のアソコがあった。

美亜の指先から解放された後も未だ絶頂のさなかにあるのか、流石に当初の勢いはないものの、ひくりひくりとひくついて、先端から白濁のミルクをこぼし続けている。

「……………あ、あ……」

何だか、急に喉《のど》が渇《かわ》いたような気がした。

目の前で吐き出されている濃厚な白いモノが、ひどく甘い匂いを漂わせている気がした。

自分の喉の渇きを癒《い》やしてくれるのは、これしかないと、ごくごく自然に確信した。

絶頂でぼんやりしている今の美亜に、「その衝動」に逆らう術《すべ》はない。

だから、もう、何も考えられないままに、美亜は顔を突き出して。

そうして彼女は、大きく口を開けて。彼のそれを、口の中に受け入れて。

「み、美亜っ、ちゃん……っ!?」

浩一の驚く声も、ひどく遠い。

むしろ、その声すらも愛おしく思えて。

だからぼんやりしたまま、美亜は、絶頂感に気を失うその寸前まで、浩一の腰に縋《すが》りつくようにして抱きついて。

そうして――彼のその場所をめいっぱい美味《おい》しそうに咥《くわ》え込み。

彼の吐き出す、一番イヤらしくて、一番えっちで、一番いとおしいその分泌物《ぶんぴつぶつ》を、吸いつき、吸い上げ、嚥下《えんか》し続けたのだった。

◆

気がつけば、時刻はもう夕方近くになっていた。

いつの間にか雨もすっかり上がっており、空も茜《あかね》色に染まりかけてきている。

当初の予定通りのデートは出来なかったけれど……そもそも今回の目的は美亜に精気を供給することだ。デート以上にアレなことをやってしまったので、とりあえず問題ないだろう。

というわけで、まだ服は湿っているし、このままどこか出歩くのも流石にどうかということで、今日はもう解散、となったわけだが——

「……」

「…………」

気まずい。

互いに何とかタイミングを見計らって、何かしゃべりかけようとして——それが出来ない。

身体の芯に、まだ行為の余熱が残っているような気がして。

さっき資料室でした行為が、頭の中で何回も繰り返されちゃって。

そうして結局、恥ずかしくて何も言えなくなってしまう浩一である。

美亜の方はなおさらだろう。何せ行為の終わりしなに、口で浩一のモノを吸うようなことまでしてしまったわけで。

だから、何と言葉をかけていいか分からなくて。

学校を出てから10分くらい経っても、２人はひと言もおしゃべりが出来ないでいた。

「……あ、あのさ、浩ちゃん！」

そして結局、気まずさに耐えきれなくなって、沈黙を破ったのは美亜の方だった。

「あ、えっと。は、はい」

「あの……ね？　その。相談なんだけど、さ」

「そ、相談？」

「前にさ、確か浩ちゃん、『シャロン』のお仕事、大変だって言ってたよね？」

「ああ……まあ。確かに言ってたけど」

「その、もしね？　もし本気で辛《つら》いんなら……やめていいと思うんだ。わたしもさ、店長さんに直談判《じかだんぱん》するから」

「…………え？」

いきなりこのタイミングで、何でまたそんな話をしてくるのか。

「あ、えっと。なんていうか」

訳が分からず困惑《こんわく》の表情をする浩一に、むしろ美亜のほうが慌ててしまったようだった。

何度か、「ええと」とか「その」とか逡巡《しゅんじゅん》の言葉を挟み。

しばらくわたわたとした後、美亜は何かを観念したように大きくため息をついた。

「……ごめん。今の言い方は卑怯《ひきょう》だった」

彼女はまず、そう謝って。

そしてやっぱりもじもじとした様子で目を逸らしながら、恥ずかしそうに言うのだった。

「……その、ね？　ああいうこと……これからは、あんまり、他の子には……えっと」

そこまで言われて、ようやく浩一は、美亜の言わんとしていることに思い至った。

これは、行為の前に浩一が口にした告白の、その返事だ。

同時にそれは、いざ実際に浩一と触れ合ってみたことで、美亜の中に、浩一に対する独占欲が芽生えたということで。

（……俺は。でも……）

何故かとっさに、即答ができなかった。

普通に考えるならば、何も迷うことなどないはずだ。

そもそも複数の女の子とえっちなことをしている現状が異常なのだ。美亜のことだけを真剣に考えるならば、とっととこの状況を清算してしかるべき——なのかもしれないが。

「………ごめん、それは……もうちょっと待って欲しい」

しかし浩一は、懊悩《おうのう》した後、結局そう答えていた。

「……え」

「あ。えっと。いちおう、ヘンに疚《やま》しい気持ちでそういうこと考えたわけじゃなくてさ！」

まるで浩一の返答を理解できなかったような、惚けた表情をする美亜を見て、彼は少し慌てて言い添えた。

「俺も正直……そうしたいけど。でも、今のままやめちゃうなんて出来ないよ」

美亜と、誰にでも胸を張れるような関係になること。

それは単に、冴香達との関係を断つだけで手に入れられるものではない気がするのだ。

だってそれは、美亜を選ぶ代わりに、凜や冴香の抱《かか》える事情をそっくり無視して、彼女らを見捨てることに他ならないから。

他人を犠牲にして美亜を選ぶなんて——そんなでは、むしろ浩一が美亜に顔向けできない。

誰よりもまず、浩一が美亜に対して胸を張れない。

「ごめん。本当にごめん。でも……大原《おおはら》や永宮《ながみや》さんが暴走する危険性がなくなるまでは、シャロンの仕事を続けたい。最初は、嫌々引き受けたのは実際その通りだけどさ……でも、責任ある役割だし、だからその責任は果たしたい……っていうか」

だからそれが、浩一なりのけじめのつけ方だ。

そうすることで、浩一はやっと美亜に、全身全霊で向き合える。

そんなの浩一の身勝手な自己満足だと、そう言われればそれまでだけれど——

「…………」

浩一の言葉に、美亜はひどく複雑な表情を見せていた。

惚けたような。呆《あき》れたような。釈然としないような。

でもほんのちょっと、安心したような。

そうして彼女は、しばらく、いつの間にか雲ひとつなくなっていた空を仰《あお》ぎ見て。

結局、美亜が最後に見せたのは「しょうがないなぁ」といった淡い苦笑だった。

「浩ちゃんらしいなぁ……ホント」

「……ごめん。ほんと……」

「いいよ、気にしないで……わたしもちょっと、先走りすぎたかなーって思っちゃったし」

そう言いながら見せる笑顔はほんの少し寂《さび》しげで。自分の選択はやはり間違っていたのだろうかと、今更ながらに後悔の念が湧き上がってくる。

でも、だからといって前言を撤回できるわけもない。

結局そのまま、その後は言葉を交わすことが出来ず、やがて二人は、最初に待ち合わせをした駅前にたどり着いていた。

「じゃあ、わたし、服を返しに行かないといけないから」

「……ああ。わかった」

そう一方的に別れの言葉を告げられると、流石に引き留めるわけにもいかない。

「じゃね」

「うん」

そうやって別れの挨拶を交わして。

別に、凛の家まで送って、それから一緒に帰れば良いのだけど。

何故かそうすることも出来ず、２人は生まれて初めて、別々に家路《いえじ》についていた。

エピローグ

あんなことがあったとしても、世の中はいつもと変わらずお構いなしだ。

何の理由もないのにサボるわけにもいかないので、結局デートの翌日も、浩一《こういち》はバイトをするため「シャロン」を訪れていた。

ただし、今日はいつもと少し勝手が違う。浩一1人だけでの出勤だ。

というのも、いつもなら浩一の部屋に押しかけて来る美亜《みあ》がいつまで経《た》っても顔を見せず、どうしたのだろうと美亜の家に様子をうかがってみても、彼女の姿がどこにも見当たらなかったためである。

美亜の母親の佳奈《かな》に状況を聞いてみても、「大丈夫大丈夫。心配しなくていいから」と笑うばかり。心配だが佳奈にそう言われると、それ以上食い下がるわけにもいかなくて、結局こうして、1人でバイトに出ることになったわけである。

「おはようございます」

「おー、おはよー」

まずは「シャロン」に入って、いつものようにお決まりの挨拶《あいさつ》。

休憩室でのんびりしながら挨拶を返してきた真由美《まゆみ》は、しかし浩一の顔を見るなり「お」と小さく声を上げた。

「ヤったか」

「……ノーコメントでお願いします」

どこかでバレるとは思っていたが。早々に見透《みす》かすとは流石というか何というか。

「あはは、ま、何とかなったようで何より何より」

気分良く笑顔を見せられると、何だか微妙な気持ちになってしまう浩一だった。

何とかなった……と言っていいのだろうか。

確かに美亜が暴走するのは防げたわけだが、何というか、より事態が悪化したというか、もとから潜在的にあった問題が表面化してのっぴきならない状態になってしまったような。

「じゃあ久坂《くさか》くん、悪いけど早速仕事に入ってくれるかな？　もう相手の子は準備に入っちゃってるから」

「……あ、はい」

真由美のことだからもっと弄《いじ》ってくると思っていたが、あっさり私語をやめて仕事の指示をしてきたので、何だか拍子抜《ひょうしぬ》けしてしまう。

とはいえ、何やら妙に含みのある笑い顔を向けてきているのは、やはり気になったが。

あやしい。また何か変なこと企《たくら》んでいるんだろうか。

内心ちょっと警戒しつつ、相手の人を待たせるわけにもいかない。おとなしく浩一は真由美の指示に従うことにして、更衣室に入り、服を着替え始めた。

（美亜……何してんのかな）

服を脱ぎながら、１人になるとやはり考えてしまうのは美亜のことだ。

浩一の選択は、決して衝動的なものではなく、自分なりに考えてのものだったが……少なくとも美亜にとっては望んだ答えではないはずで。

今日、浩一の部屋を訪れなかったのも、やはりそのあたりが原因なのだろう。

だからこそバイトを始める前に、せめて何か一言だけでも声をかけておきたかったのだが。

そうこうしているうちに着替えも済んでしまって。気は進まないが、それでもため息をつきながら、浩一はいつも「仕事」をしている休憩室に向かった――のだが。

「……………え？」

気合いを入れ直しながらドアを開けた先、そこで既《すで》にスタンバっていた「今日の相手の女の子」の姿に、浩一は間の抜けた声を漏《も》らしてしまった。

何故《なぜ》なら、そこにいたのは、浩一にとってあまりに予想外すぎる相手だったから。

「おはよ、浩ちゃん」

「……………み、美亜……？」

いったいどういうつもりなのか。

部屋にしつらえられたベッドには、美亜が腰掛け、浩一を待ち構えていたのである。

「え。え？　なんで美亜がここに？」

美亜は確か、サキュバスのハーフだからということで、さしあたっては浩一の担当する調教の対象外という話ではなかったか。

混乱する浩一の疑問をすぐに美亜は察したらしく、何だか妙にばつが悪そうに、彼女はこんなことになった経緯《いきさつ》を説明してくれた。

「あー……ほら。わたしハーフだけどさ。結局精気不足で、暴走しかけたわけじゃん？　だから結局、凜《りん》ちゃんとか冴香《さえか》さんみたいに、調教対象になっちゃって」

「………………」

よくよく考えたらそりゃそうだ。

ハーフだろうが何だろうが、飢餓《きが》状態になって暴走しかけてしまったのだから、浩一の調教対象のメンバー入りをするのが妥当《だとう》な措置となるわけで。

「……マジかよ……」

だがそれでも、浩一の口からはそんな言葉が呆然《ぼうぜん》と漏れてしまった。

勿論《もちろん》、美亜のことが一番大事なのは、浩一の中で嘘偽《うそいつわ》りなく真実だ。

でもそれはそれとして……むしろだからこそ、昨日に引き続き、美亜とこんなことをするのは、彼にとって本意ではない。

美亜のことが大事だからこそ、今のこの中途半端な状態で、彼女にえっちな意味で触れるのは、浩一にとって、できれば避けたい事態なのだ。

でも、美亜の方は、どうやらそうは考えていないらしい。

どころか、浩一の顔を見て、彼の気持ちを見透かしたらしい美亜は、少し拗《す》ねたような表情を見せてきた。

「……何考えてるか分かるけど、それ、ヤだよ、浩ちゃん」

「美亜……？」

「いろいろ考えてくれてるのは嬉しいけどさ。他の子達にはえっちなことするのに、わたしとは無しって……そんなのヤだ」

それは…そう言われてしまえば、反論の余地もなくその通りだ。

少し考えれば分かることではないか。

だって逆の立場なら、美亜が何かの事情で他の男とえっちなことをしないといけないにもかかわらず、浩一は我慢しろと言ってるようなもので――そんなの、受け入れられるはずもない。

「わたしね、浩ちゃんの一番になりたいの。勿論、その……えっちなことでもなんでも。他の子とえっちなことをするのはしょうがないなら、浩ちゃんには、わたしに一番えっちなことして欲しい。他の子にすることは全部、わたしにもして欲しいの。他の女の子にしないようなもっともっとえっちなことも、わたしにして欲しいの」

言いながら美亜は、浩一に考える隙《すき》を与えることなく、自分の制服に手をかけ始めた。

「ちょ、美亜……!?」

エプロンを脱いで。ブラウスのボタンを外し。そして薄ピンクのブラと白い肌、滑《なめ》らかな曲線を描く肩が、腰のくびれが露《あらわ》になって。

そうしてとうとう、残るは下着だけという姿になる。

頬を染め、少し俯《うつむ》きながらも、彼女の瞳はしっかりと浩一に向けられていた。

「だから……ね？　浩ちゃん……えっちなこと、しよ？」

◆

(ううぅ～……っ、やっぱ恥ずいぃぃぃ、怖いぃぃぃっ)

勢いに任せて服を脱いでみたものの、実は美亜は、内心相当ビビっていた。

いざ浩一の前に肌を晒《さら》すと、やっぱり怯《ひる》んでしまう。

昨日は飢餓状態から暴走気味になってそのまま突っ走ってしまったけれど、長年のうちに煮詰まってしまった性行為への忌避《きひ》感、恐怖心は、やっぱり1回程度の行為で克服できるものではないらしい。

確かに昨日、浩一にいろんなところを触られて、ものすごく気持ちよくはあったけれど。でも、また同じことをやるとなったら、「ちょっと待った、ちょっと待って」とタンマをかけたくなるのが、実のところ、美亜の本心だったりする。

(で、でも……でも。そんなの、そうも言ってられないもんね)

それでも、そんな躊躇《ちゅうちょ》や恐怖心を抑え込んで、美亜がこうしてこの状況に腹をくっているのは――美亜の中に、浩一に対する確かな怒りがあったからだ。

そう——美亜は今、怒っている。

だって、そうではないか。

一生懸命、恥ずかしいのを堪《こら》えて「自分だけを見て欲しい」と言った言葉に、しかし「今は待って欲しい」と返されてしまって。

表面上は理解を示した美亜だったが、そんなの心穏やかでいられるはずがない。

勿論、美亜だってバカじゃない。

浩一の言わんとするところは、理屈としては理解できる。

いかにも真面目《まじめ》で責任感の強い彼らしい返事だ。

他の子達のことも放っておけないから、中途半端はいけないからという、そんな優しさは彼の美点だし、好ましいとは思う。

そんな彼だからこそ、美亜は彼を好きになれたのだ。

けれど……でも。それはそれ、これはこれ、だ。

だって、要するにそれは、他の子のことがどうでもよくなるくらいには、美亜のことがまだ好きじゃないということなのだから。

(だったら浩ちゃんには、もっとわたしのこと、好きになってもらわなきゃいけないんだ)

ならば——そう。アプローチを変えるだけのことである。

現状に不満があるなら、文句を言う前にそれを改善するように働きかければいい。

意識してもらえないなら意識してもらえるように仕向ければいい。

だから、この「おしごと」は、その一環。

冴香たちに負けてはいられないから。

彼女たち以上に浩一との触れ合いの機会を設《もう》けて、美亜のことを一番に考えてもらうのだ。

えっちなことも、他のいろんなことも、全部、全部。

「……はぅぅ」

とはいえ、自分からはそれ以上、何か行動を起こすことまでは出来なくて。

下着姿になったまま、じっと浩一を睨《にら》みつけるしかなかったりするわけだけど。

けれどそれでも、もともと初心《うぶ》な浩一には十分以上の効果があったらしい。

息を飲む気配。

見れば、顔を赤くしながらも、浩一の目が釘付けになっている。

（……ど、ど、どうだ、ざまみろ）

恥ずかしいけど。やっぱりどうにかなってしまいそうだけど。

でも一方で、自分の下着姿を見て、早速浩一から放散され始めた例の精気を感じながら、美亜はちょっとした達成感を味わっていた。

（…………わたし、サキュバスに生まれて、やっぱり正解だったかも）

自分がサキュバスのハーフで、そしてサキュバスがどういう生き物か知った時は、本当に心底悩んだけれど。

浩一のことを「食べたい」と考える自分自身は、やっぱりすごくイヤだけど。

でも今こうして、浩一の気持ちを精気という形で感じ取れるのは、美亜がサキュバスの血を引き継いだからこそだ。

自分のことを見てくれている。

自分を見て、そして少なからず心を動かしてくれている。

それがたとええっちな欲求だろうと何だろうと、この実感は、やっぱりすごく嬉しいもので。

そう——だから、これこそが第一歩。

見てなさいよ浩ちゃん。

わたし、これでもサキュバスなんだからね？

いつかきっと、わたしのことしか考えられなくなるくらい、メロメロにしてやるんだから！

あとがき

そろそろ年末の足音が聞こえはじめる、ある冬の夜。

秋葉原《あきはばら》の片隅にある焼き肉屋さんで、担当さんに美味《おい》しいお肉をごちそうになっていた時、本作の企画は産声《うぶごえ》を上げたのでした。


「次回作なんですけど。エロやってみませんか」

「はぁ……エロですか。でもダッシュエックスさんって、まがりなりにも一般レーベルじゃないですか。どこまでやっていいものなんです？」

「どの程度だと駄目と明確に線引きするのは難しいものがありますが……とりあえずヤること最後までヤっちゃっていいですよ」

「え……最後まで？」

「はい、最後まで。がっちがちにエロエロなの目指してヤっちゃって構いません（きっぱり）」

「マジですか（真顔）」

ダッシュエックスさんキレッキレやな、と思いました。ええ。

しかし恐ろしいことに、この程度、まだまだ序の口だったのです。

エロ関連のコンテンツについて言えば、基本的に編集者さんって、作家の暴走を押さえ込むものだというイメージがあったのですが……今作に限って言えばむしろ僕の方が驚かされることが多かった気がします。


「このシーン、代わりに別のキャラのエロ入れた方がいいと思うんですよね」

「なるほど、確かにそうですね」

「うーん……姉の茜《あかね》とかどうでしょうか（さらりと）」

「い、いやそれは……近親相姦になっちゃいますし、浩一《こういち》のキャラ的にちょっと（引）」

「イラストの要件纏《まと》めたんで、確認お願いします」

「……口絵3枚全部エロ絵な上に、挿絵も10枚中半分以上がエロ要素あり……だと!?」

ダッシュエックスさん、マジでキレッキレやな、と思いました。ええもうホント。

実は執筆途中で展開に悩んでいた時期があり、本場（?）のエロラノベで活躍中の先輩作家、葉原鉄《はばらてつ》先生に相談させて頂いたことがあるのですが……その際、葉原先生が口にした「これ、ほとんどエロラノベじゃないですか……ダッシュエックスの編集さん、心のブレーキ壊れてません？」という台詞《せりふ》が今も忘れられません。

勿論《もちろん》、やっぱりレギュレーションというものはありますから、「流石《さすが》にエロシーン長いんでもう少し短く」とか「この描写は流石に生々しいんで変えましょう」みたいな修正指示もあったはあったんですが……それでも今作に関しては、関係者全員がかなり暴走気味だったような気がします。

いや、だって、おかしいでしょう……サキュバスって設定があるとはいえ、最後まではいたしていないとはいえ、ＪＣに逆レイプされるエロシーンがあるのに誰もストップかけなかったんですよ……企画会議で編集部内の人、全員プロットに目を通してるはずなのに。

しかしともあれ、そこまで作品に対し真剣に取り組んでくれるのは嬉しいもので。

僕もできる限りエロく、できる限りキャラが可愛くなるよう、奮起することが出来ました。

いろんな方々のお力添えもあり、読者様の大多数に「流石にこれは美〇女文庫か二次元ド〇ーム文庫で出すべきやろ!!」と突っ込まれそうな話題性のあるものに仕上がったと思います。

さらに、販促用の漫画の企画を組んで頂いたり、しかもその販促漫画、人気が出た場合はコミカライズとして連載することも視野に入れてお話を進めて頂いたりと、何だかぺーぺーの身には不相応なくらい、幸せで素敵な形で世に送り出すことが出来たと思います。

ペンネームが家族のみならず親戚にまでバレていることなんて些細《ささい》なことです。

………多分。きっと。

さて、最後に少し、今後のお話を。

この作品、基本的にお話そのものは本巻だけでも完結出来るようには描いたつもりですが

……しかし現実の恋愛が「付き合いはじめたらハッピーエンドでもうおしまい」ではないように、浩一と美亜《みあ》の関係はこれからも続いていきます。

なにせこの2人、まだキスもしていませんしね。まだまだこれからのカップルなのです。

……ええ、つまり、何が言いたいかと言いますと。

2巻を出すことが出来ればですが、次こそは。今度こそ。

最後までずっぷしヤっちゃいます。

何せ、せっかく発行された「乳首券」ならぬ「本番券」、使わずじまいですからね!!

Web公開中の宣伝漫画を描かせて頂きました、守見アイです。
コンペ用のキャララフ（上のイラスト）を提出した時は、まさか本に載せて頂けるとは思いませんでした……人生わからないものです。

午後12時の男先生には漫画制作時、こちらの提案を受け入れて頂いた上で丁寧なチェックとフィードバックを頂き、大変感謝しております。
小林先生の描かれる、繊細で透明な美しさのある装画とはまた違った魅力があるかもしれない、漫画の方もよろしくお願いいたします！

ai

漫画家・守見アイが手がける限界突破のコミカライズ絶賛掲載中!!
Sharon
キィ
喫茶店『シャロン』
一見何の変哲もない、落ち着いた雰囲気のお店――なのだけど。
チリン
チリン…
おっ♪
待ってたよ～ 久坂くん❤

早速だけど……
「お仕事」いいかな？
片瀬真由美さん。
この見た目で、なんと27歳。
シャロンの店長さんだ
のっぴきならない事情があって、俺はこの店でバイトをしている。
お待たせしました〜 一番絞りオレと濃厚ミルクレープです♥
ガチャ
STAFF ONLY
と言っても、ウェイターとしてではない。
喫茶シャロンの、もう一つの顔……

……。
ごくり…
コンコンッ
ガチャ…
そ〜っ
し
失礼しまーす……
!!
ぎょっ
おちこぼれの『草食系サキュバス』たちを一人前にするための養成学校……
その、調教係として――。
あ❤
はあっ
こ〜いちぃ❤

草食系なサキュバスだけど、
えっちなレッスン
してくれますか？
続きは
ニコニコ漫画
×水曜日はまったり
ダッシュエックス
コミック
で!!

ダッシュエックス文庫

草食系なサキュバスだけど、えっちなレッスンしてくれますか?

午後12時の男

2019年10月30日　第1刷発行

★定価はカバーに表示してあります

発行者　北畠輝幸
発行所　株式会社　集英社
〒101−8050　東京都千代田区一ツ橋2−5−10
03(3230)6229(編集)
03(3230)6393(販売／書店専用) 03(3230)6080(読者係)
印刷所　凸版印刷株式会社

ISBN978-4-08-631336-0 C0193

ダッシュエックス文庫

タイムシフト
君と見た海、君がいた空

午後12時の男
イラスト／植田 亮

突然の出会いは、壊れかけの世界で起きた奇跡だった…。のんびり屋な少年と無邪気な少女、夏の終わりの切ないボーイミーツガール!!

裏切られたSランク冒険者の俺は、愛する奴隷の彼女らと共に奴隷だけのハーレムギルドを作る

柊 咲
イラスト／ナイロン

奴隷嫌いの少年と裏切られて奴隷堕ちした美少女が復讐のために旅立つ！　背徳の主従関係で贈るエロティックハードファンタジー!!

裏切られたSランク冒険者の俺は、愛する奴隷の彼女らと共に奴隷だけのハーレムギルドを作る2

柊 咲
イラスト／ナイロン

エレノアの復讐相手が参加する合同クエストに参加した一行。仲間殺しが多発し、ギルドが疑心暗鬼になる中、ついに犯人が動く…！

王女様の高級尋問官
～真剣に尋問しても美少女たちが絶頂するのは何故だろう？～

兎月竜之介
イラスト／睦茸

怪我で引退した元騎士が、王女様の護衛官に。しかしそれは表の顔。実際は美少女刺客を捕らえる尋問官で…？　特濃エロファンタジー。

ダッシュエックス文庫

◆アズールレーンスピンオフ
アズールレーン Episode of Belfast 4th

助供《すけとも》珠樹《たまき》
制作協力／『アズールレーン』運営
イラスト／raiou

学園祭の季節。ミスコンが中止となり、ロイヤル陣営は「涙なしでは見れない大傑作のお芝居」を出し物として提案してしまい…？

遊び人は賢者に転職できるって知ってました?3
～勇者パーティを追放されたLv99道化師、【大賢者】になる～

妹尾尻尾
イラスト／柚木ゆの

『天衝塔バベル』を駆けあがり、ついに因縁のトールドラゴンと激突！　もちろん攻略の合間には〝遊び人〟全開の乱痴気騒ぎも…♥

俺はまだ、本気を出していない3

三木なずな
イラスト／さくらねこ

剣を提げただけなのに国王の剣術指南役に!?　地上最強の魔王に懐かれ、征魔大将軍に任命され、大公爵にまで上り詰めちゃう第３幕!!

ポーション売りの少年
～彼のポーションは実はなんでも治す伝説のエリクサーでした～

空野　進
イラスト／竹花ノート

少年がポーションとして売る薬が実はエリクサー!?　貴族令嬢の難病が完治した事を皮切りに、少年の生活は少しずつ変化していく！